U0007844

漫時光 003

高寶書版集團

◆目錄◆

第十七章　歸去來兮終有期

初夏的午後，天氣不冷也不熱，十分適合用來午睡。

貪睡的風夕此時當然是躺在房中竹榻上酣然大睡，韓樸坐在一旁，無聊地扳著指頭，想叫醒風夕，但知道叫醒她的後果是腦門會給她敲破，所以不敢，可要是睡覺嘛，卻又睡不著，因此只好枯坐。

一隻蚊子繞著風夕的臉飛來飛去，似在確定哪兒是最好下口之處，韓樸瞅個準，雙手一拍，那隻下口不夠狠、動作也不夠快的蚊子便嗚呼於他掌下。但這一聲脆脆的響聲在這安靜的房中顯得分外的響亮，韓樸小心翼翼地看一眼風夕，確定沒有吵醒她後，才鬆了一口氣。

「你坐在這幹什麼？為何不去睡午覺？」窗口忽傳來問話聲，韓樸抬首一看，便見久微正立在窗前含笑看著他。

「噓……」韓樸豎起食指，然後指了指睡著的風夕，示意他聲音不要那麼大。

「放心吧，除非她自己想醒來，否則便是劈雷閃電也吵不醒她的。」久微瞄一眼風夕，「既然你不睡覺，不如到我房中說說話。」

韓樸卻道：「既然她不會被吵醒，那就在這裡說話不就得了，幹嘛要去你房裡。」

「也是。」久微推門而入。

「久微大哥，你認識姐姐很久了嗎？」韓樸將身下的長椅分了一半給久微。

「嗯，是有很久了，不比那個黑豐息短吧。」久微略側首回憶著，道，「當年之所以認識她，是因為她要搶我手中做了一半的鹽酥雞。」

「唉，果然，又是與吃的有關！」韓樸大人模樣地嘆口氣，然後再問道，「那是多久以前？那時她是什麼模樣？」

「多久啊……嗯，也許也快有十來年了吧。」久微瞇起眼回憶，眼前彷彿又看到當日那個聞香而來，大白天裡施展著輕功飛進落日樓搶奪他手中鹽酥雞的女孩，「至於模樣嘛，她好像一直都是這個樣子，沒什麼大變化，哦，長高了一點。」

「哦？」韓樸聽著眼睛發亮，「那後來呢？」

「後來她就一直賴在落日樓裡，白吃白住了四個月才肯離去，離去的原因是聽說商州有一家如夢樓，那裡不但美人多，而且美人還擅做一道叫如夢令的菜肴。」久微搖搖頭，看著榻上的風夕，頗有些無可奈何的意味，「白風夕號稱『武林第一女俠』，但我一直覺得她應該還有一個『天下第一好吃鬼』的名頭才妥當。」

韓樸聽了，默默地看著風夕思索，然後綻開一臉歡喜的笑容，「要是我會做天下最好吃的東西，那麼……」

「那麼她就永遠都不會離開你是嗎？」久微不等韓樸說完便接口道。

「是呀。」韓樸眼睛亮晶晶的，「那樣我和姐姐就能永遠在一塊了！」

久微看著他那歡喜興奮的神情，看著他盯著風夕那依戀的眼神，不由嘆息著搖搖頭，拍拍他尚有些瘦弱的肩膀道，「韓樸，即算你是天下第一的廚師，她也不會永遠和你在一起的。唉，你真不應該這麼早就認識她。」

「為什麼？」韓樸疑惑地看著他。

久微不答，凝眸看著他，片刻後拍拍他腦袋問道：「你今年多大了？」

「十歲。」韓樸雖不解他為何突然問他年紀，但依然老實回答。

「十歲呀，是會對女孩子朦朦朧朧生出戀慕的年齡了。」久微摸著下巴，「只不過我勸你不要喜歡上她。」

「你亂講！」韓樸一聽，立馬跳起來，並同時往風夕看去，見她依然酣睡，才放心下來，轉過頭瞪著久微，「我才沒喜歡上她！她這樣的女人，我、我……」他很想貶損風夕一頓，以示自己的清白，不過「我」了半天也沒能吐出半句話來，心底裡似乎很是抗拒說風夕的不好。

「好吧，你不喜歡她，你還小呢，還不懂什麼叫喜歡。」久微安撫地揮了揮手，「你現在只是覺得和她在一起非常的開心，只要是和她在一起便覺得安心，覺得這世上什麼風啊雨啊刀啊劍啊的，都沒什麼可怕的。韓樸，我說得對不對？」

韓樸眨了眨眼睛，半是承認，半是茫然地點了點頭。

「唉，我倒是能理解你的感覺。」久微又嘆了一口氣，目光掃過榻上睡得「不省人事」的風夕，「她這樣的女人，看起來糟糕至極，可這天下間卻沒有任何人和事能難得住她，便是天要塌下來，她都可以撐回去。你這麼小，遇著這樣一個她，不啻遇著一座永遠也無法攀上的高山。」

韓樸畢竟只有十歲，心智未熟，只覺得這人的話他聽懂了，卻又似乎有些沒懂，更不明白這人為何要說這些，可隱約間又覺得他說得很對。

「所以我才說你不該這麼早就認識她。」久微看著韓樸的目光中隱約帶出一絲憐憫，「她這樣的人，縱使你找遍天下，找上百年也未必再能見到一個，以後你又如何再看進其他人。」

韓樸越聽越糊塗。他幹嘛要去找她？姐姐不就在這裡嗎？

久微看著韓樸那雙迷惑的眼睛，搖頭微微一笑，問韓樸：「你見過純然公主嗎？」

「見過。」韓樸點頭。

「純然公主有傾國之容，你覺得如何？」久微再問。

韓樸立刻搖頭嗤之，「比起姐姐來，差遠了！」

久微伸手揉了揉他的腦袋，「天下第一的美人在你眼中都如此，你還不明白嗎？以後這天下間還有哪個女人能入你的眼呢。」

「我為什麼要看別的女人？」韓樸抬手撥開他的手，「女人都很麻煩，你不如把廚藝傳給我吧。等我學會了，我就可以一直陪著姐姐，這樣就夠了。」

「孺子不可教也，遇上她是你之幸，亦是你之不幸！」久微終於放棄點醒這顆木魚腦袋的想法，轉身離去，「純然公主以絕色美名留世，而白風夕必然是一則傳奇。」

「怪人怪語。」韓樸沖著久微的背影吐了吐舌頭，然後回頭看著風夕的睡顏，「還是姐姐說話有趣些。」言罷在長椅上躺下，側身向著風夕，安心地睡去。

久微所住的院子裡種滿了花樹，初夏正是百花爛漫之時，所以院子裡花香繚繞。

夜晚，在高大的梧桐樹下擺一張木製的搖椅，旁邊再放上一張矮几，几上擺幾碟點心，配上一杯清茶，然後躺在搖椅裡，仰看浩瀚星空，享受涼風習習，再與知己閒話淺談，那等愜意的滋味，神仙也不過如此吧。

「唉，這日子舒服得像神仙過的啊！」風夕躺在搖椅上感嘆，輕輕搖晃著，只覺得周身如置美酒醇香裡，熏然欲醉。

久微聞言只是捧著茶杯淡然微笑。

風夕閉著眼睛伸手從矮几上拈了塊點心送入口中，一邊吃著一邊再次感嘆，「久微，要是天天都能吃著你做的東西就好了。」

「行啊，妳請我當妳的廚師就可以天天吃到我做的東西。」久微將茶杯放在矮几上，在一旁的竹椅上坐下。

「唉，我身無分文，漂泊不定，怎麼請你當廚師啊。」風夕嘆氣，「況且我又不是黑狐狸，膳食、茶水、衣物、用具等等，都得專門的人侍候著，走到哪都跟著一堆的人，多麻煩啊，還是一個人自由自在。」

久微搖頭一笑，伸手取過五弦琴置於膝上，道：「我最近學了一支歌，唱給妳聽。」

「好啊。」風夕翻轉過身，睜開眼睛看著他。

久微指尖撥了撥琴弦試音，然後按住琴弦，片刻，手指劃下，琴音頓起，淙淙兩三聲，曲意隱帶淡淡哀思。

肅肅風行，杳杳雲影。
短歌微吟，紅藥無開。
青梅已熟，歸燕無期，
長街悵悵，竹馬蕭蕭。

久微的嗓音低沉裡微帶沙啞，將歌中的希冀與無奈一一帶出，讓人彷如身臨其境，滿心蒼涼。

韓樸與顏九泰都為歌聲所引，皆啟門走至院中。

搖椅上，風夕彷彿也被這歌中的哀傷所惑，抬手遮住一雙眼眸，默默無語。

許久後，院子裡才響起她沉晦的聲音，「久微去過青州？」

「嗯。」久微停琴抬首，「三個月前我還在青州，聽聞這支〈燕歸〉是青州公子風寫月所作，青州的街頭巷陌人人會唱。」

「長街悵悵，竹馬蕭蕭……」風夕喃喃輕念，放下手，凝眸望天。

「想來寫歌的人一直在等待著誰吧。」久微眼光掃過風夕，然後也抬首望天，夜空無垠，繁星點點，看著令人更覺寂寥深廣。

「很久沒有回家了，我也很久沒有聽到這支歌了。」風夕眸中泛起漣漪，如鏡湖閃爍，華光淋漓，「寫這歌的人已逝去六年，六年的時光，可讓一具鮮活的肉體化為一攤白骨。」

「夕兒是否想回家了？」久微轉頭看她，目中閃過一抹隱祕光芒。

風夕沉默。

又過了許久，她才喃喃輕語，「回家……是的，我應該回家了，現在也必須回家了。」

聞言，久微淡淡一笑，目中帶著了然的神色。

「姐姐是青州人？」韓樸走到風夕身邊坐下，與她相處了這麼久，他今日才知她是青州人。

「嗯。」風夕點頭，自搖椅上坐起，伸手輕輕撫了撫他的頭，然後轉頭望向顏九泰，「顏大哥，煩你準備樸兒的行裝。」

「是。」顏九泰想也不想地點頭，緊接著醒悟過來，「那姑娘呢？」

韓樸也追問：「姐姐，為什麼是準備我的行裝，妳呢？」

風夕沒有理會韓樸的追問，只看著顏九泰道：「顏大哥，你曾以久羅人的身分向我起誓，終生忠誠於我。」

她的話令久微猛地轉頭看住顏九泰，眸中光芒難測。

「屬下曾經發誓。」顏九泰再次在風夕身前跪下，執起她的手置於額上，「但有吩咐，萬死不辭！」

風夕站起身，以掌覆其額頭，神情莊重，「那麼，顏大哥，我要你答應我，在以後的五年裡，你需守護於韓樸身邊，不讓他有任何不測。」

「是！」顏九泰鄭重應承。

得到承諾，風夕扶起他，道：「顏大哥，明日你即帶韓樸前往祈雲塗城境內的霧山，去最高的回霧峰上，找一個張口便吟詩，且自認為是絕代美男的老怪物，告訴他，有人還他八年前逃走了的徒弟，到時他自會收樸兒為徒。樸兒至少要在山上習藝五年，這五年裡，你必須寸步不離霧山，守護他。」

「屬下必不負姑娘所托！」顏九泰再次應承。

韓樸一聽卻是急了，「姐姐，難道妳不和我一起？」

風夕轉身面對韓樸，伸手憐愛地將他拉到身前，「樸兒，姐姐要回家去了，暫不能再照顧你了，所以你要學著自己照顧自己。」

「可是我可以和姐姐一起去啊，我不需要姐姐來照顧，我會自己照顧自己，我只要和姐姐一塊就好！」韓樸瞪大了眼睛，彷彿一隻即將遭人遺棄的小貓般惶急焦灼。

「樸兒，你不能和姐姐一起去，那會毀了你。」風夕輕輕擁住韓樸，「所以姐姐送你去霧山老怪那裡，那個老怪物人雖怪，但一身武功卻當世罕有，你一定要好好學，學盡老怪物的本領。」

「不要！不要！」韓樸死命地抱緊風夕，將頭埋在她的腰間，「姐姐妳答應過我，永遠不會丟棄我！妳答應過的！妳答應過的！」

風夕抬手托起韓樸的臉，只見他眼中含著一汪淚珠，卻強忍著不肯落下，心頭微有惻然，「樸兒，姐姐答應過你，便決不會丟棄你。姐姐只是送你去學藝，五年後我便去接你，到時我們便可再次相見。」

「不要，我不要去！我要跟著姐姐！姐姐那麼好的武功，我可以跟姐姐學！我不要跟那什麼老怪物學！」韓樸大聲叫著，淚珠終於破堤而下。

風夕靜靜地看著他，神情是從未有過的端嚴，那雙總是帶著笑意的眼睛此時一片平靜，靜得沒有一絲波瀾。

「姐姐，樸兒不要去！樸兒會好好練武的，不會要姐姐分心照顧的，樸兒會乖乖聽顏大哥的話的，姐姐，妳不要丟下樸兒好不好？」韓樸哽咽著，一雙手抓緊風夕胸前衣襟，臉上淚水縱橫也顧不上擦，就怕一鬆手，眼前的人便不見了。

「樸兒。」風夕從頸上解下紅繩，繩上串著翡翠玨，紅色的玉魚，碧色的玉荷，紅碧相合有若天然，「雙玉合一為玨，這翡翠玨是姐姐出生時，姐姐的爺爺親手給姐姐戴上的，現在姐姐將一半送給你。」她取下魚形玉飾放入韓樸手中，「姐姐說過五年後見，就一定會在五年後見的，你要相信姐姐。」

「可是……」

「樸兒，你不是說過要照顧姐姐嗎？那麼你去學好本領，五年後你就能照顧姐姐了。」

風夕抬手拭去他臉上的淚水，「而且男兒不可輕易流淚，知道嗎？」

「我不想和姐姐分開！」韓樸握緊手中半塊玉。

「人生數十載，區區五年算什麼。」風夕抱住韓樸，這孩子此時只到她胸前，但五年後他或許就能長得和她一樣高，甚至是比她高了，「樸兒，聽姐姐的話，和顏大哥去霧山，五年後姐姐就去接你，好嗎？」

韓樸抱住風夕，既不能答應，又不能不答應，只好緊緊地抱著她，將頭埋在她的懷中，似乎不面對外面的世界，他便可以不離開這個溫暖的懷抱。

久微與顏九泰在一旁默默看著相擁的姐弟。

許久後，風夕抬頭望向渺遠的夜空，「久微，我要回家了，請你去我家當廚師如何？」

靜默片刻，久微頷首，「好。」

景炎二十六年，四月五日。

幽州王宮裡，純然公主與冀州世子皇朝舉行了盛大婚禮，因公主是幽王最心愛的女兒，其婚典可謂幽州三十年以來未曾有過的奢華，王都上下一片歡騰。

四月六日，大婚的第二日，純然公主堅持要在這一天宴請她的兩位朋友風夕與豐息。幽王對於心愛的女兒總是有求必應，因此午時王宮即派了車馬將二人接入宮中。

宮中侍從按純然公主的要求，在金華宮的偏殿裡置下一桌酒席。

午時四刻，主客準時入席。華純然與皇朝坐於主位，左右兩旁分別坐著豐息與風夕，另加玉無緣作陪，五人圍坐一桌，倒不似王室酒宴，反似是朋友相聚。

這一頓，除了風夕時不時在桌下踢著豐息，然後看著美豔如花的華純然沖他擠眼外，大體來說是很平靜的。彼此敬上兩杯，閒談幾句，像是相識很久的朋友，又像是才相識不久的朋友，一種淡如水的氛圍。

這種平靜直至幽王到來才被打破。

眼見幽王到來，幾人起身行禮。

禮後，幽王的目光只在豐息與風夕身上掃了一眼，便落在玉無緣身上，「孤早就聽說玉公子風采非凡，今日一見果然不同俗流，簡直是天下無雙！」

幽王的話一出，殿中幾人頓各有反應。

風夕看一眼幽王，再看一眼玉無緣，唇角的笑裡便帶出了兩分深意。

豐息眸光閃了閃，笑容如常。

皇朝眉峰微動，看一眼幽王，神色如常。

華純然則有些訝然，父王如此誇讚一個人可以說是絕無僅有的。是以她凝眸看向玉無緣，雖有天下第一公子的名頭，可在她看來，眼前的三名男子，才貌各有千秋，卻何以父王獨對玉公子另眼相看？

「無緣不過江湖草莽，豈擔得幽王如此謬讚。」玉無緣微微傾身致謝，面上神色一派平淡。

「公子實至名歸，哪有擔不得的。」幽王上前一步，伸手虛扶，「孤自聞公子之名起，便期盼有朝一日，我幽州能擁有公子這等賢才。」

「蒙幽王如此看重，無緣愧不敢當。」

玉無緣平靜無波的語氣讓幽王眉頭微皺，但轉而繼續和藹笑道：「公子謙虛了，孤求賢似渴，公子之才足當國相也。」

玉無緣神色淡然，面上亦有微笑，只是說出的話依然不軟不硬的，「無緣草莽之人，難當大任。」

幽王聞言面色一沉。

華純然立時移步，上前挽住幽王的手臂，故意委屈地道：「父王，你就知道關心國事賢臣，也不關心關心女兒嗎？」

聽了女兒的嬌言俏語，幽王重展歡顏，「這等醋純然也吃，真是個孩子。」

「父王看別人都比看女兒重，女兒當然吃醋了。」華純然扶幽王在桌前坐下，「父王，女兒為你斟酒，喝了女兒斟的酒後，父王以後就要把女兒看得最重。」

「哈哈哈，」幽王大笑，「駙馬，你聽聽，我這個女兒醋勁可真大，你日後可有得苦頭吃了。」

皇朝卻道：「若真如此，小婿甘之如飴。」他移眸看一眼華純然，對上她的目光時，微微一笑，「只有對看重之人，才會吃醋，不是嗎？」

華純然微怔，然後嬌羞低頭。

「哈哈哈哈！」幽王再次哈哈大笑。

「這可真是有意思。」風夕微笑輕語，目光瞟一眼豐息。

豐息抬眸，與她目光相對時，淡淡一笑。

滿殿歡笑裡，玉無緣的目光輕輕地，不著痕跡地看一眼風夕，然後平靜無波地收回。

笑聲未止，殿外忽然匆匆地走入一名侍從，看服色品級不低，當是幽王近侍。

「陛下。」那內侍走近幽王，然後俯在他身旁耳語一句。

幽王一聽，頓時面色一變，然後便滿面喜色，「哈哈哈哈，這可是天助孤也！」

殿中幾人聞得此語，神色各異。

「父王，何事讓您如此開心？」華純然問出了幾人心中所想。

「喜事啊！天大的喜事啊！」幽王起身，端起酒杯就滿滿飲下一杯。

「什麼喜事？父王說出來，讓女兒也高興高興。」華純然伸手執壺，再為幽王斟滿一杯。

幽王再次舉杯，一口飲盡，然後將酒杯重重擱在桌上，抬頭看一眼殿中幾人，道：「方才接得密報，青州青王病危。」

一語出，殿中幾人皆面色一變。

「此消息可靠？」皇朝問道。

「自然！」幽王此刻斂了笑容，面上便透出冷厲，「探子回報，此消息青州非但不瞞，風行濤反而是要詔告天下，看來整個大東不日都將知曉！」

幾人頓又是一愣。

「青王為何要如此行事？」華純然不解。

「哼！風行濤此舉何意，孤亦不知，但是……」幽王目中射出厲光，「孤卻不可坐失良機，這回定要報當年失城之辱！」

殿中幾人聞言，卻都心知，幽王說的乃是六年前，他征討青州不成，反是失了柰、斡兩城之事。

華純然心頭一跳，「父王，那您是準備？」

「哈哈哈哈！」幽王再次大笑，看著心愛的女兒，「風行濤一死，青州便柱石崩塌，父王率領大軍前往，將青州拿下當純然的新婚之禮如何？」

「這……」華純然頓時遲疑。青、幽兩州都為大東諸侯，雖說父王有君臨天下的雄心，但青王一死，父王即出兵征伐，這無論如何都有些說不過去。當下她搖著幽王臂膀，微帶嬌嗔道：「父王，女兒才成婚一日，您就要出征，女兒不依。女兒三月後便要與駙馬去冀州，到時山高路遠，與父王難得相會，女兒要父王留在宮中，讓女兒與駙馬盡盡孝心。」

女兒的話讓幽王頗為欣慰，但征伐青州，拓展疆土更讓他心喜，是以他慈愛地拍拍女兒的手道：「純然，妳的孝心父王知道，只是妳女兒家不懂，這戰機不可失。」說著他轉頭望向皇朝，又看一眼玉無緣，目中盡是精明的算計，「駙馬要盡孝心倒是容易，隨孤出征青州如何？」

皇朝眉頭一挑，然後朗朗一笑，「父王有命，小婿當遵。況且小婿也早就想會一會青州的風雲騎，會一會惜雲公主！」

「哈哈，有駙馬相助，孤自然事半功倍！」

在幽王志得意滿的笑聲裡，華純然為幾人斟滿了酒，豐息目光望向風夕，風夕微微垂著眼眸，神情難辨，而皇朝與玉無緣對視一眼，交換了一個只有他們才知道的眼神。

「既然父王心意已定，女兒便祝父王旗開得勝，平安歸來！」華純然將酒奉與幽王。

「我們也預祝幽王凱旋而歸！」

「哈哈哈哈……都與孤乾了此杯！」

金華宮裡，那一刻，暗流激湧。

日頭微西時，豐息與風夕告辭離去。

從幽王宮出來，站在宮門前，風夕回首看向王宮內連綿的屋宇，良久後，她的唇邊勾起一絲略帶寒意的淺笑，「戰機不可失嗎？」

「幽王要出征青州，妳呢？是繼續逍遙江湖，還是？」耳畔傳來淺問聲，風夕回頭，便見豐息神情莫測地看著她。

「那你呢？」風夕不答反問。

「我？」豐息眉頭優雅地挑了挑，「我打算去青州看看，既然不能娶到幽州公主，或許我能娶到青州公主。」他說完，手一招，鍾離、鍾園各牽著一匹駿馬走來。

風夕面無表情地看著豐息，而豐息也神色淡然地看著她，宮門前一派平靜，只是無聲無風裡，卻似有一股氣流湧動。

鍾離、鍾園兄弟在離他們三丈遠的地方站定，再不敢向前走一步。他們知道，豐息袖中的右手必然拈成一個起勢，而風夕袖中的手定已握住了白綾，只需眨眼間，兩人便可能拚出個生死！

在常人看來，或許不過片刻，但在鍾離、鍾園看來，卻彷彿過了一個晝夜。

終於，風夕出聲了，「你到底知道多少？你又想幹什麼？」

在她出聲的瞬間，周圍似乎有什麼散去了，鍾氏兄弟又可自在呼吸了。

「妳知道多少，我同樣也就知道多少。」豐息微微一笑，抬步走向鍾氏兄弟，「妳要不要和我同路呢？」

他話音未落，耳畔微風一掃，白影已飛掠上馬，「駕！」一聲輕叱，馬便張蹄馳去。

看著遠去的一人一馬，豐息搖頭一笑，「早該如此，何必強忍。」他說完，翻身上馬，一揚鞭，直追風夕而去，遠遠傳來他吩咐鍾氏兄弟的聲音，「你們倆回家去。」

兩人兩馬，飛馳而去，不過眨眼間便已失去蹤影。

「我們走吧。」

「嗯。」

鍾氏兄弟轉身離去。

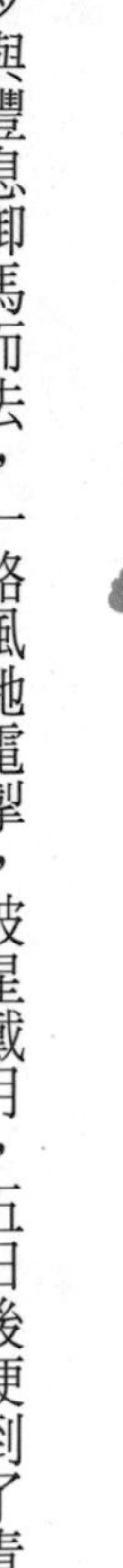

風夕與豐息御馬而去，一路風馳電掣，披星戴月，五日後便到了青州王都。

城門前，風夕下馬，抬頭仰望高高的城樓，目中有片刻的怔然。

豐息下馬後，靜靜站在她的身旁，並不曾驚動她。

凝望了片刻，風夕牽馬入城，豐息自然隨後。

王都內，自然繁華一派，兩人牽著馬走在街上，卻於喧鬧中感受到了一股凝重的氣氛，顯然百姓們亦因國主的病情而憂心。

一路往前，穿過繁華人群，穿過長街小巷，從熱鬧走向安靜，從擁擠走到開闊，而後前方宮宇連綿，莊嚴大氣，那裡便是青州的王宮。

風夕不曾停步，直往王宮而去，豐息了然一笑，跟在她身後。

王宮前的侍衛們遠遠看得有兩人走來，待到近前看清了來人面貌，頓是驚喜萬分地叫道：「是殿下！殿下回來了！」

一時，宮門前的侍衛紛紛行禮，無不是滿臉喜色。

風夕站定，並不曾回頭看一眼豐息，只對那些侍衛道：「都起身吧。」

「殿下，您可回來了！主上他……」

「我知道。」風夕打斷侍衛的話，將韁繩拋下，「將馬安頓好，這位豐公子是我的朋友。」說完，她便直往宮內走去。

踏入宮門，是一片開闊的廣場，再放目望去，遠處殿宇重重，有無數侍衛層層守護著。

「殿下回宮！」侍衛的聲音遠遠傳開。

立時，目中所見，無不躬身行禮，耳中所聽，無不是「恭迎殿下回宮」！

風夕從容走過，一路往英壽宮而去。

英壽宮前，內廷總管裴鈺已領著侍從、宮女跪地相迎，「恭迎殿下回宮！」

「都起來。」

英壽宮裡，青州之王風行濤躺在床榻之上，睜著眼睛，靜靜地等候著。

宮外那一聲聲「殿下回宮」傳入他耳中，令他滿心歡喜，他那個喜愛漂泊的女兒終於回來了。

「父王！」

腳步聲傳來，然後有人在床榻前跪下，輕柔地握住了他的手。

風行濤轉頭，便看到床前跪著的風塵僕僕的女兒，「夕兒，妳終於回來了！」瘦骨嶙峋的臉上露出一絲慈愛的笑容，他抬手揮了揮，裴鈺帶著所有侍從悄悄退下。

「父王，是女兒不孝。」風夕握緊父親瘦削的手。

「傻孩子，妳活得開懷，父王便也開懷，這就是孝心。」風行濤抬起手輕撫女兒面頰，心中湧起自豪歡喜。他的女兒聰明美麗，更文武雙全，普天下的男兒都少有比得上的。

「父王，您生病了為何不早點通知女兒？女兒也好早日歸來，也不至……」風夕看著病入膏肓的父親，內心湧起深深的愧疚。

「夕兒，父王不是病了，而是要死了。」風行濤毫無顧忌地講出自己生命已到盡頭的殘酷事實。

「父王。」風夕聞言心頭一痛，握著父親的手更緊了，似乎不握緊一點，父親下刻就要離去。

「傻女兒，妳哭什麼，每個人都會有這麼一天，沒什麼好傷心的，妳就當父王只是離開妳一段日子，過後妳還會來與父王相會的。」風行濤抬手拭去女兒眼角流出的淚珠，臉上的神情極為平靜，「況且父王等這一天也已很久了，父王想念妳母后，父王就要與她相會了，父王高興著呢。」

「嗯，女兒不哭。」風夕嘴角一彎，勾出一絲笑容，「女兒也不傷心，只當父王是要去找母后了，再過些年女兒也會與你們會合。」

「嗯，這才是我風行濤的好女兒！」風行濤笑了笑，然後掙扎著要起身，風夕趕忙扶他坐起。

「夕兒，我青州第一代青王風獨影雖為女兒身，卻是英姿颯爽的名將，追隨威烈帝征戰天下，立下赫赫功勳，所以授封為王，是大東朝裡唯一的女王！」風行濤言及先祖時，眼中有著崇敬，「父王死後，自然是妳繼承王位，妳便是大東朝的第二位女王！」他目光落在女兒的面孔上，目光裡有著慈愛與讚賞，「夕兒才智武功絕代，青州交與妳，父王很放心。只是……」說到這裡，他話音停住，微微喘息著。

風夕見之，忙抬掌按著父親的胸膛，以內氣為他疏通氣脈。

過了片刻，風行濤搖了搖頭，「好了，夕兒，父王等妳回來就是有話要跟妳說，趁著這會父王還有精神，妳坐下來好好聽著。」

「嗯。」風夕眼見父親如此情形，知他已是強弩之末，儘管心頭愧疚悲痛，可此刻亦只能暫且拋開，在床邊坐下認真聆聽父親的訓言。

「縱觀現今天下，帝室沒落，而各國人才輩出，已是風雲際會之時，六州互衡的局面難以維持。所以，女兒，妳要麼雄心萬丈，做個更勝先祖、開天闢地以來從未有過的女皇；要麼妳不作不為，直待雄主出世即以國相獻，如此則可免青州百姓受戰亂之苦，妳亦能繼續逍遙天涯。」風行濤諄諄叮囑女兒。

「父王的話，女兒記下了。」風夕頷首應允。

「好，妳記著就好。」風行濤放心地點點頭，眼中那慈光的光芒慢慢轉成憐憫，「夕兒，做一國之君，其中之艱難非妳可想，若是可以，父王當不想將如此重任壓於妳的肩上。是以，日後妳若是選擇雄主以國相獻，心中無需覺得屈辱，也不要害怕他人的斥罵，更不要覺得愧對先祖。要知道朝代更替本是必然之事。」

「到底要如何做，女兒會想清了再決定。」風夕看著父親，鄭重承諾，「父王，女兒保證，無論怎樣，都不會讓我青州百姓受苦！」

「嗯，父王相信妳。」風行濤點頭，有些疲倦地閉上眼睛，「我青州雖不及幽州富庶，但歷代所積想來也不輸它。所有的東西，父王都放在了那裡，以備妳日後要用。」

「女兒知道。」風夕扶父親重新躺下。

風行濤躺下後閉目休息，風夕坐在床邊看著父親，這一刻她只想這樣陪著父親。

過了片刻，風行濤忽然睜開眼睛，看著女兒，看了許久，目光裡帶著懷念與悵然，「其實細看，妳口鼻之間甚是肖似妳母后，但妳的性子卻不像她孤傲要強，這很好。妳母后……我與妳母后青梅竹馬，少年夫妻，本是恩愛非常，卻只生妳一女，為著王嗣，我納了些嬪嬙，自此妳母后便視我為路人，至死不讓我近其身。夕兒……是我負了妳母后，以至我終生無子，這就是負心之人的懲罰，我……」

「父王，這麼多年過去了，母后早就消氣了。」風夕想起早逝的母親，想起她永遠幽怨冰冷的神情，心頭黯然。

「嗯，她若還不消氣，我這就要去找她了，到時親自向她請罪。」風行濤再次閉上眼睛，「我倦了，夕兒妳遠道歸來也累了，先回宮去休息，晚間再來看我。」

「嗯。」風夕替父親理了理鬢髮，又看了看，才起身離去。

第十八章 青州惜雲且登臨

風夕走出英壽宮，便見到在宮前的漢白玉欄杆邊站著的豐息，黑衣如墨，臨風而立，俊秀豐神，引得宮前不少宮女、內侍側目。

豐息看著向他走來的風夕，依然是白衣黑髮，眉目熟悉，便連走路的步伐都是他閉著眼也能感覺到的輕快慵逸，可心頭卻莫明地覺得，這個人不一樣了。

風夕在離他一丈之處停步。

兩人隔著一丈之距靜靜對視，彼此一派平靜。彷彿他們依然是江湖上十年相知的白風黑息，又彷彿他們是從遙遠的地方跋涉而來，今次才初會，那樣熟悉而陌生。

「青王如何？」豐息最先打破沉靜。

「已睡下了。」風夕淡淡笑道，然後轉頭吩咐侍立於旁的內廷總管裘鈺，「裘總管，豐公子就住青蘿宮，你去安排一下。」

「是。」裘鈺應承。

風夕又轉頭對豐息道：「趕了這麼多天的路，你先洗沐休息一下，晚間我再找你。」

豐息微笑點頭。

「豐公子，請。」裘鈺引著豐息離去。

目送豐息的背影越走越遠，風夕眉頭不易察覺地微微皺了一下，然後幾不可聞地嘆了一口氣。

當日，兩人各自休息了半天，到黃昏時，風夕領著豐息前往英壽宮。

彌漫著藥香的寢殿裡，風夕輕聲喚著床榻上閉目躺著的父親，「父王。」

風行濤緩緩睜目，一眼便看到床前立著的年輕男子，與女兒並立一處，仿似瑤臺玉樹一般，青春俊美，神采飛揚，不由暗讚一聲，伸手示意要起來。

床前的內侍與宮女忙上前服侍，又挪了大枕讓他靠著。

風夕在床前坐下，道：「父王，這位是女兒在江湖結識的朋友，姓豐名息，想來父王也聽說過。」

「豐息見過青王。」豐息上前躬身行禮。

「免禮。」風行濤打量著床前儀禮優雅的年輕男子，「你就是和孤女兒同名的那個黑豐息？」

「正是在下。」豐息直身，抬首時也打量了風行濤一眼，見他形容枯槁，氣色衰微，只一雙眼睛裡閃著一點清明亮光。

「也就是雍州的那個蘭息公子？」風行濤隨即又道。

豐息一愣，待了那麼片刻才道：「青王何以認為豐息即為雍州蘭息？」

「孤的女兒是惜雲公主，你自然就是蘭息公子。」風行濤理所當然地道。

「這……」豐息還是第一次聽到這樣的論斷，心頭好笑之餘還真不知要如何反應。

「怎麼？難道你不是？」風行濤卻把眼睛一瞪，「難道你騙了孤的女兒？」

「騙她？」豐息又是一愣，腦中卻想，只憑這幾句話，眼前這位青王倒還真不愧是風夕的父親。只是，他何時騙過她了？從初次相會起，他們就默契地從不過問對方的身分來歷，這十年裡他們亦如此，但雙方心中對於彼此的來歷都有幾分明瞭倒是真的。

風行濤忽然又笑了，枯瘦的臉上展開層層皺紋，眼裡竟有幾分得意的神色，「小子，你生來就愛欺負人，但唯一不能欺負的便是孤的女兒！」

聞言，豐息不禁有扶額拭汗的衝動，不過此刻他還是彬彬有禮道：「不敢。青王果然目明心慧，豐息確是雍州蘭息。」心裡卻忍不住嘆氣，您老的女兒白風夕，天下誰人敢欺啊。

「不是不敢，而是不能。」風行濤看著他，神色間帶著了然，轉頭又望向風夕，「夕兒，妳要與妳這位朋友好好相處。」

「父王放心，女兒知道。」風夕點頭。

風行濤再看了看他們，輕輕嘆息一聲，似是極為疲倦地閉上了眼睛，「好了，父王累了，你們下去吧。」

「父王好生歇息，過會兒女兒再來看您。」風夕服侍父親躺下，然後又吩咐宮人小心侍候，才與豐息離開。

出得英壽宮，天色已全黑，宮燈懸掛，將王宮內外照得通明。

走出一段距離後，風夕喚了一聲，「裴總管。」

「老奴在。」裴鈺趕忙上前，「殿下有何吩咐？」

風夕抬首看著夜空，天幕上星稀月淡，也不知明日是不是個晴天，這麼想著，沉甸甸的心情又重了幾分，「這幾天，你準備著吧。」

裴鈺自然知道她說的準備是什麼，「回稟殿下，半年前主上便已吩咐要準備著。」

「半年前就準備著？」風夕一愣，「父王病了這麼久，卻不肯透露一點消息，以至我今時今日才回來，我……」她驀地閉上嘴，心頭湧起無能為力的疼痛。

她愛江湖逍遙，唯願過得快活無拘，可她的親人似乎總是因她而飽受分離之苦，偏生他們個個都縱容著她，而到最後，他們離去，她留下。從此以後，她接替他們守於這宮牆之內，擔著她該擔的重擔。

裴鈺垂首沉默。

過了片刻，風夕轉頭看著眼前這個侍候父親已近三十年的老人，「既然已準備了，那你就心裡有個數，大約也就這兩天的事了，到時宮中不要亂作一團。」

「殿下放心，老奴知道。」裴鈺抬首看一眼她，眼中滿是惜愛之色，「殿下，妳連日奔波定十分勞累，還望殿下切莫太過憂心，要好好休息，保重身體。」

「我知道。」風夕點頭，「我離開有一年了，你將這一年內的摺子全搬到我宮中。另外，我回來的消息很快便會傳開，無論誰進宮求見都擋回去，兩日後的辰時，將風雲騎的所有將領召至含辰殿。」

「是。」裴鈺垂首。

「父王病了這許久，你必也操心了許久，先下去歇息吧，今夜父王這裡我守著。」風夕又吩咐道。

裴鈺抬首，待要說什麼，可看到風夕的神色，終只是道：「現在時辰還早，亥時後老奴再去歇息，殿下還是先回宮休息下吧。」

風夕點點頭，然後屏退所有侍從，自己提著一盞宮燈，慢慢往前走著。

一直沉默在旁的豐息自然跟在她身後，兩人皆不發一言。

走著走著，到了一處宮殿前，風夕停住腳步。

這座宮殿似乎並無人居住，漆黑一片，杳無聲息。

站在宮前看了片刻，風夕才推門進去，一路往裡走，穿過幾道門後，到了一處園子。藉著淡淡燈光，依稀可見這裡是一座花園，園子最裡邊有一口古井，一直走到古井前，她才停步。

這一路，豐息已把這宮殿看了個大概，宮殿雖不是很大，但格局極是精巧幽雅，庭園乾淨，花木整齊，唯一可惜的是杳無人氣。

「這座承露宮，是我母后生前所住，她死後這宮殿便空下來，除了灑掃之人，父王再不讓其他人進來。」風夕將宮燈掛在樹上。

「承露？」豐息輕念這兩字。

「聽說當年這宮殿才建好時，父王本取名承珠殿，母后不喜珠字，便改成了承露宮。」風夕掃一眼顯得有些荒寂的花園，然後走到井沿邊坐下，「她生前很喜歡坐在這井邊，看著井水幽幽出神，好多次，我都以為她會跳下去，但她沒有，她只是一直看著，一直看著……直到有一天早上，她倒在了井邊，同時也摔碎了她腕上戴著的蒼山碧環，從此再也沒有起來過。」

她彎腰，伸手從井中掬起一捧井水，那水清澈冰涼，似乎一直涼到心裡頭，「那碧環是年少時，父王送給她的。」張開手，井水便從指縫間流下，眨眼間點滴不剩，「小的時候，我不大能理解母后，與她也不大親近，陪伴著我的是寫月哥哥。母親獨住此殿，我記憶中，她似乎總是緊鎖眉頭，神情漠然，看著我時，眼神忽冷忽熱，反倒她看著這口井時，眼神倒是平靜多了。後來我想，母后大約是想死，但又不甘心死，只是最後她卻還是死去了。心都死了，人豈能活著。」

豐息立於一旁默默聽著，黑眸幽深地看著她。

看著井面上蕩起的漣漪一圈一圈散去，風夕起身，回頭看著豐息，「女人的心總是很小，只能容得下一個男人；而男人的心卻很大，要裝天下、裝權勢、裝名利、裝美人……男人的心要裝的東西太多，偏偏有些女人太傻，以為男人應該和她一樣，『小心』地裝著一個人，結果她那顆『小心』裝了太多的空想，到頭來空想變成了失落、絕望、幽怨，無法負荷時便斷送了自己的性命。」

豐息目光凝視著古井，在黑夜裡，古井幽不見底，宮燈昏黃的光線投射進來，水面上淺淺波光晃動。他移眸看向風夕，「妳這是要斥訴天下男人嗎？」

「豈會。」風夕走近他，近到可看清彼此眼眸的最深處，只是彼此能看到的，不過是自己的倒影，「黑狐狸，心裡裝的東西太多了，便會顧此失彼！」說完她即一笑退開，眉目飛揚，似乎又是那個灑脫的白風夕，「幽王的大軍馬上要來了，我無暇招待，不如你先離開，待我擊退幽王後，再請你來喝我們青州獨有的美酒渡杯。」

「哦？」豐息長眉微揚，然後笑道，「我正想見識一下風雲騎的雄武，此刻正是良機，豈能離去呢？」

「是嗎？」風夕笑容不變。

「當然。」豐息點頭。

風夕看著他，然後也點點頭，「那就主隨客便。我還需去陪伴父王，你也回青蘿宮休息吧。」說完即轉身離去。

豐息目送她的背影走遠，許久後，面上浮起淡淡的、難辨憂喜的笑容。

此後的兩日，豐息一直未曾見到風夕，聽宮人說她一直待在淺雲宮裡，除去每日清晨與傍晚前往英壽宮看望青王外，其餘時間都閉門不出，便是青王的那些嬪嬙得知公主回宮，紛紛前去拜訪時，也都被淺雲宮裡的宮人們打發走了。

豐息自然知道，她閉宮不出，定是在瞭解她離開之後青州軍政之況，所以也不去打擾她。因他是公主的貴客，王宮裡的人待他都極是禮遇，他先是將現在住著的青蘿宮看了個遍，而後又將青王宮也遊賞了一番。

青州一直是六州中文化氣息最濃的一國，這或許跟青州第一代青王風獨影的王夫清徽君有關。元鼎年間，大東初立，不同於風獨影的武功絕代，她的夫婿清徽君卻是個學識淵博的書生，曾於青州的碧山書院講學十年，不但培養出許多傑才俊士，亦令碧山書院名聲大噪，成為大東朝六大書院之首。而後，青州的歷代國主都曾頒詔嘉勉碧山學子，是以青州之人比較崇文。再至此代國主風行濤，其本人能文工詩，精通音律，尤擅書畫，再加一個才名傳天下的惜雲公主，青州文名更甚，「文在青州」實至名歸。

是以，同是王宮，青王宮與幽王宮相比，最大區別的便是一個文雅，一個奢麗。

幽王宮處處金雕玉砌，富麗堂皇，比之帝都皇宮亦有過而無不及。青王宮卻極其素雅，一磚一瓦、一殿一樓，皆不越王侯禮制，或許富貴不足比幽王宮，但亭臺布置、山水點綴，處處顯詩情，點滴露畫意，更具王家的雍容氣度與典雅風範。

這日傍晚時分，豐息登上青蘿宮的三層高樓聞音閣，隨意眺望，便將整個青王宮盡收入眼底。王宮正中的兩座宮殿為英壽宮與鳳影宮，鳳影宮是青州第一代青王風獨影所居的宮殿，英壽宮則是王夫清徽君所居的宮殿，只是後來青州繼位的君王都是男性，於是兩宮便調換了，青王多住英壽宮，王后則住鳳影宮。

他目光一移，望向英壽宮後邊的淺雲宮，那裡是青州的公主風惜雲所居的宮殿。此時此刻，她大約還埋首在書案之中。

「風夕，惜雲……」喃喃念著這兩個名字，而後輕輕嘆息一聲。

青州此代青王風行濤，與其說他是位君王，不若說他是位書法家。自繼位以來，他大部分的時間都用於鑽研琴詩書畫，對政事卻頗為懶散，朝中臣子亦是文臣居多，能上陣殺敵的武將大約只有一位——禁衛軍統領李羨。

青州本是六州中最易攻占之地，只可惜十年前青州出了一位惜雲公主，亦因她，青州有了五萬精銳之兵——風雲騎，從此讓青州安然至今，牢牢踞於六州中第三大國之位。

「風惜雲，白風夕……」

聞音閣上，豐息倚窗而立，遙望淺雲宮，俊雅的臉上忽然浮起意味深長的淺笑，墨色瞳眸裡似因想到什麼而熠熠生輝。

在抵達青州王宮後的第三日，豐息清晨便候在淺雲宮外，他知道今天她會召見風雲騎的將領，對於那些威名赫赫的人物，他也是極欲一見的。

辰時還差兩刻之時，淺碧宮開啟，然後一眾宮女擁簇著一位盛裝華服的美人步出，豐息目光所至，頓有魂驚神搖之感。

宮女擁簇著的那位華服美人之容貌是他極為熟悉的，但那人的裝扮與神態，卻讓他極為陌生。

烏髮如雲，風鬟霧鬢，髮髻正中嵌以海棠珠花，鬢之兩側插著紅玉串珠步搖，長長的珠吊垂下，飄拂耳畔，雙耳墜以蒼山血玉耳環，身上一襲白底金線繡以的鳳舞九天公主朝服，腰間束著九孔玲瓏玉帶，玉帶兩側墜著細細的珍珠流蘇，兩臂挽著有若緋煙赤霞的披帛，長長拖曳於身後。

眼前的女子是如此的雍容華豔，雖不施脂粉，但清眉俊目，玉面朱唇，自是容色驚人，與江湖所見的那個素衣瀟灑的白風夕，已是全然兩個人！

「惜雲見過蘭息公子。」盈盈一禮，優雅高貴，儀態萬方。

這樣的神情舉動都是不可能在風夕身上出現的。豐息有一瞬間的呆怔，隨即恢復自然，亦是雍雅從容地回禮，「蘭息見過惜雲公主。」

這一刻起，他們是青州的惜雲公主與雍州的蘭息公子。

「惜雲正要前往含辰殿，不知蘭息公子可要同往，想風雲騎諸將亦想一睹雍州蘭息公子的風采。」

「固所願也，不敢請也。」

「公子請。」

「不敢，公主請先行。」

兩人一番禮讓後，風惜雲先行，豐蘭息隨後，在宮女、侍從的擁護中前往含辰殿。

「殿下到！」

隨著內侍的一聲高喝，含辰殿內的人整理儀容，筆直站立，垂首斂目，肅靜恭候。

風惜雲跨入殿中，殿內諸人行禮，「臣等恭迎殿下！」

一陣衣裙摩娑、環佩叮噹的輕響後，已坐於殿首的風惜雲輕淡地回道：「免禮。」同時微一擺手，宮女、內侍悄無聲息地退出大殿。

殿中諸將起身，抬首看向玉座上的人，都目含激動與喜悅，當目光瞟見玉座之旁坐著的豐蘭息時，都微有驚訝，但不過一瞬便又將目光望回了他們的主君。

「這位是雍州蘭息公子。」風惜雲自然看得他們的目光，是以解釋道。

「見過蘭息公子。」殿中諸位向著豐蘭息躬身行禮。

豐蘭息端坐不動，只是微笑頷首，目光不動聲色地打量著殿中六位身著銀色鎧甲的武將，看來這便是名動天下的風雲六將了。年紀大約都在二十至三十歲之間，面貌不一，神態各異，相同的是他們望向風惜雲的眼神，崇敬裡帶著溫情，似乎看著的不止是他們主君，還是他們的親人。

在他打量諸將之時，風惜雲已然開口，「齊將軍，這兩年辛苦你了。」她的目光落在殿中一名武將身上，雖儀容高貴端莊，但語氣中卻有一種不加掩飾的親切。

那名武將看面貌，似乎是六人中最年長的，氣貌也最為沉穩，此人正是風雲六將之首齊恕。此刻他上前一步，躬身道：「殿下言重了，這是臣之本分。」

風惜雲微微一笑，目光轉向齊恕身旁的武將，道：「徐淵，這兩年也辛苦你了。」那名武將比之齊恕略顯年輕，身形也要削瘦一些，但雙眉若刀裁，平添了三分銳氣，令人過目難忘。

「臣之本分。」徐淵上前躬身道，他只說了一句便垂目退後，顯然是個惜字如金的人。

風惜雲不以為意，望向徐淵身後一位中等身材，相貌平凡，但雙目明亮異常的武將，道：「林璣，這兩年我還是沒有遇到箭術比你更好的人。」

林璣聞言笑眯了眼睛，「那臣依舊是殿下眼中第一的神箭手。」

「當然。」風惜雲點頭，然後對林璣身後一位眉目粗獷，皮膚黝黑的武將道，「包承，這兩年我倒是遇上了好多個比你更黑的人。」

「嘿嘿……」包承咧嘴一笑，憨厚地露出一口白牙，與他黝黑的膚色形成鮮明的對比。

他身旁一名身材極其高大魁梧，面貌頗為粗陋的武將，抬起巨大的巴掌拍在他的肩上，「笑啥，咱風雲騎裡依舊是你最黑，這『黑炭頭』的名號依舊歸你。」

包承笑著不做聲，倒是林璣說話了，「包承是黑炭頭，你程知是黑面剎，都是我們風雲騎的鎮軍之寶，可稀罕著呢。」

聞言，風惜雲頓時「噗哧」一聲，笑盈盈地看著程知，「林璣說得有理。」她的話令殿中幾人都笑了，而程知見大家都笑著，抬手撓了撓頭，沖著林璣道：「我知道你又在寒磣我呢。這會兒在殿下面前我不跟你計較，回頭再找你算帳。」

他的話說完，大家又是一陣笑聲。

待笑聲止了，風惜雲的目光落向殿中最年輕的武將，同樣的銀甲穿在他身上卻格外的英挺俊氣，膚色白淨，劍眉秀目，是難得一見的美男子，「久容，我這回在北州偶遇了冀州的掃雪將軍，這世上總算是有一位比你更好看的將軍了。」

此話一出，殿中笑聲再起，而風雲騎最年輕也最英俊的將軍修久容卻是低著頭，面泛紅雲，訥訥地說不出話來，那姿態如閨中嬌女。

豐蘭息大為驚奇，如此羞澀之人如何殺敵於戰場？只是目光掠過殿中幾人，心頭驀然有幾分恍然。坐著的與站著的，有著尊卑之分，可這殿中的氣氛，卻不是他熟悉的君臣相對，這倒令他想起多年前的一件事。那時他偶然於一戶農家借宿，夜間主人家幾個外出謀生的兒子都回來了，那晚，親人久別重逢的歡喜與親暱他親眼目睹，與此刻竟是如此相似。

豐蘭息怔神片刻，風惜雲已起身，走至大殿的東面，六將自然跟過去，不待她吩咐，齊恕已先人一步上前拉開帷幔，頓時露出牆上一幅數丈長寬的輿圖來。

「今日召你們來，是要告訴你們，幽王的大軍不日即將到來。」風惜雲站在輿圖前淡淡開口道。

六將聞言，俱都眉頭一皺，有的面露憤怒，有的面露鄙夷。

「殿下如何打算？」最先出聲的是程知，只看他跳著的粗眉便可知他心中的怒火。

風惜雲的目光依舊望著輿圖，口中卻道：「依程知你的意思，要如何做？」

「那幽王老是賊心不死，所以依臣之見，打！狠狠地打！澈澈底底地將他們打垮！」程知當下毫不客氣地道。

風惜雲回首一笑，「你們的意思呢？」

五人互望了一眼，然後齊恕開口道：「幽州的金衣騎雖號稱二十萬，但依臣等以往與之交戰的經驗來看，不足為慮，只不過……」他語氣一頓，抬眸看一眼風惜雲，「臣等聽殿下之命，殿下要如何則如何。」

「哦？」風惜雲目光再看向餘下的四人。

徐淵、包承、林璣、修久容俱都點頭。

「這樣啊……」風惜雲目中泛起一絲厲光，然後笑容淺淡如水，「那就照程知說的，我們狠狠地打。」

六將聞言眉頭一挑，然後都齊齊目注他們的主君。

風惜雲的目光落回輿圖上，凝視片刻，道：「與山尤接邊的丹城守軍不變，與祈雲接邊的笞城守軍不變……齊恕，將駐守在良城的五千風雲騎調回。」

齊恕微微一愣，然後目光掠過一旁悠閒端坐的豐蘭息，心頭有些明白。良城乃是與雍州接邊，而雍州的世子此刻卻是青州的座上賓，於是他躬身領命，「臣遵令。」

風惜雲的目光依舊盯在輿圖上，然後落向與冀州接邊的晏城，「晏城增派五千風雲騎，兩日後包承領兵前往。」

「是！」包承應道。

「徐淵，去將厲城的百姓暫且都轉移到陽城和岐城。」風惜雲再次道。

「是！」徐淵應道。

「殿下是擔心厲城太小、城牆過薄，無法抵擋幽州的火炮？」一直目望輿圖，沉默聽著的修久容忽然道，「殿下是想在無回谷與金衣騎決戰？」

風惜雲回頭看了眼修久容，沒有說話，只是讚賞地點點頭。

正在此時，殿外驀然傳來疾呼，「殿下，殿下！」

殿中，風惜雲心頭一跳，「進來！」

話落，殿門推開，一名內侍急奔而入，「殿下，不好了！主上他……」

殿中眾人頓都面色一變，瞬間都明白怎麼回事了。

風惜雲不待那內侍說完，便已沖出大殿，餘下六將面面相覷一眼，而後齊恕沉聲吐出一個字：「穩！」

其餘五人頷首，然後鎮定地魚貫走出大殿。

豐蘭息看著空曠的大殿，輕輕嘆息一聲，靜靜地在殿中又坐了片刻，才緩緩起身離開。

風惜雲跨入英壽宮時，已聞得一陣哭聲，她一顆心頓直墜下沉，腳下飄浮無力，一步步走過去，宮中泣哭的人紛紛讓道，終於走到了床榻前。

床上的人闔目而臥，面容平靜，一派安詳。

「父王。」她輕輕喚一聲，卻不再有應答，眼前頓有重重暗影襲來，千重高山似的壓得她一陣頭重腳輕。

「殿下！」一旁候著的裴鈺眼見她身子搖搖晃晃，趕忙上前一步扶住。

風惜雲藉著那一扶穩住身形，雙膝一軟，跪倒在床前，伸手去拉父親的手，僵冷一片，「父王……」低低喚一聲，卻是再也說不出話來。

而宮中此時更是哭聲大起。

「主上……嗚嗚嗚……」

「主上……主上……」

風惜雲無視身後的慟哭聲，她握著父親的手，輕輕地摩娑著，卻再也無法令那雙手變得溫熱，呆呆地凝視著父親的面容，腦中驀然想起母親的離去與兄長的病逝……今日，最後的親人也離去了，從此以後，她就是一個孤家寡人。

一念至此，哀涼透骨。

「殿下。」裴鈺跪在一旁擦著眼淚，「青州從此就指著您了，還請殿下節哀。」

風惜雲垂首，將頭緩緩抵在父親僵冷的手掌裡，閉上眼睛的瞬間，淚水滴落，浸濕了床上的錦緞，無聲無息的，她久久地低頭。

「嗚嗚嗚……主上，您怎麼就走了……您怎麼不等等妾身……」

宮中哭聲未止，宮外又傳來大哭聲，卻是那些聞訊而來的嬪嬙們。

風惜雲抬首起身，將父親的手放入錦被中，「裴總管。」

「老奴在。」裴鈺忙應著。

「父王停棺承露宮，百日後發喪。」風惜雲轉頭望向裴鈺，目中如蘊雪峰，清寒刺骨，「宮中上下你可仔細了。」

裴鈺心頭一凜，俯首道：「老奴遵令。」

黃昏時分，夕陽西下，灑下滿天紅霞，青王宮內有一座以漢白玉砌成的高樓，名踏雲樓，此刻於暮色緋雲裡望去，顯得孤高淒冷。

高高的踏雲樓上，風夕靜靜佇立，眺望遠處山巒。霞光投映在她的臉上，照見一雙木然的眼眸，地面上高樓拖曳著長長的倒影，襯著周圍靜寥，顯得格外的清寂哀傷。

「妳還要站多久？外面守著的那些人無不是提心吊膽，怕妳一個失神，便從上面跌下來。」踏雲樓下，豐蘭息倚在一排漢白玉欄杆旁，抬首望著她。

風惜雲垂眸看他一眼，驀然間縱身一躍，便自那高達十數丈的高樓上跳了下來。

底下豐蘭息瞅見，心頭巨跳，罵了一聲：「真是瘋了！」腳下施力，身子頓時躍起數丈高，半空中雙臂一伸，便將墜下的人摟入懷中，只是風惜雲下墜力道極大，雖接住了，可半空中毫無依仗，兩人一起下墜，眼看要摔在地上了。

「我真是瘋了，竟然做這種蠢事。」豐蘭息喃喃道，可雙臂卻下意識地摟緊懷中之人，低首卻看到她臉上一抹淺笑，頓時一怔。

「黑狐狸，你怕死嗎？」

風惜雲這一句剛剛問出，豐蘭息便覺腰間一緊，下墜的力道止住，卻是風惜雲飛出袖中白綾，纏住了高樓的欄杆，令兩人懸在了空中，離著地面還有三丈之距。

豐蘭息當下放開風惜雲躍回地面，「妳發什麼瘋！」

風惜雲也輕鬆躍下地面，然後抬首望向踏雲樓，幽幽道：「跳下來的感覺就像在飛一樣，很舒服的。」

聞言，豐蘭息面色一變，恨聲道：「下回要跳，妳直接去蒼茫山頂。」說完也不理她，轉身便走。

「蘭息公子。」

身後卻傳來風惜雲的喚聲，無比的清晰冷靜。

豐蘭息止步回頭。

「憑你之為人，何以與我相交十年之久？又何以隨我來青州？」風惜雲眼眸緊緊盯住他。

豐蘭息目光微動，卻默然無語。

見此，風惜雲唇角微勾，「為著風雲騎嗎？」

豐蘭息微垂眼瞼，依舊默然不答。

風惜雲緩步走近，在離豐蘭息三步遠時停住，眼睛一眨也不眨地盯住他，「我知道你的野心，所以五萬風雲騎以及整個青州，我都可以送給你。」

聞言，豐蘭息驀然抬眸看向她，那墨色的眸子裡似乎閃過什麼激烈的情緒，但只不過一瞬，快得令人看不清。而後他微微一笑，轉過身，抬首望向蒼蒼暮天，半晌後才輕輕地、幾不可聞地道：「這個理由無懈可擊……好像沒有不正確的。」

風惜雲看著他的背影，微笑。

這一刻，兩人都感到一股無力，分外疲倦。

「三日之後是我的繼位大典，幽王的大軍會在十天後抵達，而一月內，我會擊退金衣騎，一月後……」風惜雲抬首，看著滿天殷紅如血的殘陽，「一月後，我會詔告天下，青州與雍州締結盟約，誓同一體。」

她的話說完，踏雲樓前一片沉寂，如同古井幽潭。

許久，她轉身離去，身後豐蘭息卻驀然道：「為什麼？」

她腳下一頓，卻並未回首，沉默片刻後才答：「你想要，便給你，如此而已。」

話落再次抬步離去，可走不到丈遠，身後再次響起豐蘭息的喚聲，「惜雲公主。」

她停步，依舊沒有回頭。

「金衣騎將至，開戰在即，皇朝決不會袖手旁觀，爭天騎定是虎視眈眈地候於一旁，若雍州此時也趁機窺圖青州，到時妳三面受敵，風雲騎雖雄武，卻也只得敗亡一途。」豐蘭息看著身前的纖長背影，一步一步走近，聲音冷靜得近乎於冷酷，「妳也不過是以風雲騎為餌，換我承諾不對青州出兵，讓妳無後顧之憂，可全力以赴與幽王一戰。」話落，他已走至風惜雲身後，伸手握住她的肩膀，將她的身子轉過來，卻看到一張平淡無緒的面孔，頓時心頭又冷又痛，忍不住連連冷笑，「妳一貫嘲笑我滿腹心機，看不慣我事事謀算，可此刻的妳，與我又有何分別？」

眼前的豐蘭息褪去了雍雅從容，冷厲而尖銳，風惜雲眼波微動，但她隨即便斂起神色，默然片刻，才抬手撥開肩膀上豐蘭息的手，道：「蘭息公子，在這個天地間，在這個位置上，有誰是純淨無垢的？」她的聲音平靜無波，抬首，晚霞已淡，天幕漸暗，黑夜即要來臨。「白風夕只存於江湖間，你此刻面對的是青州的風惜雲。」說完她掉頭而去。

身後，豐息看著她離去的背影，手緊握成拳，心頭沉悶異常。明明已得承諾，青州與風雲騎唾手可得，卻為何無歡喜之情？

良久後，他長嘆一口氣，也轉身回了青蘿宮。

第十九章 白鳳重現試天下

景炎二十六年四月十六日，青州第三十五代青王風行濤薨於英壽宮。

四月二十日，風惜雲於紫英殿繼位，成為青州第三十六代青王，也是青州第二位女王。頭戴七旒王冕，身著白底繡八龍並日月山河的袞服，高高端坐於玉座之上，透過冕冠上的旒珠看著腳下山呼跪拜的臣民，恍惚間她有些明瞭，為何有人會如此癡迷於榮華權勢。

四月二十七日，風惜雲召集群臣於紫英殿，將幽王親領十萬大軍來攻一事昭告群臣，群臣譁然。有的臉色發白，有的竊竊私語，有的抬頭窺探玉座上的女王。

風惜雲看著殿下群臣的反應，心底搖頭嘆息，她的父王還真沒給她留下幾個能用的臣子。

「眾卿有何退敵良策？」此言一出，底下安靜了片刻，然後有的說金衣騎不義，竟趁國喪之際發兵；有的說金衣騎來勢洶洶，而吾國先王才逝，難抵其鋒，莫若割地議和以保百姓平安；有的則憤慨萬分，要與金衣騎決一死戰……

對於殿下群臣的反應，風惜雲並不意外，她本就已智珠在握，今日不過是知會群臣一聲，她將目光望向大殿右側，排在最前的武將，「李將軍，你有何良策？」

她的話頓讓殿中群臣收聲，一時皆望向李羨。

禁衛軍統領李羨此時四十有五，正是壯年，武藝高強，為人機敏忠心，頗得前代青王風行濤的信任，本是青州的第一高手，只是自從十年前……目前是青州的第二高手。

「回稟主上，臣以為，水來土掩，這兵來，自然是將擋。」李羨躬身道，「幽王不顧我青州此刻國喪之際即發兵犯境，已失天下仁義，他膽敢犯我青州一寸，臣便要以他之鮮血祭奠先王！」

「李將軍好氣概。」風惜雲頷首，然後目光轉身大殿左側，排在文臣之首的人，果見那人正在閉目養神中，「馮大人。」

她的聲音落下，過得片刻，殿中才響起一道雖然蒼老，但中氣十足的聲音，「臣在。」

「睡足了嗎？」風惜雲似笑非笑地看著這位三朝元老──國相馮渡。

「回稟主上，臣從昨日戌時睡至今日卯時，臣睡足了，謝主上關心。」馮渡一本正經地答道。

「那就好。」風惜雲淡笑點頭，然後猛地聲音一沉，「馮渡聽旨！」

「臣聽旨！」馮渡上前三步跪下。

「金衣騎將至，孤將親自迎敵，期間卿留守王都監國。」風惜雲的話很簡短。

「臣遵旨！」馮渡頓首。

「謝將軍。」風惜雲目光望向李羨身後的一名老將。

「臣在！」禁衛軍副統領謝素上前。

「由你協助國相守衛王都。」

「臣遵旨！」謝素頓首。

風惜雲目光再次望向李羨，「李將軍。」

「臣在！」李羨上前三步跪下。

「兩日後，你領五萬禁衛軍前往晏城，協同包將軍守城。」

李羨微愣，然後頓首，「臣遵旨！」

「齊恕、林璣、程知、修久容聽旨！」

「臣在！」

「點齊四萬風雲騎隨孤前往厲城迎敵！」

「是！」

紫英殿裡，風惜雲一一調派臣將，而後起身，目望群臣，「孤不在期間，望眾卿家各司其職，盡心盡力，勿負孤之期望！」

「臣等必定盡心竭誠，不負主上！」大殿裡響起群臣恭謹的聲音。

《東書．列傳．青王惜雲》記：景炎二十六年四月，時先王薨，幽州幽王來犯，王親自領兵督戰。

五月初，風惜雲抵岐城，歇息半日，留下三萬風雲騎，即再次啟程。

五月初三，風惜雲率一萬風雲騎抵厲城。

此刻的厲城，百姓幾乎都已轉走，大軍的到來填滿了這座空城。厲城的府尹也隨百姓一起轉移，此刻留守城中的是早先到達的徐淵。府衙之後便是府尹的宅院，他將之收拾好，暫且充作行宮。

未時三刻，風惜雲一行抵達，稍作休整後，申時初她即將風雲五將召來。

書房裡，風惜雲指著桌上一張輿圖，道：「算算日子，金衣騎的前鋒大約是明日黃昏或後日清晨到，對於遠道而來的客人，我想先送點見面禮。」

一聽這話，程知率先道：「主上，讓臣去送見面禮吧！」

齊恕則按住一臉興奮的程知，問道：「主上打算怎麼做？」

「你們看，這裡是屹山。」風惜雲手指著輿圖上的一個點，「是金衣騎必經之道，這屹山不高不險，山上也沒什麼樹木，無法藏人，所以金衣騎必定以為我們不會設伏。」她聲音閒淡，目中卻有著狡黠笑意。

站在她左旁的修久容聞言，腦中靈光一閃，道：「山下的路有三米之寬，平常百姓車馬通行無礙，但若是大軍從此過……」後面的話他沒有再說，只是眼睛亮閃閃地看著風惜雲。

「久容一點就通。」風惜雲含笑看著身旁的俊美青年，「既然你看出來了，那久容要不要去做送禮的人？」

修久容一臉喜色，「臣願意！」

風惜雲微笑點頭，目光望向輿圖道：「久容帶五百人去，分別在這裡，還有這裡……」她手指在輿圖上點了幾處，「待金衣騎的先鋒一到，便將之切成幾段。記住，只要予以小小騷擾，切不可戀戰。」

「臣領命！」修久容躬身道。

「金衣騎挾勢而來，我們就殺殺他的銳氣！」抬首間，風惜雲眼中冷鋒閃現，然後目光望向齊恕，「傳令下去，除巡守將士外，今夜全軍早早休息。」

「是！」

「厲城的百姓是否已全部轉移？」風惜雲又看向徐淵。

「謹遵主上之命，厲城百姓全部轉移至陽城和岐城。」

「嗯。」風惜雲點頭，「厲城內留下七日糧草，其餘全部運往岐城。」

「厲城現僅存七日糧草，其餘早已轉移。」

風惜雲微怔，然後看著徐淵笑了，「出去這兩年，我都要忘了徐淵你一貫心思縝密，慮事周詳。此次與金衣騎之戰，所有軍需事宜全部交由你統籌安排，我不再過問了。」

「臣遵令！」徐淵沉聲應道。

而後，又商議了一下守城事宜，半個時辰後，幾人退下。

待四人全走後，書房的一扇屏風後，走出氣定神閒的豐蘭息。

「想去城中走走，蘭息公子可要同往？」風惜雲起身往門外走去。

「佳人相約，不勝榮幸。」豐蘭息優雅地拉開門，請她先行。

走出門口，兩人才發現天色已暗，不過並沒有因此打消出去走走的念頭，屏退左右侍從，兩人走出行宮，漫步在城中街道上。

城內百姓早已轉移，是以各家各戶皆是門上掛鎖，路上除能見到巡城的將士外，看不見有普通百姓。

兩人一路無話，慢慢行來，不知不覺中便到了城樓前，登上城樓，天已全黑。

「雖有萬軍，卻不聞喧囂。」豐蘭息目光掠過城樓上那些筆直佇立、銳氣逼人的將士，輕聲感嘆道，「風雲騎名不虛傳。」

風惜雲聞言只是笑笑，面向城外無垠的野地，望見的只是一片朦朧的幽暗，「冀州爭天騎有二十萬，幽州金衣騎有二十萬，你的墨羽騎也有二十萬，獨我青州的風雲騎只五萬。」她回首望著豐蘭息，「你們二十萬之外渴望更多的精兵良將，因為你們都想要這無垠江山，而我，只要守好我的青州，所以我五萬足矣。」

豐蘭息微怔，凝眸看她，藉著城樓上淡淡火光，看得她冷淡的面容，黑不見底的眼眸，心頭不由自主地便沉了沉，道：「妳的五萬風雲騎乃精銳中的精銳，足抵二十萬大軍，妳若要這天下，誰人敢小瞧。」

「天下？」風夕喃喃輕念一聲，然後長長嘆息，轉頭，目光再次投向那片朦朧幽野，「天下有錦繡江山，有如畫美人，才引得你們折腰相競。」

豐蘭息卻搖頭，「爭天下並不是為著江山美人。」他移眸，目光投向遠方的無邊黑夜，「爭天下的過程才是最吸引人的。領千軍萬馬揮斥八極，與旗鼓相當之對手決戰沙場，與知己良臣指點江山，看著腳下河山寸寸納入囊中，這些才是最讓人為之熱血沸騰的。」

聞言，風惜雲心頭一動，側首看他。

墨髮烏袍，玉立城樓，彷彿與身前那片無垠夜空融為一體，即算是說出這樣一番話，也無激揚意氣，他的聲音依舊是溫雅，他的神情依然平靜，可就是在這份靜雅的氣度裡，自然而然地散發出一種江山在握的自信。

驀然間，她忽然想起皇朝，在她前往天支山的那個夜晚，在屋頂之上，那個張開雙臂，敞開懷抱，要掌握住這天下的皇朝。

不同的樣貌，不同的話語，不同的氣勢，可這一刻的豐蘭息與那一刻的皇朝，何其相似！

「天下……你們這也算是殊途同歸罷。」那句呢喃輕輕溢出後，她才驀然回神。

豐蘭息回首看她，墨色的眸眸裡閃現著與往日不同的明光，「無論妳要不要爭，生在王室的我們別無他法！」

風惜雲默然，抬首望向天幕。

今日的夜空上，只有稀疏的幾粒星子，月牙隱在雲層之後，偶爾露出半片臉兒，似對這黑漆漆的下界並無興趣，很快便又隱回了雲層裡。

許久之後，她才出聲，「我答應了的事，便不會反悔，你無需一直跟著，戰場上刀劍無眼，若有閃失……」

「妳在怕什麼？」豐蘭息驀然打斷她的話。

風惜雲心頭一震，只面上卻神色不變，眼眸依舊望著夜空。

「妳怕的自然不是我會有閃失。」豐蘭息唇邊泛起微笑，卻不再雍容文雅，而是冷漠譏誚，「自入青州，若非我親眼目睹，親自確認，我真要當風夕與風惜雲是兩個人。」

風惜雲回首，目光晦暗，語氣平靜，「風夕與風惜雲本就是兩個不同的人。」她伸出雙手，垂眸看著，「風夕身無長物，手中握著的，只是自己的一腔熱氣，而風惜雲背負百姓，手握青州。」她驀然凝眸看著豐蘭息，目光明亮而冷利，「白風夕活在江湖，風惜雲立於玉座，你怎能奢望她們是一樣的！」

那樣的目光看得豐蘭息胸口一窒，可心頭卻依然堵著一份莫名的不甘，以至他脫口而出，「難道對妳來說，豐息與豐蘭息也是兩個人？所以對豐息可以嬉笑怒罵、坦誠相待，對豐蘭息則要處處防備、時時算計？」

風惜雲頓時怔住，呆呆看著他，半晌未能反應。

豐蘭息話一說完便悔了，可話已說完，無法收回，於是乾脆盯緊了風惜雲，不肯錯漏了她眼睛裡的絲毫波動。

兩人靜靜對視，片刻後，風惜雲面上浮起淡淡微笑，道：「怪哉，平日你總對別人防備算計，卻偏就不許別人對你防備算計？」

「任何人都可以對我防備算計，唯獨妳……」豐蘭息目光深沉地看著她，伸手握住了她的手。

那雙如子夜的墨瞳裡似乎湧動著什麼，讓風惜雲心頭巨跳，神思慌亂，以至他伸手相握時她竟然沒有躲開，只覺得手掌在相觸的瞬間，霎時變得熾熱，那股熾熱自手心蔓延，傳至五臟六腑，全身如浸在滾燙的水中，偏還四肢綿軟無力，難以自拔。

「惜雲……」豐蘭息輕聲喚著她，聲音低沉中帶著醉人的溫柔，握著她的手慢慢用力，輕輕將她拉近，一點一點地……近到可以看清彼此的眼睛，看清彼此深不見底的瞳仁！

「黑狐狸！」風惜雲忽然急急喚道。

這突兀的一聲，驚醒了彼此。

片刻，豐蘭息放開了她的手，風惜雲轉過身，兩人默默望著城外曠野。

許久後，風惜雲出聲，「回去吧。」

「嗯。」豐蘭息點頭。

兩人轉身，移步走下城樓。

厲城，豐蘭息與風惜雲步下城樓，走回行宮時，在幽州王都，金華宮裡，皇朝正與玉無緣對弈。

皇朝執黑子，玉無緣執白子，開局過半，西南一角的黑子便被白子困住。

皇朝執子沉思，久久不落，玉無緣也不催他，只拈了顆棋子在手，反復摩娑著。

「幽王出兵青州，你為何不阻止？」玉無緣忽然開口問道。

「什麼？」皇朝太過沉思，一時未能反應，待回過神來才道，「以幽王的稟性，沒必要去勸阻。」

「就這樣？」玉無緣再問。

皇朝聞言倒不琢磨棋了，丟開棋子，端起一旁几上的茶，飲上幾口後，將茶杯擱下，手指向棋盤上的西南一角，道：「就如這局棋，在這裡，他會慘敗。」

玉無緣目光落在西南一角，「連你都這麼說，看來這風雲騎真的很厲害。」

「風雲騎由惜雲公主一手創建，盛名已傳十年，與雍州墨羽騎、我國爭天騎都曾有交鋒，我們都未曾討得過好處。」皇朝一邊說著，一邊拾起兩顆白子，放在西南一角，「幽王的十萬金衣騎，我看不過如此結果。」

玉無緣目光望向棋盤，因著皇朝放下的兩顆白子，西南一角的黑子已被全部吃掉，他不由搖頭道：「你別忘了，黑子是你的，你要眼看他慘敗？」

「不錯。」皇朝笑道，「我要的就是他的慘敗！」

「果然。」玉無緣嘆了口氣。

「這也不能怪我。」皇朝神色平靜，「他的野心可不僅僅是奪得青州。」

「他此次若敗於風雲騎，那這幽州便是你囊中之物。」玉無緣看著棋盤道。

皇朝挑眉，而後笑道：「我要的也不僅僅是幽州。」

「我知道。」玉無緣目光看著棋盤西南一角，「這一戰，你還要青州。」

「哈哈哈！」皇朝聞言大笑，「無緣，無緣果然是我的知己！」

玉無緣看著他搖頭，「你笑這麼大聲就不怕被純然公主聽去？」

皇朝毫不在意，「五丈之內有人近身，你我豈會察覺不到。況且……」他唇角微勾，浮一抹介於譏誚與冷峻間的微笑，「純然公主是個聰明的女子，她知道她能倚重的是什麼，也知道什麼才是最重要的。」說完了，不期然地想到另一個女了，目光看一眼玉無緣，「卻不知白風夕如今在哪裡。」

「白風黑息都是來去如風之人，此時此刻，或許正在哪處山頂醉酒賞月。」玉無緣說著，伸手將棋盤上的黑子白子分開，然後分別裝入棋盒。

皇朝看著玉無緣將棋子收拾了，想起那一晚，心頭忽地不能平靜，「無緣，為什麼？」

玉無緣收拾棋子的手一頓，然後繼續將棋子裝入棋盒，收拾完了，他起身，「時辰不早了，我去睡了。」

皇朝卻不死心，道：「她明明對你另眼相看，你對她也不同一般，為何……」

玉無緣沒有答話，只是拉開門，走了出去。

窗邊坐著的皇朝默默嘆一聲，移眸望向窗外。

門外緩步離去的玉無緣仰首望向夜空。

漆黑的天幕上，稀疏的星子閃耀著泠泠冷光。

這一刻，窗邊倚坐的皇朝及門外走遠的玉無緣，不約而同地微微嘆息，「白風黑息……黑豐息……」

景炎二十六年，五月初五。

豐蘭息輕袍緩帶，意態從容地登上厲城南門城樓。一路走過，兩旁將士銀甲晶亮，刀槍在握，肅嚴以待，從中穿過便能感覺到一股逼人氣勢，他暗暗讚道，不愧是身經百戰的精銳之師。

登上城樓，便可見半空中一面迎風招展的大旗，墨色的旗面上，白色鳳凰展翅翔於雲空，飛揚之中有著睥睨天下的高傲。而在旗下，佇立著的人更是耀眼得讓人移不開眼睛。銀白色的軟甲十分合身地緊貼著風惜雲修長的身軀，襯得她高挑而健美，腰間懸掛寶劍，白色的披風於身後飛揚，高空上豔陽灑落，映射得銀甲光芒閃爍，而被銀芒包裹的人，玉面丹唇，清眉俊目，英姿颯颯，彷彿遠古戰神從天而降，俊美絕倫，不可逼視！

與她十年相知，豐蘭息見過很多模樣的她，江湖間素容白衣的她，離芳閣裡妖嬈嫵媚的她，落華宮裡清新雅麗的她，淺雲宮前高貴美豔的她，紫英殿上雍容凜然的她……卻只有此時此刻的風惜雲，讓他目迷神癡，渾然忘卻身在何方，世間萬物都已消失，眼前只有她，風中獵獵作響的旌旗下，她獨立於天地間，傲然絕世！

彷彿感覺到了他的視線，風惜雲微微側頭，移目向他看來，然後微微一笑，「看到這面旗了嗎？」她指指半空上的那面墨底白鳳的大旗。

「白鳳旗。」豐蘭息移目看向半空。

「對，白鳳旗，因先祖風獨影而得名，天地間獨一無二的白鳳凰，代表我青州風氏！」風夕抬首仰視那風中展翅的白鳳，眉目間溢出自豪。

「令祖風獨影，乃助威烈帝得天下的七大名將中唯一的女將，有白鳳凰之號，封王以後則有鳳王之稱。」豐息仰視風中的白鳳旗，遙想著當年那個英姿無倫的女子，「史書記載，令祖上戰場著銀色鎧甲，下戰場著白色長袍，顯然十分偏愛白色，她受封青州後，青州百姓因愛戴她而尊崇白色，民間之人除重大節慶日外，輕易不著白衣。」說著，他目光轉向了風惜雲，「說來，妳這著衣的偏好，倒與令祖相似。」

風惜雲聞言卻是笑著搖頭，道：「我倒算不得偏好，你也說了，青州以白色為尊，王室之人的衣物更是以白色為主，我穿白衣是因為穿習慣了。」說著，她沖豐蘭息眨了眨眼睛，「令祖豐極的喜好倒是與先祖截然相反，我記得史書上說他愛著玄甲墨衣，你們雍州也是以黑色為尊，難道說你的偏好是與令祖相似不成？」

豐蘭息頓時也忍不住笑了，道：「這麼一說，我也是習慣了穿黑衣罷了，不過……」他語氣一頓，目光變得幽沉，「我倒確實喜歡可以掩蓋一切的黑色。」

風惜雲聞言，也不知怎的，心頭便有些發澀，於是道：「我看皇朝也多著紫衣，估計也是習慣所致，想來都是先祖們連累了我們。」

聽了她的話，豐蘭息看著她的目光裡不自覺地流露出欣喜之色，口中卻道：「說起先祖們，我倒想起一段逸聞來，說是當年威烈帝本要立令祖為后，誰知令祖不答應，反招了一個默默無聞的書生為夫，而在令祖大婚之日，威烈帝賜下舉世無雙的雪璧鳳為禮，卻又將棲龍宮中所有的玉璧摔個粉碎。」說著，他望著風惜雲的目光變得幽深，「我聽說，皇朝也曾對妳起誓，他若為帝，便立妳為后，妳竟也一口拒絕了。怎麼，妳們風氏的女子都不喜這個母儀天下的位置？」

風惜雲沒想到皇朝那晚的話他竟然也知道，但想想他一貫的行事風格，倒也不奇怪，只是冷冷一笑，道：「什麼母儀天下，看似尊榮至極，其實不過是仰男人鼻息過活，暗地裡還得和無數的女人爭鬥，這樣的尊榮白送我也不要！我們風氏女子，要做的是九天之上的鳳凰，豈會卑縮於男人身後！」

這樣的話，豐蘭息似感意外，又似乎完全在意料之中，他默默看著風惜雲半晌，道：「或許當年威烈帝想娶令祖為后，是想與她共用這個天下，否則也不會授以青州，封她為王。」

「共用天下？」風惜雲抬首望天，悠然長嘆，「與一個女人共用天下？古往今來都沒有這樣的事。」

豐蘭息目光一沉，欲待說話時，一直立在遠處的林璣驀然走近，風惜雲頓時目光一轉，「可是來了？」

「探子回報，已不遠了。」林璣道。

風惜雲頷首，「那就準備吧。」

「是！」林璣領命而去。

「幽王的前鋒到了？」豐蘭息自然猜得。

「嗯。」風惜雲點頭，目光眺望遠處。

豐蘭息便也不再說話，靜靜地望著遠處。

過得兩刻鐘，遠處半空驀有塵土揚起，厲城上下頓知那是金衣騎的到來。

「大軍才至，你們又是以逸待勞，按理說他們應該休整個一、兩日再攻城才是，竟然這麼快就要攻城，這位前鋒領將……」豐蘭息搖著頭，面上卻沒絲毫惋惜之意。

風惜雲冷笑一聲，道：「昨日久容伏擊成功，三萬先鋒大軍折損了五千，這位先鋒自然是想在幽王到來前攻下厲城，好將功贖罪。」

她說完，即踏前一步，手一揮，城樓上的傳令兵見她手勢，忙拾黑旗一面在手，凌空一揮，頓時，南門城下的風雲騎將士依令行動，只聞甲冑鏗然，片刻間便已布好陣形。

豐蘭息垂目望去，頓時心頭一凜。

「這是先祖所創的血鳳陣。」風惜雲目光望著城下道。

「《玉言兵書》曾言『遇鳳即逃』，遇鳳王風獨影，逃；遇血鳳陣，逃。」豐蘭息目光炯炯地望著城下，「想不到今日我竟有幸得見此陣。」

「蘭息公子亦是兵法大家，這些年我在先祖的陣法上又添加了些變化，正好請公子指教一二。」風夕回頭一笑，驕傲自信，耀如九天鳳凰。

「不敢，拭目以待。」豐息回頭看著光芒炫目的風惜雲，面上浮起淺笑。

在他們說話間，前方金芒耀目，鐵蹄震動，正是幽州的金衣騎。

豐蘭息望著迅速奔來的幽州大軍，再看看城下嚴陣以待的風雲騎，唇邊淡笑雅逸，「噬血的鳳凰再次臨世，卻不知這幽州的先鋒能否察覺危險……」

他的話，幽州的先鋒葉晏是聽不到的。前番曲城一事已讓他失去幽王的信任，此次好不容易得以點為先鋒，本欲立功，以重振聲威，偏昨日屹山腳下遇伏，折損了數千精兵，若他不能在幽王大軍到來前攻下厲城，以將功贖過，那他不但再無前程，只怕性命堪憂。

因此，抵達厲城後，葉晏見城前列陣的不過一萬兵士，料想憑藉自己兩萬多的兵力，要攻下此城還不是輕而易舉之事，因此不待休整，他即下令攻城。

咚咚咚……咚咚咚……

戰鼓擂響，身著金色鎧甲的金衣騎頓如金色潮水，湧向城前的風雲騎。

豐蘭息目光緊緊盯著城下，金衣騎衣甲鮮亮，兵力是風雲騎的兩倍，此刻挾勢衝襲，當可謂猛浪狂潮。而城前的風雲騎眼見敵兵到來，卻是一動不動，那等鎮定無懼的風範，更令他心驚！

眼見著金色的潮水即將湧至，城樓上的風惜雲抬手，旗兵當即揮下令旗，剎那間，城下的風雲騎動了，彷彿是蓄勢待飛的銀色巨鳳，驀然間張開了翅膀，將金色洪潮攔截於懷，而後伸出了利爪，瞬間便將金潮撕裂！

居高臨下，可以清楚地看到下方的廝殺。

「看起來真像一幅畫。」豐蘭息喃喃。

銀甲的風雲騎、金甲的金衣騎，彷彿銀色的鳳凰與金色的潮水相搏。鳳凰張翅，便將金潮分割，鳳凰探爪，便將金潮撕裂……銀色與金色相纏，而後血色流淌，漸漸淹沒了金潮，浸染了銀翅！

可實際上，下方刀劍相叩，如嗚咽哀鳴，頭顱滾地，殘肢橫飛，淒嚎厲叫，血氣沖天，人世的修羅地獄盡展眼前！

可在城樓上看著的人，無論是風雲騎的將士，還是豐蘭息、風惜雲，他們都目光堅定，神色冷峻。

戰場上，不是你死便是我亡，不存仁者之心！

待到落日西沉，一場血戰結束，最後立於屍山血海中的，是銀甲汙濁的風雲騎。

「噬血鳳凰，名不虛傳！」豐蘭息望著下方的眸光，那一刻變得幽冷。

風惜雲沒有說話，她只是把目光移向了遠方，殘陽如血，晚霞似火，那樣的哀豔入骨。

第二十章　故人依舊情已非

幽王都的天支山下有座風景優美的莊園，名夜瀾莊。自幽王領兵前往青州後，長公子華純暈監國，還處在新婚中的純然公主與駙馬皇朝便移駕至這座莊園。

夜幕初降，新月升起。

猗蘭閣裡，華純然與皇朝對弈，隔著一道密密珠簾，臨室靠窗的軟榻上，玉無緣捧著一卷書，正凝神聚讀。

皇朝看看棋局，再看看對面凝神思考卻是猶豫再三的華純然，淺淺笑問：「公主還未想好？」

華純然拈著棋子，嘆道：「好像不論下在哪兒，我都輸定了。」

皇朝端起幾旁的茶杯，道：「這局棋，公主還有一線生機。」

「哦？在哪呢？」華純然聞言目光凝聚棋盤，可瞅了半天，依舊不曾看出那一線生機，正鬱悶非常時，忽覺一陣清風拂來，那冰涼的氣息頓時讓她神氣一爽，不由得轉頭往窗邊望去，這一望頓時呆住。

窗邊不知何時立著一名年輕男子，如雪的肌膚，如雪的長髮，淺藍如水的長袍，精緻如畫的容顏，冷澈如冰的氣質，有那麼一剎那她幾疑這人是瑤臺仙影，才來得這般無聲無息，如夢似幻。

猶在怔忡間，開啟的窗戶忽然飛進一人，輕悄有若葉落，這一刻，華純然才是驀然回神，欲待出聲喝問時，身旁皇朝伸手按上她的肩膀，「純然勿驚。」肩上溫熱厚實的手掌安撫了她的心神，她側首看一眼神色平靜的皇朝，而後若有所悟，目光再次望向窗前。

從窗戶飛進來的是名身材高挑的年輕女子，淡青的貼身武裝，褐色的長髮以金環束於頭頂，背上背著彎弓，腰間掛著箭囊，年約二十出頭，面貌……

華純然看著那張面孔微微訝然。

她長於深宮，自幼目中所見即是雪膚花容、風情各異的美人，而眼前的女子與以往所見全然不同，她濃眉深目，高鼻厚唇，膚色如蜜，絕算不上是個美人，卻自有一種英朗爽麗，端正大氣，令人過目不忘。

在華純然為這突然闖入、形貌鮮明的男女而驚異時，那二人已沖著她這邊躬身行禮，「世子。」

皇朝抬抬手示意兩人免禮，目光卻望著那名女子道：「九霜受傷了？」

那女子渾不在意地道：「傷在肩膀，小傷而已，不礙事。」

皇朝點頭，「回頭去取瓶紫府散。」

「多謝公子。」女子笑笑，「不過這點小傷用紫府散太浪費了，還是留著吧，這藥稀罕著呢。」

皇朝不跟她多話，只是目光一沉。

那女子果然收聲低頭。

「你們倆過來見過純然公主。」皇朝吩咐。

兩人當下大禮參拜。

「臣蕭雪空拜見世子妃！」

「臣秋九霜拜見世子妃！」

華純然雖猜著這兩人必是皇朝的部下，卻沒料到兩人竟然就是冀州名將「掃雪將軍」與「霜羽將軍」，當下上前，一手虛扶蕭雪空，一手扶起秋九霜，「無須多禮，兩位將軍快快請起。」待二人起身，近看兩人容貌，更是驚異，暗想若兩人的臉換過來就更好了，口中卻笑道：「我早聞兩位將軍英名，今日一見果然不凡。」

蕭雪空沒有說話，秋九霜卻是目注華純然，朗然笑道：「天下第一美人果然名不虛傳，世子妃容光絕世，與世子真是天造地設的一對佳偶！九霜與雪空先在這裡代冀州的臣民恭祝世子與世子妃琴瑟和鳴，白首偕老。」說著她伸手一扯蕭雪空，再次躬身行禮。

世子、世子妃。

『這兩人是在提醒她嗎？』華純然目光微凝，面上卻漾著嬌羞與甜蜜相合的完美微笑，「多謝兩位將軍。」然後也禮尚往來地讚賞一番，「古往今來，女子為將者少有，我初聞秋將軍之名時便已神往，今日相見，果是英姿無倫。只不過……」她笑吟吟地拉著秋九霜的手，一臉的關切神情，「秋將軍雖智勇不輸男兒，但也別忘了自己是個女兒身，這女子到底不比粗漢，受了傷需得細緻療養，別吝嗇了一瓶傷藥。」

秋九霜還不待答話，一旁靜默的蕭雪空驀然道：「世子妃此話有理。」

這話很突兀，而且說完了蕭雪空便又緊閉了嘴唇，華純然還在奇怪中，秋九霜已從鼻孔裡哼了哼，道：「你就想說我像男人是吧？」她一邊說一邊睨著蕭雪空，「自己還不是長得像個女人！而且是比我這女人還要像女人，你當這很了不起呀！」

華純然聞言微訝，再看一眼容貌驚人的蕭雪空，頓時忍俊不禁，倒是沒料到大名鼎鼎的掃雪將軍與霜羽將軍會是這樣的兩個人。

蕭雪空扭頭望著窗外，「只有嘴巴又利又毒像女人。」

聽了這話，秋九霜豈有不反擊的，「至少我身為女人還像個女人，總不像某人，做男人太美貌，做女人太凶狠，結果男不成、女不是，偏偏還冷血冷肉，你哪裡像個人啊，你明明就是個沒心沒肺的雪人！」

「你們這一路上又發生了什麼事？」秋九霜的話一落，皇朝就不鹹不淡地問了一句。

對於他的話，蕭雪空與秋九霜的反應是——彼此扭頭，以後腦勺朝著對方。

鄰室傳來一聲輕笑，華純然亦是掩唇而笑，彆扭著的蕭將軍與秋將軍頓時有些尷尬。

皇朝對於四將性格了若指掌，知道除非燕瀛洲在場，否則另三人在一起必是爭鬥不休的，此刻兩人當著外人的面都爭起來，想來路上又生出了什麼事端，但他也知他們不會因意氣而誤了正事，所以也不為難二人，問道：「此行如何？」

聞言，兩人神色一整，秋九霜看了華純然一眼，斟酌道：「遵照世子吩咐，我們卻只攔到一輛空車，車中有埋伏，臣亦因此受傷。」

「空車？」皇朝目中金芒一閃，面露深思。

「是空車。」秋九霜神色微顯凝重，「回途中我們順道打探了一下青州的情況……」說著她目光再望了華純然一眼，微有遲疑。

「怎樣？」皇朝並未在意，示意直言。

「幽州三萬先鋒於青州厲城全軍覆沒。」秋九霜緩緩道。

「什麼？」一旁坐著的華純然頓時變色。

「三萬先鋒全軍覆沒？」皇朝也目露驚異，他雖料到幽王此行必敗，卻也沒想到金衣騎會如此不堪一擊，「厲城的守將是誰？」

秋九霜目光閃了閃，道：「是青州女王風惜雲親自坐鎮。」

「是她！」皇朝不再驚訝。

華純然卻面露慌色，「駙馬……」

皇朝轉頭，抬手輕輕拍拍她，然後轉向秋九霜與蕭雪空，「你倆現在就回冀州去告訴父王，待我事了，便會即刻回國。」

「是！」兩人躬身領命。

而後，就如來時一般，蕭雪空與秋九霜沒有驚動莊中任何人便離去了。

室中再復安靜時，皇朝面向華純然，「公主可是有話要說？」

華純然點頭，目光瞟向臨室。

皇朝看出她的顧忌，道：「公主但說無妨。」

華純然看著皇朝，良久無語。

眼前之人，看似傲氣張揚，內裡卻精明強悍，非父王那般，撒嬌哭鬧便可如願。華純然沉吟片刻才開口道：「駙馬，我們已是夫妻。」

「嗯。」皇朝點頭。

「自古夫妻一體。」華純然眼眸直視皇朝明亮的金眸，未有絲毫羞怯與退縮，「汝之家國即吾之家國，吾之家國亦為汝之家國！」

聽得她此言，皇朝眸中射出驚訝，然後一笑，笑中帶著讚賞與了然，「公主是要我去青州助幽王一臂之力？」

「是！」華純然點頭。

「公主何出此言？」皇朝目光落向棋盤，「幽王有十萬鐵騎，而風惜雲兵力不過五萬，按理需要求助的該是風惜雲才是。」

「駙馬何必糊弄純然。」華純然也垂眸望向棋盤，「純然雖深居宮中，卻非不知世事時局之人。此刻先鋒盡覆，則鐵金衣騎之勢，父王危矣！」

「哦？」皇朝眼光移回華純然面上，第一次認真而慎重地看著他的妻子，片刻後他才頷首道：「既然公主有言，豈敢不從。」說著揀起一枚棋子落在棋盤上，「公主放心，幽王定能安然歸來！」

那一子落下，華純然目光看去，頓心頭一驚，她本已無力回天的棋局，因這一子便絕處逢生。原來真的有一線生機，自己卻未能找到。

她抬首看著皇朝，然後起身盈盈一禮，「純然謝過駙馬！」

「公主無須多禮。」皇朝起身相扶。

「兵貴神速，純然先去為駙馬準備行裝。」華純然轉身離開。

「有勞公主。」

待華純然離去後，鄰室的玉無緣終於放下手中的書卷走了過來，「這位純然公主也是蕙質蘭心之人。」

「嗯。」皇朝走回棋盤前看著那局棋，「布局時點滴不漏，落子時謹慎小心，行棋時步步為營，被困時則伺機而動，決不鋌而走險，以棋觀人，當得『佳人』二字。」

玉無緣看一眼棋盤，「你是要親自前往青州觀戰嗎？」

「觀戰？」皇朝哂然一笑，「我是要去參戰。」

「那我先回冀州去。」玉無緣目光透過窗戶望向門外，門前的庭院裡開著一叢紅牡丹，搖曳月下，芳姿幽雅。從幽王宮到夜瀾莊，所見最多便是牡丹，雖是豔色傾國，卻不若一枝白蓮來得清雅靈秀。

「你不如和我一道吧，我們一塊去看看青州風惜雲，十年威名之下，到底是怎樣厲害的一個人。」皇朝手一伸，一把棋子咚咚落下。

而回房的華純然，匆匆寫下幾封信，而後命人祕密送出。

五月初九，幽王領十萬大軍抵厲城。

高坐於戰車之上，遙望厲城城頭，聽著臣下稟報三萬先鋒全軍覆沒的消息，幽王咬牙切齒，一掌揮下，將戰車上的護欄拍斷兩根！

「豈有此理！」幽王勃然大怒，「三萬大軍一日間全軍覆沒，這葉晏是如何領軍的？」

「主上，您看城頭上的旗，那是青州風氏的白鳳旗，顯然此次守城的是青州新王風惜雲！」一旁的軍師柳禹生遙指厲城城頭道，「青州惜雲久有威名，此次葉將軍肯定是輕敵才至全軍覆沒，因此我們萬不可急進攻城。」

「哼！」幽王冷冷一哼，「傳令紮營休整！」

「是！」

在金衣騎下馬紮營時，遠處厲城城樓上，豐蘭息問著身旁的風惜雲：「幽王到了，這次是否要試試妳的血鳳陣能否盡吞他的十萬金衣騎？」

「我沒那麼自負。」風惜雲淡淡一笑，看著前方彷彿遮住一方天地的金色大軍，「不是沒可能以少勝多，但再精銳的軍隊也無這般絕對之事。」

豐蘭息聞言，卻搖頭一笑，道：「風惜雲果不似白風夕張狂任性。」

風惜雲嘴角微動，平靜地道：「我現在是青州青王風惜雲。」

「既然妳不打算在此與金衣騎決戰，那為何不早退？」豐蘭息再問。

「因為我還想看某樣東西，看看它的威力到底如何。」風夕眼睛微微瞇起，然後仰首望向天空，蔚藍如洗的碧空上，浮雲若絮。

五月十日，幽王金帳。

「禹生，你熟讀兵書，可知那風惜雲布下的是何陣？竟令我三萬先鋒盡歿！」幽王問柳禹生。紮營後，他即派人去尋，看有無生還的先鋒兵，不想還真找著了幾個，只是都一副膽破魂失的模樣，問起當日情形，只說風雲騎布下了極為可怖的陣法，令他們如入修羅地獄。

柳禹生沉思片刻，道：「回稟主上，依臣推測，風惜雲布下的可能是六百多年前鳳王風獨影所向披靡的血鳳陣！」

「血鳳陣？」幽王起身離座，在案前來回走動，「想不到風惜雲這小娃娃竟也懂擺得弄此陣。」

「此陣陣勢複雜，變化繁多，自鳳王以來，雖聞其名卻無人能布，傳言說若陷此陣，如被噬血鳳凰所纏，不死不休！」柳禹生言行謹慎，顯然對此陣也有幾分畏懼，「主上，當年鳳王曾以此陣大敗滔王，一陣殲敵十一萬，實不可小覷！」

「這般厲害？」幽王聞言亦神色一變。

柳禹生依舊一派鄭重之色，「主上，這絕非臣妄言。《玉言兵書》曾言『遇鳳即逃』，遇鳳王風獨影，逃；遇血鳳陣，逃。」

「以禹生之言，那孤豈不是要束手無策，退兵了事了。」幽王目光不悅地盯著柳禹生。

柳禹生聞言，自知是剛才所言觸其虎鬚，當下躬身道：「主上雄才偉略，這風惜雲只不過仰賴祖上威名，自不是您的對手。」

「哼！」幽王哼一聲，「這血鳳陣……禹生可能破？」

「主上，此陣乃鳳王獨創，未曾傳世，兵書上也未有詳記，臣不熟此陣法之變化，因此……」柳禹生遲疑著。

幽王不待他說完便目光凜凜地掃向他，「難道孤此次真要無功而返？」

「不！」柳禹生趕忙擺手，「主上大業豈會被這小小血鳳陣所阻。」

「哼！」幽王一掌拍在案上，「孤就不信，憑我十萬大軍，會破不了它！」

「主上是要……」柳禹生小心翼翼地試探著。

幽王重新坐下，沉思了半晌，而後喚道：「來人，喚孟郊來！」

「是！」有親兵應答，而後飛快通報。

不一會兒，帳中響起洪亮的聲音，「臣孟郊應詔前來。」

「進來。」

帳門掀起，一名武將跨步走入。

「孟郊，你領五千精兵，巳時攻城！」

「是！」

「主上，三萬精兵猶敗於血鳳陣，只派五千……」柳禹生勸阻。

「哼，血鳳陣！我就看看這血鳳陣是個什麼樣！」幽王冷冷一哼，眼光掃過，盡是陰森狠厲。

柳禹生心神一顫，霎時明白，這五千精兵是探路的羊！

「才歇息了一天，幽王就忍不住了啊。」厲城城樓上，豐蘭息看著前方金衣騎的動靜搖頭嘆息，「真是一點耐心都沒有。」

「他這是打算送些小點心過來，只可惜我的鳳凰從來只吃血肉大餐。」風惜雲冷笑。

「看來三萬先鋒盡歿讓他也頗為顧忌。」豐蘭息笑笑，「他是想以這數千士兵為餌，引妳出城，然後他再瞅準時機，傾十萬大軍來個橫掃鳳凰！」

「想得倒是挺美的。」風惜雲遙望那數千金衣騎的動向，然後喚道，「林璣。」

「臣在。」林璣上前。

「這一戰就交給你了。」

「是！」

林璣一揮手，頓有數百名士兵湧上城樓，然後整齊地排列於城垛前。

豐蘭息的眼光掃過這數百士兵，想看看他們有何奇特之處，讓風惜雲托以重任。

這些士兵既不格外高大，也不特別威武，有的甚至十分矮小，但他們有兩點相同——都有一雙明亮懾人的眼睛和一雙健壯平穩的手，就算他們的女王就立在一丈之外的地方，他們的神色也鎮定從容。

「原來如此。」豐蘭息了然頷首，目光望向風惜雲。

風惜雲自然知曉他的打量，卻只是淡然一笑。

而城前，金衣騎已越來越近，在那五千士兵之後，幽王由大軍擁簇著，坐在八匹駿馬拉著的、高大華麗的戰車之上，遠遠觀望著前方的動靜。

五千金衣騎已離厲城不過四十丈，可厲城城門依然緊閉，風雲騎似未有出城迎戰之意。

「主上，這風雲騎似乎沒有動靜。」

幽王看著厲城方向，暗自思量，難道那個風惜雲不打算再布血鳳陣？是害怕了？還是瞧不起孤？一邊想著，一邊皺眉道：「再看看。」

五千金衣騎繼續前進，離城已只有三十五丈。

「準備！」林璣低聲喝道。

頓時，那數百名士兵張弓搭箭，瞄準前方，城樓上，除了風吹得旗子獵獵作響外，再無其他聲響，人人皆屏息靜氣地注目於金衣騎，或者注目於這些弓箭手。

林璣的眼睛亮得異常，緊緊地盯住前方的金衣騎，一眨也不眨。

近了，三十丈……二十七丈……二十六丈……二十丈！

「射！」

林璣一聲令下，霎時城樓上飛箭如雨，未及防範的金衣騎頓時一陣慘叫，倒下一大片！

「射！」

不給金衣騎喘息之機，林璣隨即下令，城樓之上的士兵又飛出箭雨，前方的金衣騎頓時又淒慘倒下一片！

「射！」

「好！」城樓上看得分明的豐蘭息脫口讚道，回頭看向風惜雲，眸光晶亮，「未有一箭射失，當之無愧神箭手！」

「這是我從五萬風雲騎及十萬禁衛軍中挑選出來的五百神弓隊，再訓練了五年，基本上是達到了我當年立下的百箭中必九九中的要求。」風惜雲神色平靜，目光漠然地落在前方，隨著林璣一次又一次令下，那數千金衣騎已剩一半不到。

「當年踏平斷魂門後，江湖上有大半年沒妳的消息，原來是做這事去了。」豐蘭息了然點頭。

金衣騎陣前，柳禹生眼見孟郊失利，不由焦急，「主上，風雲騎並未出城列陣，偏我軍未帶盾甲，請主上快下令收兵，否則……」他那句「全軍覆沒」差一點溜出口，但幽王冷厲的目光讓他把話生生吞回肚中，「主上？」

憤然半晌，幽王臉色一片鐵青，終於從齒縫中逼出兩字，「收兵！」他目光如鬼火般盯著厲城城頭，咬牙切齒地喚著，「風惜雲！」

收到命令後，孟郊趕忙領著人回逃，五千人出擊，回來時已不到一千，就連他自己臂膀上也中了一箭。

「臣無能，請主上降罪！」

幽王盯著跪在地上的孟郊，盯得他汗流浹背，整條胳膊都已被鮮血染紅，一旁的軍師柳禹生也緊張地低垂著頭，伸長耳朵，等待幽王的命令。

「下去療傷吧。」良久才傳來幽王冷冷的聲音。

「謝主上恩典！」孟郯片刻不敢停留，趕忙退下。

「主上……」柳禹生小心翼翼地開口。

「有話就講！」幽王極不耐煩地瞪他一眼。

「主上，我軍大舉進攻怕陷其血鳳陣，少量進軍又被其飛箭所退……」

「哼！」不待他講完，幽王便冷哼一聲，眼光恨恨地瞪著厲城方向。

「主上，臣有一法，可一舉攻克厲城。」

「有法子為何不早說？」幽王聞言不喜反怒。

「臣也是剛剛才想到的。」柳禹生趕忙道。

「快講！」幽王不耐道。

「是！」柳禹生垂首，「主上，我們有一樣東西，既不怕血鳳陣，也不怕箭射。」

「你是說……火炮？」幽王猛然醒悟。

「對！」柳禹生點頭道，「不論風雲騎是出城布陣，又或是守城不出，我們均以火炮轟之，任他陣法再厲害，城池再堅固，也經不起我們火炮一擊！」

「好！」幽王拍掌，總算展開連日來一直緊皺的眉頭，「禹生，你師傅所造的五門火炮何時能到？」

「回稟主上，明日未時即可到達！」

「好，那就後日申時，給我攻下厲城！哈哈……孤看風惜雲那丫頭這一次還不敗於孤的手中！」幽王大聲笑道。

遠處城樓上，豐蘭息望著退去的金衣騎，笑道：「看來幽王被妳的神箭手嚇走了。」

風夕聞言卻反斂起了眉頭，微微嘆息道：「明日或許就沒這麼輕鬆了。」

五月十二日，申時過半。

咚咚咚咚……咚咚咚咚……戰鼓轟隆裡，金衣騎發動攻勢，大軍最前一排是舉著長盾的士兵，接著是隱於盾甲之後的三門火炮，然後才是衣甲耀目的金衣大軍！

「果然如此。」風惜雲看著金衣騎的陣容了然道。

「想不到幽王竟弄了這樣的新玩意兒。」豐蘭息目光落在那三門火炮之上，「據探子消息，這火炮乃禹山老人所造，所用火彈亦只有幽州禹山上獨有的礦土能製，聽聞威力無比，一炮便可傷數百人，再堅固的城池也能轟開。」

「嗯。」風惜雲目光盯著遠處金衣騎陣中的火炮，嘴唇抿緊，神色凝重。

遠處，層層金衣騎擁護著幽王兩人高的戰車，戰車前後亦有持盾甲的士兵護著，幽王立於車上，緩緩前進。

當金衣騎前進到離厲城不過五十丈時，幽王一揮手，大軍停止前行，而前方持盾甲的士兵與火炮依然繼續前進，在其行進中，厲城的風雲騎沒有絲毫行動，等到離厲城四十丈遠時，盾甲兵與火炮終於停止前進。

「不先發制人嗎？」厲城城樓上豐蘭息問風惜雲。

風惜雲搖頭，「我就是等著看他火炮的威力。」

遠處金衣騎陣中，柳禹生請示幽王旨意。

「給孤將這厲城轟開！」幽王揮手。

金衣騎得令，於是最前方的盾甲兵向兩側散開兩丈，推出一門火炮，對準厲城，使炮的士兵準備，「轟」一聲巨響！亦在那刻，城樓上風惜雲縱身飛起。

「主上！」城樓上的將士驚呼。

「這女人……」豐蘭息抬首低語，眸中閃現緊張。

半空上，白綾自風惜雲袖中飛出，她手一揮，綾帶仿如白電於半空劃過，底下眾人只覺目眩，未及看清，便見風惜雲自半空落下，她足尖剛踏上城樓，便聞「轟」的一聲巨響，眾人不由都移目望去，頓時目瞪口呆，只見遠處半空中綻開一朵碩大的火花，依稀有數丈範圍，而後烏煙彌漫。

那刻，不止厲城城樓上的人驚愕非常，便是金衣騎陣中亦是一片震驚，而更遠處的地方，日夜兼程趕來的皇朝與玉無緣亦是滿目驚疑。

那是——

方才半空上掠過的白影，迅疾如電的白綾，那是——

兩人相視一眼，彼此心頭都浮起一個名字——風夕！

即使隔著這麼遠的距離，即使只是驚鴻一瞥，兩人卻都可以確認，厲城城樓上立著的那道白影，必是風夕！可是她為何會在厲城？

剎那間，兩人心頭一沉，腦中空白片刻，便萬千思緒紛紛擾擾湧上，一時竟是不知如何反應。

而厲城城樓，風惜雲緊緊注目於前方的金衣騎，而後抬手，「拿弓箭來！」

立時便有士兵奉上弓箭。

風惜雲搭箭拉弓，瞄準目標，然後嗖地一箭射出。

金衣騎陣中，使炮的士兵手捧火彈，正準備給火炮填肚，耳邊驀然聽得風裂之聲，抬首的瞬間，一箭已穿胸而過，手中火彈頓時摔落於地。

「箭來！」風惜雲伸手。

士兵迅速遞上鐵箭。

風惜雲將弓拉得滿滿的，眼中冷厲地盯著前方，手指鬆開，鐵箭錚地飛出，直射金衣騎陣中華麗戰車上的幽王！

「保護主上！」

那一箭破空而去，金衣騎眼見立時驚呼，霎時陣前的盾甲兵層層疊疊擋於幽王身前。

自厲城城樓射出的箭，金衣騎肉眼已無法看清，仿是一線墨電劃過眼前，耳邊只聽得風撕氣裂之聲。

「咚！」鐵箭穿透第一層盾甲，「咚！」穿透第二層盾甲，「咚！咚！」直穿過了第四層盾甲後，才傳來箭墜聲。

那刻，眾人才敢睜眼，便見一名舉著盾甲的士兵腿間濕了大塊，竟是嚇得尿了褲子。

而戰車上，被那一箭所震，一直緊張地屏住呼吸的幽王此刻才敢呼出一口氣，然後腿一軟，跌坐在戰車上。

「主上！」車前將士又是一陣驚呼。

而城樓上，風惜雲眉頭一皺，「火箭來！」

馬上有士兵將鐵箭上浸了油的棉絮點燃奉上。

風惜雲腳尖一點，躍上城垛，看清金衣騎陣中三門火炮的方向，然後嗖地火箭射出，剎那間便聽對面轟的巨響，那裝上了火彈正準備沖著厲城轟炮的火炮便炸毀了，傷了周圍數名士兵。

「再來！」

「是！」

風惜雲將火箭搭上弓弦，眸光雪亮冰冷，面容冷峻肅然。

嗖！一箭射出，目光緊追著射出的火箭，手一伸，「再來！」

士兵再次遞上火箭。

嗖！後一支火箭緊追前一箭，直往金衣騎陣前火炮而去，而陣前的金衣騎見著挾勢而來的火箭，紛紛趴地射避，火箭穿空而過，分射兩門火炮，眼看即要射中，驀地，半空中一道白影掠過，落在火炮之上，手一伸，將第一支火箭抄在手，緊接著身如閃電，迅速飛落於另一門火炮上，手一伸，便輕輕巧巧地將第二支火箭也抄在手中。

這不過眨眼間的事，兩軍皆看得分明，一時風雲騎惋惜，金衣騎歡呼，而風惜雲目光望去，頓時一震。

隔著數十丈之距，隔著兩軍對峙的鴻溝，兩人的目光於半空交會，靜靜對視。

此時此刻，他們一個銀甲著身，一個白衣依舊，一個長弓在握，一個手接火箭，一個立於幽州大軍中，一個身後揚著青州王旗，彼此依稀都不是初識模樣，此情此景，似乎意外，又似在意料之中。

眼見著申時過去，日漸西沉，兩人隔著千軍萬馬，遙遙相望，半晌後，各自微微一笑致意，雖然都知道對方根本看不到。

「林璣！」風惜雲自城垛上躍下。

「臣在！」

「將他們趕至五十丈之外！」

「是！」林璣應承，隨後手一揮，其下五百神弓隊立時走上城樓。

「徐淵！」

「臣在！」

「餘下的交給你了。」

「是！」

風惜雲吩咐以後，即走下了城樓。

隨後，風雲騎、金衣騎展開交鋒。

城樓上，風雲騎射出密集如雨的飛箭及火箭，令金衣騎不敢冒進一步，只有豎起盾甲，嚴密防守。同樣的，金衣騎火炮的威力也令風雲騎不敢有絲毫怠懈，只有不斷射箭，以阻止他們靠近城門。

如此相持，雙方一直打到酉時末才收兵。

這一戰彼此傷亡不多，一方躲在盾甲後，一方以飛箭壓住了火炮，誰也沒占便宜。

是夜，幽王在金帳中為趕來助陣的皇朝與玉無緣舉行了酒宴。

酒至酣時，幽王已忘了那令他腿軟的一箭，躊躇滿志，意氣風發，只覺明日他便可攻下厲樓，活捉了風惜雲。

宴後，皇朝與玉無緣回到幽王為他們安排的營帳中，兩人相對而坐，各自沉默，許久後，相視苦笑。

「怎麼會是她？」皇朝先開口。

玉無緣輕輕嘆息。

「風惜雲、白風夕，竟然是同一人！」皇朝喃喃念著，與其說他不敢置信，不如說他不願相信。

可是，厲城城樓上，那一身銀甲有若戰神的女子，確就是當日攬蓮湖畔高歌起舞的白衣佳人。

「仔細想想，白風夕就是風惜雲，本就有跡可尋。」玉無緣垂眸看著自己交握的雙手，「傳聞惜雲公主雖是才華橫溢，卻體弱多病，終年休養於淺碧山上，可除此之外，又有何人能說出她的長相性格？之所以終年休養於淺碧山，只因她化身白風夕，遊蕩於江湖，否則作為一個江湖中人的白風夕，她懂的會的，委實太多！」

「白風夕、風惜雲……」皇朝反復念著，閉上眼，心頭五味雜陳，竟是理不清個中滋味，只覺得若能將之揉碎了咽入腹中，融入血中，那才可消得腸中鬱結。

玉無緣心頭沉沉的，只是看著自己的手發呆。

許久後，皇朝才嘆道：「難怪那一夜她說『很少有一輩子的朋友』，原來就是指今日，她早料到了我們會有敵對的一天。」

玉無緣抬眸看一眼皇朝，「白風夕既是青州惜雲，那麼黑豐息定是雍州蘭息，她之所以料到會有與你敵對之日，那是因為白風黑息已相伴十年，而日後風惜雲必也是與豐蘭息相伴。」說著，他輕輕地，自語般地道，「難怪那日在幽王都時他……我那時就該想到，只怪當時心亂神慌，便不曾細想。」

「黑豐息……豐蘭息！」皇朝猛然睜開眼睛，金芒射出，「難怪他肯放棄純然公主，因為還有一個惜雲公主！」

玉無緣看著他，目光裡有著自己也不曾察覺的哀涼，「你要這個天下，那麼他們倆將是你最大的勁敵。」

聞言，皇朝握緊雙拳，「豐蘭息，果然沒錯！」

「你有幽州，他有青州。」玉無緣語氣淡然，「實力上，你們相等。」

「不。」皇朝卻搖頭，「幽州的純然只是公主，而青州的惜雲卻是絕代將才……」語音微頓，而後才頗為不甘地道，「更何況他還贏得了她！」

贏了風夕的人與心！

玉無緣豈有不懂，卻也只能無聲嘆息，「也是。」

皇朝卻移目盯住他，「她拒我於千里之外，但對你卻格外不同，若當初你……」

玉無緣卻不等他說完即打斷他，道：「若有一日沙場相見，她敗於你手，你會殺了她嗎？」

「我……」素來剛毅果斷的皇朝這一刻卻無法決斷。

殺她？殺風夕？不，他不能！可是，她是青州的女王，將來他們必然在戰場上決一生死，那時候……

玉無緣卻沒有待他想清，即站起身來，「夜了，該休息了。」說著他移步往帳外走去，走到帳門處。掀簾時，他回頭看一眼猶自沉思的皇朝，輕嘆道，「我想，你今生是都無法殺她的，她將是你生命中的一個夢，你可擁有整個天下，卻永遠也抓不住她。」

第二十一章　惘然無回付東流

五月十三日，晨。

當幽王催動十萬大軍，以四門火炮開路，正準備對厲城發動猛烈攻擊時，前方查探情況的士兵卻回報：「主上，厲城城門大開，城內杳無人聲，城樓上只有草人！」

「什麼？」幽王聞言一愣，但隨即仰首大笑，「哈哈哈……風惜雲那個黃毛丫頭，肯定是怕了孤的火炮，所以逃了！」

皇朝與玉無緣聞言對視一眼，都見著了彼此眼中的疑問——風惜雲豈是望風而逃之人？

「傳令，進城休整，未時出發，追擊風雲騎！」

「主上。」柳禹生卻勸道，「風雲騎無故棄城而去，恐其有詐，不宜即刻進城，不如先派人入內，查看一番再作打算也不遲。」

幽王想了想，點頭，「有理。孟郊，你領五百人，帶一門火炮入城查看。」

「是！」

於是，孟郊領著五百金衣騎，擁著一門火炮踏入厲城，一開始小心翼翼，謹慎萬分，可走了一刻後，別說人，連貓狗都不見一隻，偌大的厲城裡一片空曠，於是眾人都放鬆了緊繃著的神經。

「將軍，半個人影都沒有啊。」有士兵道。

孟郊沒有說話，只是打量著街兩旁。

「肯定是怕了我們的火炮，逃了。」有士兵答道。

「不是說他們的女王很厲害嗎？怎麼這麼膽小，竟然逃了。」

「一個女人能有多大能耐，我看她從今往後也別做什麼青王了，還是躲回房裡繡花生孩子的好。」

「哈哈！有理，有理。女人就應該待在家裡做飯生孩子！」

一眾士兵嬉笑談論著。

孟郊見走了這麼長的路都不曾發現絲毫人跡，當下決定回去向幽王稟報厲城情況。

「各位準備好上路了嗎？」

正在孟郊領著士兵們往回走時，驀然一道嗓音響起，如水滴空潭，無比清亮淨澈。

孟郊與眾士兵一驚，遁聲望去，只見左邊高高的屋頂上，立著一個身著銀甲的女子，頭戴銀盔，遮住了面孔，只看得一雙熠熠生輝的星眸，一頭漆黑長髮在肩後隨風飛舞，襯著身後明豔的朝陽，仿若從天而降的戰神，耀不可視！

「是青王！」

士兵的驚呼聲未落，屋頂上的風惜雲手一抬，長弓拉開，弓上搭著一支火箭。

「快躲開！」孟郊大叫。

但顯然為時已晚，他話音未落，屋頂上的火箭已射入了火炮的炮口裡，已上好火彈的火炮頓時轟地炸開，周圍的士兵慘叫著倒下。

「把她射下來！」

孟郊此刻也顧不得火炮，立時吩咐士兵們搭箭，對準屋頂上的風惜雲，可他們的弓還未拉開，屋頂上已飛箭如雨，金衣騎將士便似活靶般在箭雨中倒地。

厲城裡的動靜，城外的金衣騎自然也聽到了，正驚疑間，一道嗓音已遠遠傳來，「膽敢犯孤疆土者，誅！」

清冷而不失威嚴的話語，城外十萬金衣騎，無一不聽得清清楚楚。

「給我炮轟厲城！」震怒的幽王咆哮著，已不顧城內那五百士兵，此刻他只想將這膽敢藐視他的風惜雲轟個粉身碎骨！

皇朝與玉無緣相視一眼，幾不可見地搖頭嘆息。

「厲城之後是無回谷。」玉無緣看向城內冒起的黑煙，眼中流露悲憐之色，「無回谷，這名字很有意思。」

皇朝沒有說話，他的目光落向前方的幽王。幽州能有今日富冠六州的局面，歸功於前代幽王，只可惜，他選定的繼承人竟然是這樣一位志大才疏、剛愎自用、目空一切的人。

等到厲城裡塵埃落定，離厲城已十里遠的地方，豐蘭息對風惜雲道：「妳不說最後一句

話，幽王也不至於暴怒到炮轟空城。回頭打完了，妳還得花錢耗力，重建厲城，妳這可算是得不償失了。」

「我哪知道他會那麼小氣。」風惜雲聳聳肩，抬手取下頭盔，晃動腦袋，長舒一口氣，「天氣變熱了。」抬首瞇眼看向高掛蒼穹的驕陽，摸了摸身上厚重的鎧甲，再瞄了瞄身旁之人寬鬆單薄的墨色長袍，心裡頗不平衡。

豐蘭息的目光卻落在他們身後那些背弓負箭的神弓隊身上。

「你別打他們的主意。」風惜雲與他相交十年，只要他眼睛一轉，她就知道他在想什麼了，「你們都先走，省得有人算計。」她沖著身後的神弓隊箭手們一揮手。

「是！」箭手們領命，都鞭馬前去，不一會兒便拉開了數十丈的距離。

豐蘭息望著遠處的箭手，搖頭笑笑，「接下來妳如何打算？」

「本來只要到了無回谷，我並不怕他們的火炮，只是皇朝來了，便有些顧忌了，在幽王手中不堪一擊的火炮到了他手中，足抵千軍萬馬。」風惜雲微皺眉頭，「五門火炮已被我毀去二門，餘下的三門……」說至此忽眼珠一轉，盯在他身上。

豐息被她眼光一瞄，便知不妙，馬上趕在她開口前搖手阻止，「不要算到我頭上。」

風惜雲看著他，忽然一笑，「黑狐狸……」這稱號她已許久不曾用，聲音也變得軟軟甜甜，臉上的笑容格外明媚，馬鞭輕揚，座下白馬便擠到了豐蘭息的黑馬旁邊，兩騎並行，馬背上的兩人自然也就挨得近了，「我知道這對你來說，不費吹灰之力的。」

「青王只要火箭一射就行了，同樣不費吹灰之力。」豐蘭息不為所動，馬鞭一抽，黑馬便領先一步。

「黑狐狸。」風惜雲手一伸，便拉住了黑馬的韁繩，「我一個弱女子已經連戰三場了，你一個大男人站在旁邊卻一滴汗也沒流，這說出去會掃你面子的。」

「幽王進犯青州，干我雍州豐蘭息何事。」豐息閒閒撇清關係。

軟的不行，風惜雲眉一豎，眼一瞪，「好你個沒心沒肺的黑狐狸！虧我們還有十年交情呢，也不想想這些年我幫你多少回，救過你多少次？還有你這些天賴在我青州，吃我的、住我的、用我的，你竟敢說不關你事！」她一邊說著，一邊伸手揪住豐蘭息的衣襟，「你這黑心黑肺、黑肝黑腸的黑狐狸，竟然置我於生死不顧，我……」

「打住。」豐蘭息抬起修長白淨的手指在風惜雲眼前晃了晃，打斷了她的斥責，「這十年來，是我幫了妳無數回，救了妳無數次，妳不要搞反了。至於說這些天的吃住……」他目光斜睨著風惜雲，「妳要我細數這十年來妳吃我的、穿我的、用我的有多少嗎？更別提這十年來妳闖了多少禍，都是我替妳收拾的爛攤子，糟蹋了我多少錢物，妳不記得，我可記得。女人，這十年來，是妳欠我，而非我欠妳，請用風惜雲那顆號稱聰明絕代的腦子好好想想算算，至於白風夕那顆豆腐渣腦袋就免了！」

風惜雲頓被豐蘭息一番話說得氣短，嘟囔了一句，「有欠那麼多嗎？」

豐蘭息懶得跟她再說，只指指她抓在他胸前衣襟上的手，「請青王殿下將您的玉手拿開。」然後再指指前方的神弓隊，「老實說，妳這副無賴又無禮的樣子，真該讓那些視妳如神祇的臣民看看。」

風惜雲瞅了一眼前方的神弓隊，才不甘心地放開，不過還是惡狠狠地撂下話，「黑狐狸，你要是不把那三門火炮搞定，回頭我就剝你的皮，吃你的肉，啃你的骨，喝你的血！」說完，她將頭盔戴回頭上，端坐回馬背，身姿神情一派端麗。

豐蘭息看著她，一邊搖頭一邊道：「以前妳總罵我表裡不一，我看妳才是表裡不一，至少我人前人後都一樣。」

風惜雲卻沒再跟他辯駁，只是輕聲嘆道：「因為風惜雲是青州的王，君與臣，無論情誼深淺，君不可失威儀，否則臣子不敬，不敬則慢，慢而無禮，忤逆即生！」

這話身為雍州世子的豐蘭息自然明白，是以他只是輕輕頷首，沒有再說話。

「我們還是快點走吧。」風惜雲揚鞭策馬。

「嗯。」豐蘭息縱馬跟上。

駿馬馳過，黃塵揚起，一行人很快便不見蹤影。

五月十九日，幽王追擊風雲騎至無回谷。

望著遠處風雲騎的營陣，幽王恨恨道：「該死的風家丫頭，這回看妳還能逃到哪裡去！」

想起這些天的追擊，幽王便怒不可遏。一路上，埋伏著的風雲騎讓他們不斷遇襲，他數次狠下決心要追著不放，澈底打擊一番，可每每都被其逃脫，從厲城至無回谷不過兩百里，他們卻走了整整七天，折了數千人！

一想到這，幽王便握住腰際寶劍，直恨不得立時抓了風惜雲，一劍砍了洩恨！一抬頭，心頭的火氣更旺了幾分，這老天爺似也要與他作對，這些天來日日熾陽高掛，不過才五月，天氣卻反常的燥熱，有許多士兵不耐炎熱，中暑不支。

「這裡叫無回谷，不知是否真的有來無回。」皇朝打量著無回谷四周。

幽王冷哼一聲，「孤定叫風惜雲那丫頭有來無回！」

皇朝聞言一笑，欲待要說什麼時，忽然轟隆數聲巨響傳來，驚得他回頭去看，便見剛剛才紮下的營帳最西邊躥起了沖天火光，而且轟隆巨響還在繼續，金衣騎已被驚得亂作一團。

「這是？」饒是鎮定如皇朝，此刻也不由得驚愕變色。

「火彈營！」幽王見之大驚，「禹生！柳禹生！」

「主上！」柳禹生已一路飛奔而到，「主上，我們的火彈營忽然無故起火，臣懷疑是……」

「懷疑？還用得著懷疑嗎？」幽王咆哮著，拔出長劍揮舞著，「肯定是風惜雲那臭丫頭搞的鬼！一定是她派人混進來了！給我去找！把青州奸細找出來！孤要將他們碎屍萬段！」

「不用去找了。」一道淡柔的嗓音插入，玉無緣自遠處走來。

「要找！孤要找出青州奸細！」憤怒的幽王早失了理智，「孤要叫風惜雲那丫頭知曉孤的厲害！」

「幽王，細作定已趁亂而去，當前最重要的是滅火救人。」玉無緣走到幽王身前，目光平和地看著他，「否則火勢蔓延，只會傷亡更重，損失更多，甚至拖得久一點，風雲騎便會趁亂偷襲。」

平平淡淡的三言兩語，卻似冰泉澆面，頓讓暴怒的幽王冷靜下來，抬頭看著西邊營帳處的火光，咬牙道：「禹生，全力救人滅火！」

「是！」柳禹生急忙去傳令。

「火彈既然毀了，餘下的那幾門火炮大約也不能倖存。」皇朝看向西營的火光，此時的爆炸聲已小了許多，想來那滿營的火彈已差不多炸毀殆盡，代之而起的是那些禍及魚池的士兵們的慘叫。

「想來如此。」玉無緣點頭。

「孤的火炮……」幽王頓時肉痛，拔腿往西邊走去。那火炮造來極為不易，不但耗損無數人力物力，而且花費了數年時間才造得的五門，而今竟是全毀了！心頭直恨不得能噬青王血肉。

幽王走遠後，玉無緣看向皇朝，「你還不出手嗎？」

「還不是時候。」皇朝目光望著幽王的身影，「看來風惜雲這招『制敵必先亂其心』很奏效，自厲城起，連番舉動，已逼得幽王心浮氣躁，手忙腳亂。」說著，轉身望向對面遠處營陣齊整的風雲騎，胸有成竹道，「反正該準備的我都準備好了，不著急。」

玉無緣目光空濛地望著前方，輕輕嘆道：「無回谷若真是有來無回，卻不知是誰……」

「總不是你我就行。」皇朝負手而笑。

在金衣騎手忙腳亂時，風雲騎王帳裡，風惜雲聽著遠處傳來的聲響，淺淺一笑。對面坐著的豐蘭息正在品嘗青州有名的美酒青葉蘭生，看得她的笑容，舉起手中酒杯向她致意。

「主上，對面金衣騎營裡起火了！」洪亮的聲音響起時，帳簾掀起，程知率先大步走入，身後跟著齊恕、徐淵、林璣、修久容。

「那是蘭息公子送給我們的大禮。」風惜雲輕笑，「金衣騎餘下的幾門火炮此刻已盡毀於火中。」

「真的？」幾人聞言不由大喜，目光望向豐蘭息，頗為感激。

豐蘭息只是淡淡一笑，靜靜品著手中美酒。

「幽王沒什麼好耐心，不是明日便是後日即要開戰，你們下去準備吧。」風惜雲吩咐道。

「是！」五人退下。

「看來妳並不懂品酒，這青葉蘭生應以霧山特產的雲夢玉杯來盛才是，這瓷器中的名品杯雪，雖是高雅，卻終是稍顯小家子氣了。」豐蘭息搖晃著杯中美酒，目光挑剔地審視著手中潔白如雪的瓷杯，頗為惋惜地搖著頭。

風惜雲冷嗤了一聲，沒有理會他，起身走出王帳，目望遠處金衣騎營陣，「幽王連番受挫，現在火炮全毀，我想皇朝大約會出手了。」

「他既然來了，定然是要出手的。」豐息跟在她身後出帳，手中依舊握著酒杯，悠閒得彷彿是要與好友前往花園品酒對詩，踏出帳門時，還不忘向旁邊為他掀簾的侍女微笑致謝，惹得那名侍女紅雲滿面。

風惜雲回頭看了一眼，繼續往前走，步出王帳數丈後，她才皺著眉頭看向豐蘭息，「我說你能不能收斂點？領兵出戰時我都不喜帶侍女，這回是裴鈺堅持，我才帶了四名服侍的侍女，已經分了兩名給你了，你是不是覺得太少，連這兩名也要勾引了去？」

豐蘭息聞言失笑，看著她，神色間頗有些無奈，「我到底做什麼了？」

風惜雲瞪了他一眼，才嘆氣道：「你是沒做什麼，我從以前就一直不解，你這樣黑心腸的男人，怎麼就有那麼多女人為你神魂顛倒？同為四公子，皇朝與玉無緣我也就聽說過偶有那麼一、兩位姑娘鍾情於他們，卻沒一個有你這麼多的風流韻事。」她一邊說著一邊往前走，走了幾步忽然回頭，一副恍然大悟的樣子，「我想起來了，你一個人占兩個身分，自然也要比別人多一倍！」

這些話，以前她就怒氣衝衝地說過許多遍，所以豐蘭息只是淡淡一笑，隨意地搖晃著手中的半杯美酒，看著杯中圈圈漪漣蕩開，忽然問道：「妳有了韓家的藥方，怎不見妳配出紫府散？現在每天都有許多人受傷，不正是大用紫府散的時候嗎？」

風惜雲白他一眼，「你這是明知故問。那藥方上的藥，多半都是些珍貴的藥材，若要配齊，不但藥材難尋，這藥費也得費上千金，若是大量用於軍中，我青州百姓得要沒飯吃了。」說完嘆了口氣，「我如今倒是不怪韓老頭一藥千金了，平常人哪裡用得起。」

豐蘭息舉杯，一口飲盡杯中美酒，才從袖中掏出一塊絹帕，「在幽王都時，我去了趟品玉軒，托君品玉看了一下紫府散的藥方，她按藥性，改了那些奢貴難求的藥，藥效或比不上紫府散，但比之一般傷藥卻要好上數倍。」

風惜雲頓時眼神一亮，趕忙接過絹帕，果見帕子上以娟秀的小楷寫著藥方，她掃了一眼藥方後，目光打量起絹帕來。絹帕是淺藍色的，帕子下角繡著一朵細小幽雅的白蘭，帕子半新不舊的，顯然是用過之物。

她抬頭看向豐蘭息，面上是似笑非笑的，語氣裡卻含著嘲諷，「蘭息公子還真是才貌翩翩，世間無倫，不但純然公主對你青睞有加，便是這堂堂菩薩神醫君品玉也對你另眼相看。」

豐蘭息目光溜過風惜雲的臉，手中轉動著酒杯，神色間頗有些玩味，「妳這會兒是因著這藥方是我找了君品玉改的而心裡不舒服呢，還是因為這帕子是君品玉的而心裡不舒服呢？」

風惜雲面上一僵，但隨後便若無其事地淺笑開來，「以帕遺郎望郎思，我只不過是為那些個美人空付一腔的深情而感不值罷了。不提江湖上那些我都不知道的鶯鶯燕燕，單是我能數得出的，單飛雪為你揮劍斬情遁入空門，鳳棲梧守在你身邊默默等待，華純然以公主之尊真情相許，現在連號稱菩薩的君品玉也為你動了凡心……她們一個個蕙質蘭心，才貌無雙，可怎麼就看中了你？怎麼就看不出你是個無心無情的？」

豐息聞言卻只是雍雅一笑，手指輕輕摩娑著酒杯，然後彈指輕叩杯沿，發出叮叮脆響，過得片刻後，他才淡淡道：「我也奇怪，為何人人都欣賞我，卻獨妳例外？」

「哈！」風惜雲冷笑一聲，「大約是因為我是白風黑息中的白風夕。」

豐息眉頭微挑，凝眸看著她。

兩人靜靜對視一眼，然後一個垂首看著手中絹帕，研究著上面的藥方，一個把玩著手中酒杯，不過眸中卻浮起意味深長的笑意。

許久後，豐蘭息抬頭望向對面，「當日殲滅幽王三萬先鋒時，妳的血鳳陣顯然未盡全力，如今皇朝來了，大約能有一場棋逢對手的決戰。」

風惜雲聞言卻無一絲歡顏，嘆道：「若只是與皇朝一戰，即算不能全勝，那也不會落敗，但是……」她語氣一頓，目望前方，眸中浮起一抹難以言喻的憂緒。

豐蘭息回首看她一眼，心中一動，道：「因為玉無緣？」

「是啊，皇朝的身邊有一個玉無緣。」風惜雲深吸一口氣，想緩和胸口那股莫名的滯氣感，「你我都應有同一句祖訓。」

豐蘭息把玩酒杯的手一頓，眸中光芒一閃，「妳是說，他就是那個玉家的人？」

「他不但被稱為天下第一公子，江湖上還稱他為天人，這世間，除了那個玉家的人，誰能擔此美譽？」風惜雲說著，忍不住抬手掩住眼睛，「果然是奢望，他不能，我不能，都只是奢望……」那話說得不明不白的，可語氣中含著的深深鬱結卻是表露無遺。

豐蘭息看著她，目光微冷，半晌後才淡淡道：「妳擔心玉無緣會破了血鳳陣？」

「沒有決戰，誰知道結果。」風惜雲放下手，目光茫然地望著前方。

「玉無緣嗎？」豐蘭息輕念一句，目光晦暗難測。

五月二十日，卯時。

旭日東昇，灑落霞光萬丈，無回谷裡，旌旗搖曳，刀槍如林，萬馬嘶鳴。

金衣騎金帳裡，換上一身鎧甲的幽王顯得英武不凡。

一旁的軍師柳禹生看著，卻心存疑慮，「主上，您乃一國之主，萬金之體，何需親涉險地，只需坐鎮王帳，調兵遣將便是！」

幽王拔劍，凌空一斬，「孤要親自出戰，親手擊垮風雲騎，以雪這數日之恥！」

「主上……」柳禹生還要再勸，幽王卻不待他說話便大步踏出營帳。

營帳外，大軍林立，戰馬嘶鳴，正等待他們的主上下達出擊的命令。

「禹生，孤有這樣雄武的大軍，你還擔心什麼。」幽王躊躇滿志。

柳禹生暗嘆口氣，目光巡視一圈，便見左後方皇朝與玉無緣正走了過來，頓時大喜，忙施禮道：「駙馬，主上要親自出戰，還請勸誡一二。」

皇朝看一眼柳禹生，目光望向幽王，走了過去，行禮道：「幽王願身先士卒，親自領兵作戰，必能鼓舞士氣，今次定能大敗風雲騎！」

「哈哈哈哈！」幽王大笑，「不愧是孤的女婿，此話深得孤之心意！」他一招手，「牽孤的戰馬來！」

立時有親兵牽來一匹赤如火炭的高大駿馬。

「好神駿的馬！」皇朝讚道。

幽王跨上火炭馬，居高臨下地看著皇朝，「賢婿你便為孤壓陣，看孤大破風雲騎！」

「我溫好酒，等著為幽王慶功。」皇朝退後一步。

「哈哈哈哈……」幽王大笑而去。

皇朝回首看向玉無緣，兩人目光相遇，不動聲色地交換了一個眼神，而後他的目光落在正患得患失的柳禹生身上，「軍師無須憂心，幽王威武，風雲騎必不是對手。」

柳禹生沒有回話，只是目光追隨著幽王的背影，眼看著他驅馬走近大軍。

在金衣騎蓄勢待發之際，對面的風雲騎亦早已嚴陣以待，陣前領兵的是齊恕、林璣、程知三位大將，而風惜雲則站在後方瞭望臺上，與豐蘭息觀戰。

幽王看著前方的風雲騎，拔劍一揮，下令，「衝殺！」

霎時，戰鼓咚咚擂響，金衣騎的中軍向對面衝殺而去，而風雲騎見此卻是靜止不動，一直等到金衣騎衝到只餘十丈之距時，風雲騎陣中驀然響起「咚」的一聲，幾乎在鼓聲響起的同時，風雲騎發出了「殺！」的吼聲，頓時化身洪潮狂風，向金衣騎席捲而去！

這一戰，金衣騎出兵五萬，以左、中、右三軍衝殺，而風雲騎出兵四萬，亦以左、中、右三軍衝殺，彼此都不曾耍花招，只以實力相拚，但顯然，幽王引以為傲的金衣騎在風雲騎面前，不堪一擊。

自高處向下看，銀甲的風雲騎就如巨龍出闇，氣勢狂猛，搖首擺尾間，便將金衣騎的陣勢沖得個七零八落，將朗日下那片耀目的金光撕得四分五裂！

金衣騎營帳後的山坡上，皇朝遙望著前方的戰鬥直搖頭，「與風雲騎相比，金衣騎就像一枚漂亮的雞蛋，看似有硬殼，實際上一擊就破！」

玉無緣沒有說話，他的目光落向遠處的瞭望臺，隔得那麼遠，看不清上面的人，但他知道她一定在那裡，一定和他一樣，正看著這一場廝殺，看著她並不想看的……

瞭臺上，豐蘭息目光逡巡著下方，「妳這一戰，出動了齊恕、林璣、程知，絲毫不給金衣騎還手的機會，這一戰可謂猛戰！」

「幽王不是我的對手，所以這一戰我要將他徹底打垮！」風惜雲的目光從下方兩軍的廝殺移向遠處，遠方的山坡上有兩道人影，「我的對手在那邊！」

在他們輕鬆觀戰的時候，處於戰場上的幽王，儘管有著層層護衛，但這一刻他的心頭卻怎麼也抑不住恐慌。

以往雖有領兵，卻都只是坐鎮營帳，這是他第一次親身經歷血色沙場。耳邊不斷響著尖銳的刀劍相擊聲，士兵的喊殺聲，還有受傷或垂死時的慘呼聲，滿地的鮮紅，濃郁的腥味，斷掉的手腳，開裂的頭顱……無不是慘不忍睹！而對面，銀甲的風雲騎勇猛如虎，而在他心中無敵的金衣騎卻在敵人的刀劍下如韭草倒地……

幽王竭力抑制身體的顫抖，伸手想要握住寶劍，可握了幾次都滑開了，手心裡潮濕一片，他呼吸急促，臉色赤紅，瞳孔不斷收縮，定定地看著一處，喉嚨裡想要喊些什麼，卻怎麼也出不了聲。

「風雲騎果然名不虛傳！」山坡上，皇朝目光灼灼地看著戰場，「三軍以中軍為主，負責衝殺，兩翼相輔，負責合圍，當真是疾如風，掠如火！居中指揮之人有大將之風，想來定是風雲六將之首的齊恕。」

說完，依不見身邊玉無緣答話，不由側首看去，卻見他眼眸定定地看著前方，看著對面的瞭望臺，彷彿神魂出竅一般。

「無回谷……無回……」忽然，玉無緣口中溢出輕喃，一貫平靜超然的臉上此刻竟浮現出一種微微希冀的表情，仿若歡喜，又仿若惆悵。

「無緣！」皇朝猛然伸手抓住玉無緣的肩膀。

肩上的力道頓讓玉無緣回過神來，他轉頭看著皇朝，滿臉悃然之色。

「無緣，你在想什麼？」皇朝目光緊緊盯住他。

這一問澈底讓玉無緣清醒，他臉上的悃然之色頓時消失，恢復了平靜淡然，眼中依舊有著對塵世的眷戀與悲憫。

「無緣，別忘了你對我的承諾！」皇朝看著他，一字一頓地道，「你說過會助我握住這個天下！在這天下還未握在我手中之前，你不可以拋下我！」

玉無緣微微一笑，抬手拍拍肩上皇朝的手，「我知道。我會助你握住這個天下，這是我的選擇！」目光移回前方，一聲嘆息如風溢出，「她……是我們的對手。」

「無緣……」皇朝依舊不放心，方才那刻的玉無緣讓他心生恐慌。

「皇朝，你不必擔心，我選擇了你，我們玉家人既是做出了選擇，決不會半途而廢。」玉無緣目光空濛，眼神飄忽不定。

皇朝凝神看了他片刻，才點點頭，再次將目光移回戰場，看著潰不成軍的金衣騎直搖頭，「該請幽王回來了，不能讓他把兵力耗盡了。」

「幽王此刻要麼是騎虎難下不好開口，要麼是嚇得神智喪失不能開口，你替他下令收兵，他大約只會感激而不會責怪你越權。」玉無緣最後看一眼戰場，抬步走下山坡。

而在那一刻，瞭望臺上，風惜雲指著下方一點，「你看。」

豐蘭息目光順著她所指方向看去，望見拉成圓月似的長弓，弓上搭著三支長箭，頓時心驚，「一弦三箭！幽王可是要歿於此戰了？」

他的話音還未落下，陣中那三支長箭已如電飛出！

第二十二章 無回對決俱黯然

幽王帳外，一干人緊張焦急地候著，尤以軍師柳禹生最為著急，帳前的地都快被他來回踏出一道溝來。駙馬皇朝卻是遠遠地背對王帳負手而立，抬頭望著天邊，即將西沉的落日還在依依不捨地攀住山巒一角，微薄的霞光灑落，卻已無法阻擋日落西山的黯淡。

終於，帳簾掀開，走出神色疲倦的玉無緣。

「玉公子，主上如何？」柳禹生立時上前問道。

「性命無憂，調理數月自可痊癒。」玉無緣淡淡道，目光穿過柳禹生，遙遙落向皇朝。

「多謝公子！」柳禹生聞言大喜，倒頭便向玉無緣拜下。

「軍師不必多禮。」玉無緣手一托，柳禹生便拜不下去。

觸手之間，柳禹生全身一震。在這樣炎熱的夏日，托著他的那隻手竟是涼如寒冰！

「玉公子……」柳禹生脫口而出，可開了口卻又不知該說些什麼，此刻離得這麼近，他卻依舊有眼前之人不在紅塵之感。

「軍師關心幽王，可進去看看，但切記不要吵醒他。」玉無緣淡淡一笑，指指王帳，示意他進去。

「禹生明白。」柳禹生點點頭，然後走入王帳。

玉無緣又對帳外守候著的諸將道：「各位還是先請回去，等幽王明日醒來再過來。」

「多謝玉公子。」餘下眾人施禮後離開。

玉無緣移步走向皇朝。

聽得身後腳步聲，皇朝側首淡淡看一眼玉無緣，「幽王性命無憂了？」

玉無緣點頭，目光落向山尖上那一點紅日，「風雲騎林璣的箭術看來不比九霜差。」

皇朝的心思卻沒在林璣的箭術上，只道：「我就知你不惜耗損功力也會救他。」他目光在玉無緣面上察看了一番，見只是神色微倦，稍放下心，「不過現在也不是他死的時候。」說著，他才長嘆一口氣，「風雲騎裡也是人才濟濟呀！」

「你真的要在無回谷與她一戰？」玉無緣問道。

「箭在弦，不得不發！」皇朝望向風雲騎陣營，目光變得凝重，「況且遲早都有一戰，至於是在無回谷還是別處，又有何區別！」

「確實。」玉無緣目光幽幽地望向對面，一眼便看到風雲騎陣前那面迎風飛揚的白鳳旗，「白鳳旗……白鳳凰，開國七將中，鳳王風獨影最擅布陣，當年滔王與之決戰，便敗在其血鳳陣下，你與風惜雲一戰，當要小心才是。」

「血鳳陣？」皇朝目中金芒一閃，抬首望向西天，最後的一點紅日也落下，陰暗的暮色靜靜降臨，「我知道，噬血的鳳凰可不敢小覷！」

「先祖曾言，遇鳳即逃。」玉無緣喃喃，垂眸，看著自己的雙手，白皙的手掌上有幾抹淡紅，那是方才救治幽王時沾上的血，雖曾擦拭卻依舊留下了淡淡血印。今日救人沾血，以後呢？這雙手會染上多少人的鮮血？

「遇鳳即逃，那是對別人說的，對於你們玉家人來說，這世間沒有什麼陣是不能破的！」皇朝金眸明亮地看著玉無緣。

「玉家人……」玉無緣雙手隱入袖中，抬首間，面上已靜謐如水，眼眸深處卻隱著沉沉苦澀。

「你今日也累了，回去歇息吧。」皇朝抬手拍拍他的肩。

玉無緣點頭。

兩人轉身回營。

是夜，淡月微熏，繁星滿天。

風雲騎大營正中是白色的王帳，王帳的帳頂上，風惜雲盤膝而坐，仰望天幕。

「這麼晚了，你還未睡？」驀然帳下傳來豐蘭息的聲音，緊接著他人便輕輕一躍，落在帳頂上，「夜觀星象，可有所得？」他說著也盤膝坐下，目光打量了一眼風惜雲。

顯然風惜雲是就寢後又偷溜上來的，身上只著了件單薄的白色睡袍，長長黑髮披散於肩背，而後蜿蜒於帳頂，素容如雪，神情慵懶，額間墜著的月飾與天幕上的彎月遙相輝映，散發著瑩潤華光。

「記得小時候，嬤嬤曾告訴我，天上一顆星，地上一個人。而《玉言天象》上也曾說，上界的星象映照著下界的一切。」風惜雲輕聲說道，目光遙望繁星，星光好似全落入她的雙眸，映得那雙眼睛比天上星子還要璀璨明亮，「若真如此，那你我也是這些星辰中的一顆，那你說，哪一顆是我？哪一顆又是你？」

豐蘭息眉頭一挑，移眸望向天際，神情平淡，語氣悠閒，「哪顆是帝星，哪顆便是我。哪顆緊挨著帝星，哪顆便是妳。」這話換與別人來說，應是豪情萬丈，氣概萬千的，可他說著這話時，神情平淡，語氣悠閒，隨意至極裡卻透著一種理所當然的傲岸。

風惜雲側首看他，豐蘭息也轉頭看她，目光相遇，兩人皆是平靜淡然，彷彿是兩泊靜謐的湖，隔空相對，空明淨澈，將對方映照得一清二楚。

良久後，風惜雲問他：「你為什麼要當皇帝？」她的語氣平淡，目光靜靜地看著他，沒有窺視，沒有刺探，彷彿這只是他們之間一句再平常不過的問話。

「因為我會是讓天下景仰的好皇帝。」豐蘭息答得也是平平淡淡，漆黑的眼眸幽深而明亮，彷彿夜空嵌著的星子。

風惜雲靜靜看了他片刻，然後抬首望向夜空，繁星似雨，有的大，有的小，有的明亮，有的黯淡，她再低頭看看自己的手，攤開手掌，細細看著，彷彿能從手上看到別人無法看到的東西。良久後，她勾起唇角，緩緩綻開一抹極淺淡的笑，「好吧，我幫你打下這個天下，結束這個亂世！」

聞得此言，豐蘭息幽深的眼眸中閃過粲然星光，臉上緩緩綻開一抹淺淺、柔柔的微笑。

他伸出手，看著她，「約定嗎？」

風夕看著他的手，然後伸出自己的手，「約定。」

兩人的手緩緩伸出，指尖輕觸對方的掌心，然後慢慢移動，十指相扣，旋轉回繞，而後手腕相扣……同樣白皙、修長、高貴的兩隻手，此刻緊緊相纏，無聲無息地舉行了一個古老的儀式，代表著他們許下了至死不悔的承諾。

「亂世會在我們手上終結，我與妳共用這個天下！」手還相纏在一起，豐蘭息晶亮的目光一瞬也不瞬地看著風惜雲的眼睛。

風惜雲微微垂下眼簾，唇邊掠過一絲笑，縹緲如夜風，顯得寂寥蒼涼，可等她再抬眸看來時，面上卻只是一個如常的微笑。

那一刻，在這二人剛立下盟誓的小小帳頂上，在這有些悶熱的夏夜，豐蘭息驀然覺得心頭微涼，天地間忽然變得空曠寂寞，以至那刻他不由自主抓緊了風惜雲待要收回去的手。

「嘶！」風惜雲倒吸一口涼氣，不明所以地看向豐蘭息。

可豐蘭息只是抓緊了她的手不放。

風惜雲暗嘆一聲，抬目瞪著豐蘭息，「黑狐狸，你再不放手，可別怪我用鳳嘯九天了！」

聞言，豐蘭息鬆了一口氣。

『這是她的手，這是她的眉眼，這是她才會說的話……』一時心頭忽然變得充實溫暖，他放開手，目光柔和地看著風惜雲，面上緩緩綻開微笑。

「你剛才幹嘛？差點給你抓斷了！」風惜雲一邊揉著手指，一邊抱怨地看向豐蘭息，恰恰看得他面上那抹淡柔若雲的微笑，頓時一呆，怔怔看著，然後靠了過去，伸手去摸豐蘭息的臉，鼻子也嗅了嗅，喃喃道，「是這味道，臉皮也沒變，是黑狐狸，可是……」

「妳幹嘛？」豐蘭息手一伸，將幾乎趴靠在他身上的風惜雲推開，當那溫暖柔軟，帶著淡淡幽香的嬌軀離遠時，他心頭驀然生出不捨，一時手頓住，按在風惜雲的肩上，猶疑著到底是推還是摟。

「是黑狐狸沒錯。」風惜雲的語氣很肯定，可是目光依舊疑惑地看著豐蘭息，「剛才的笑……」她目光巡視著豐蘭息的面孔，「你再笑笑，就剛才的笑。」

豐蘭息不理，抬袖拂了拂，似欲拂去身上殘留的一絲香軟。

「黑狐狸，你再那樣笑笑。」風惜雲又湊近了他，一邊伸手似乎又想摸上他的臉。

「唉，女人，妳還記得妳是女人嗎？」豐蘭息一聲長嘆，抬手揮開她的手，無奈地看著她笑。

「又是這狐狸的微笑！」風惜雲撇撇嘴，手馬上收回，只目光依舊盯著他，「剛才的笑很不一般。」

豐蘭息微怔，「有什麼不一般？」

「嗯，有什麼不一般呢？唉，想不起來……」風惜雲打了個哈欠，「我睏了，等我睡醒了再想，嗯……這樣的夜晚就應該讓星星陪著我睡。」

說著，她身子往後一仰便躺下了，翻個身，背對豐息睡去，可不一會兒，便又轉過身來，眼眸已是閉上，頭卻熟門熟路地往豐蘭息膝上一枕，手抓住了他的衣袖往臉上一蓋，迷迷糊糊地道：「黑狐狸，你替我趕蚊子吧。就算你回報我替你打天下，還有……在他們醒來前送我回去……」

豐蘭息靜靜坐著，目光遙望遠處。身旁傳來風惜雲平緩的呼吸，顯然已睡著了。

夜風拂過，他低頭看著膝上熟睡的人，然後脫下外袍，輕輕蓋在她的身上，嘆息一聲，「也許上輩子，我們都欠了彼此的債。」

五月二十二日。自昏迷中醒來的幽王召見駙馬皇朝，二人密談了約一個時辰，而後幽王召集此行隨軍臣將，當眾將兵符交付於皇朝。

五月二十三日，皇朝召金衣騎諸位將軍於帳中議事。

五月二十四日。清晨，天光淡淡，柳禹生靜靜站在幽王金帳外，聽不到帳中隻言片語，他心頭焦灼，卻又奇異地有著一種認命的平靜。

忽然帳簾掀起，他抬目的瞬間，驀然心驚而敬畏。

皇朝一身紫甲，手提寶劍，昂首走出，目光看來時，有如冷電掃過。

「駙馬。」柳禹生恭敬地行禮。

皇朝淡淡頷首，然後大步跨過，昂首走向等候著的金衣大軍。柳禹生自後看去，只見他身形挺拔如山，舉止從容不迫，只一個背影，卻帶著種無以言說的傲岸與自信。

龍行虎步，王者之象。

那一刻，柳禹生心頭畏懼之餘，又莫名地生出想要追隨這個背影的念頭。

皇朝一步一步走去，走向那金甲燦然的金衣騎，然後他一手舉兵符，一手舉寶劍。

「勇士們，今日由我皇朝與你們並肩作戰！這一戰必要為主上報仇！必要大敗風雲騎以雪前恥！」

兵符的金芒與寶劍的冷光在晨曦裡相互輝映，點亮了將士們的眼睛，他的人昂然而立，如山嶽般高巍，他的聲音闊朗沉厚，字字傳入將士的耳中，點燃了將士們胸膛裡的熱血。

這是一種很奇異的現象，眼前的這個人，只需一眼，只需一言，便可讓這所有的將士生出臣服、追隨之心。只要看到他，身體裡便湧出力量，跟隨著他，這世間便由他們馳騁縱橫，任前方刀山火海、流血斷頭，他們亦無所畏懼！

「我們追隨駙馬！我們要為主上報仇！我們要打敗風雲騎一雪前恥！」

霎時，萬軍回應，刀劍齊舉。大地那一刻都似被這震天的響聲撼動，天空那一刻似被這刀光劍影所掩蓋，整個天地間都只餘這遍野的金甲，以及萬軍之前那一道頎長挺拔的紫影。

而遠遠的，風雲騎的營陣前，風惜雲身著銀甲立於軍前，聽著遠處傳來金衣騎響徹雲端的吼聲，她不發一言，只是靜靜佇立。

在她身前的四萬風雲騎也都靜靜佇立，目光齊聚一點，望著他們心中最敬服的、勝過這世間一切男兒的女王身上，神情裡有著誓死追隨的決心。

他們知道，她一定會領著他們打敗金衣騎！她會做到的，因為她是他們武功絕世的惜雲公主，是他們青州繼鳳王之後獨一無二的女王風惜雲！

「驅除金衣騎！守家衛國！」簡簡單單的九個字自風惜雲口中吐出，她的語氣平和沉穩，音色卻清亮冷脆，響在每位將士的耳邊，擊在他們每個人的心頭！

「是！」霎時，千萬將士齊吼！

那吼聲雄渾，彷彿是世間最厚實、最牢固的城牆，任你有震天動地的力量也無法撼它分毫；那吼聲又強勁，如世間最鋒利的寶劍，任你有銅牆鐵壁它也可將你一劍擊毀！

聲音落下良久，可回音卻還在無回谷的上空回蕩，彷彿要告訴前方的敵人，我們是不會被打敗的！我們將打倒你們，趕走你們！

在那時刻，雙方陣營後，豐蘭息與玉無緣分別登上了瞭望臺。

咚！咚！咚！咚！咚！咚……

隨著戰鼓擂響，無回谷裡戰馬嘶鳴，東邊是銀甲鮮亮的風雲騎，西邊是金甲明燦的金衣騎，彼此已擺開陣勢，一觸即發。

豐蘭息望著瞭望臺下方，目光掃視一番後，微微訝然，「這一戰，妳出動了風雲五將。」說著，他回頭望向正拾階而上的風惜雲。

風惜雲走至他身旁，抬手遙指對面，道：「因為這一戰的對手是皇朝！」金衣騎陣前一騎格外突出，遠遠便能感受到那人的氣勢，而整個金衣騎亦因他而透著一股銳利的殺氣，不過換一個主帥，便完全不可同日而語。她目光再移，落在遙遙相對的瞭望臺上，「而且在他的身後，還有一個玉無緣。」

「今天金衣騎很不一般。」豐蘭息自然能看出，他嘴角噙起一絲趣味的淺笑，「只因為皇朝領軍就如此嗎？果然是個好對手！」

「有的人天生就擁有讓人無條件信服的力量，可以讓人心甘情願臣服，捨命相隨，皇朝就是那樣的人。」風惜雲目光落回金衣騎最突出的那一騎上，語氣中帶著一種複雜的嘆息，「所以他才會擁有那樣不可一世的自信與驕傲。」

「看金衣騎的樣子，五萬大軍已盡在此，皇朝親自領了最前的中軍，左、右翼殿後五丈，看來他是要與妳一戰決勝負。」豐蘭息目中微綻出一絲亮光，遙望金衣騎陣最前方的那一騎，笑容中帶出讚賞，「敢領這實力完全不能與風雲騎相提並論的金衣騎親身一戰，皇朝果然是豪氣萬丈的英雄。」

「你們的不同也就在此。」風惜雲側首看他一眼，目中隱帶譏誚，「他雖說自己不是英雄，但卻依然要英雄行事。」

「他是想做一個威烈帝那樣的雄主。」豐蘭息淡淡道，似對皇朝的英雄氣概不以為然。

「威烈帝嗎……」風惜雲眉尖微蹙，卻不再說話，只是語氣中頗有些言猶未盡之意。

豐蘭息看她一眼，然後將目光移向下方，「這一戰是否可見識到血鳳陣的真正威力？風雲五將齊出，齊恕為首，程知在左，徐淵在右，林璣在尾，而中樞是修久容！為何不是六將之首的齊恕？」

「你覺得久容如何？」風惜雲不答反問。

「內斂易羞，無論是外表還是言行，看起來都過於纖秀，只是……」豐蘭息目光望著風雲騎陣中心的那一點，「看他此刻，置身萬軍卻是神情鎮定，目光如劍，大將之才！」

風惜雲一笑，顯是對他的評價很滿意，「風雲六將中，論沉穩可靠首推齊恕，徐淵則心思縝密，行事周詳；林璣箭術高超，體恤下屬；包承、程知皆為以一敵百的勇猛之將。久容或許有某些方面不及他們，但他的將才是他們之中最出色的。」她的目光掃向下方，對於風雲騎擺出的陣勢微微頷首，「再過兩三年，久容必是我青州第一名將！」

「這一戰妳是在錘鍊他？」豐蘭息眉頭一挑，目光望向對面，「這次對手可是皇朝！」

「我當然知道。」風惜雲「哼」了一聲，目光望著下方，金衣騎不斷前進，風雲騎肅靜以待，兩軍相隔十丈之時，但見金衣騎令旗一揮，大軍齊齊止步，她頓生感慨，「金衣騎有了皇朝果然不一樣！」

而在下方戰場上，皇朝正凝眸望著前方不遠的風雲騎，即算他們已逼得如此之近，可風雲騎依然未動分毫，更未有絲毫慌亂，雖不動，卻自有一種凜凜氣勢，彷彿是一道刀鋒築就的牆壁，即算是守勢，也透著銳利的殺氣！

「他好像在等待什麼。」豐蘭息居高臨下，自是將下方的動靜看得清楚。

「在沒有找出破綻前，他會等敵人主動出擊，當他找到破綻，那必是一擊必殺！」風惜雲語氣平靜，但神色間已變得肅然。

下方戰場上，銀色的風雲騎就仿若一隻斂翅昂首的鳳凰，保持著衪百鳥之王的雍容大氣，靜候敵人的主動出擊。而金衣騎在皇朝未有指示前，也是佇立不動，仿若休憩的猛獸。

兩軍靜靜對峙，氣氛凝重。

約莫過得一刻，金衣騎陣前的令旗揮動了，最先出擊的卻是殿後的左右兩翼。但見兩翼疾速前進，似乎想包抄風雲騎，當左、右兩翼奔行至距風雲騎不過五丈時，中軍突然疾速前進，看樣子是三軍齊發，全速衝向風雲騎。

在金衣騎中軍出擊時，風雲騎終於動了，左右翼如同鳳凰猛然張開翅膀，迎上金衣騎的左右翼。金衣騎的中軍直接衝殺風雲騎中樞，風雲騎中樞眼見敵軍殺來，令旗一揮，首軍一扭，如同鳳首擺動，避開了金衣騎的衝擊，同時配合展開的左翼，圍住撲入的金衣騎右翼。

「陣勢變化真快！」豐蘭息感嘆的聲音未落，下方風雲騎陣勢再變。

彷彿鳳凰驀然探出雙爪，爪上錚錚鐵鉤全都脫爪飛出——那是神弓隊的飛箭，但見箭如蝗雨，疾速射向迎面而來的金衣騎中軍，淒聲厲嚎裡，那衝在最前方的中軍便紛紛倒下！

鳳尾忽張開衪的翎羽，與右翅合圍，直掃金衣騎的左翼，頓時，五萬金衣大軍全在鳳凰的包圍之中！

可是，就在鳳凰逼近，要將金衣騎合圍之際，陣中心餘下的金衣騎中軍後部，猛然棄中樞而回殺，直向鳳首砍去！原本與左翅一起圍殲金衣騎右翼的鳳首，變成被金衣騎左翼與中軍前後夾攻，緊接著，原被右翅、鳳尾半圍住的左翼，忽然全速右轉，加入中軍，全力殺向鳳首！

頓時，下方所有的廝殺便全在鳳凰相合的左翅與鳳首之上展開，風雲騎、金衣騎你圍我、我圍你，全捲在一塊，竟是不分前後左右，全部都是敵人，一場混戰展開。

這一刻，拚的不再是誰的陣更奇，誰的頭腦更聰慧靈活，而是拚誰的刀更利，誰的動作更快，誰的力量更大，誰才能殺敵最快、最多！

「被他算計了！」風惜雲頓時變色，「好個皇朝！他根本不是要與我一戰，更不是要破血鳳陣！他不要勝負，他是要以幽州這五萬金衣騎與我風雲騎死拚，唯一的目的便是要重創風雲騎！」說著，忍不住一掌拍下，欄杆被她掌力震得簌簌作響。

豐蘭息此刻也看明白了，嘆氣道：「他不動用冀州一兵一卒，利用金衣騎重創風雲騎，至此幽州二十萬金衣騎被妳折損了大半，而幽王已受重傷，幽州諸公子皆是庸碌之輩，於是幽州盡入他囊中，好個皇朝！」言語間不勝喟嘆。

「想折損我的兵力？我豈能讓你如願！」風惜雲的聲音裡帶著秋霜的肅殺，眼眸這一刻比千年雪峰還要冷，「五萬金衣騎……我就如你所願盡數折去！」語畢，她直沖下方叫喚，「久容，血鳳凰！」

「是！」戰場上傳來凜然果斷的聲音。

然後，便見風雲騎的中樞揮動了白鳳旗，霎時，銀甲如洪峰滾動，噬血的鳳凰猛然仰首長嘯。被夾困的鳳凰左翅、右翅同時張開，片片翎羽在陽光下閃著刀鋒劍芒，雙爪忽轉變成鳳首，鳳尾忽轉為鳳爪，於是，一隻巨大的鳳凰重新誕生，周身都燃著銀色怒焰，閃著奪目徹骨的寒光！

「殺！」白鳳旗揮動，血鳳凰張開了噬血的翅膀與爪喙，狠狠地，毫不留情地掃向、抓向、啄向了金衣騎！而最初被金衣騎中軍所困的首翼，頃刻化成利劍，直接地，穩穩地刺穿金衣騎中軍！

那一刻，自上往下望去，看到的便是閃耀著銀芒的鳳凰，口銜鋒利寶劍，瘋狂地掃向金衣騎，張狂而狠厲的氣勢所向披靡！

那是一場血戰！

本是紅日當午，可無回谷裡，黃沙漫天飛舞，刀劍交錯揮砍，殘肢拋飛，頭顱滾地，鮮血淹沒大地，嘶啞的、淒厲的、悲慘的呼喊聲直沖九霄！

天為之昏，地為之暗；神靈同悲，人鬼同泣！

那是人世間最慘厲的修羅場！

「竟是死戰到底！」風惜雲看著下方，鎖緊眉頭，然後目中寒光閃過，「只因皇朝在，所以金衣騎鬥志不息？那我便將你們的鬥志打下去！」她冷冷一笑，驀然身形一踮，便直往戰場上的皇朝飛去。

幾乎在風惜雲飛身而起的同時，對面瞭望臺裡也飛出一道白色人影，不同的是，他的目標是半空上的風惜雲。

「白風夕對玉無緣嗎？」瞭望臺上，豐蘭息見此微微一笑，語氣中有著難以掩飾的興趣，「不知這女子中的第一人對天下第一公子，誰勝誰負？」

而於戰場飛掠而過的兩道白影，分別落於陣中一點，然後再次飛身而起，一個前衝，一個截擊，七丈……六丈……五丈……四丈……

地上，風雲騎、金衣騎在激烈交戰，四周只有刺耳的刀劍聲、震天的廝殺聲……

半空中，兩道白影越飛越近，漫天塵土裡，一個銀甲燦然，一個白衣飄飄，彼此這一刻彷彿都忘記了周圍的一切，只是一直往前飛去，彼此的眼睛只望著對方，彷彿永遠也無法靠近一般的遙遠，但偏偏又在一眨眼間就到了面前……

銀光閃爍，白綾若遊龍飛出！

大袖飛揚，並指如劍凌空射！

「玉家的無間之劍！」豐蘭息看到半空中玉無緣的手勢，瞳孔收縮，手不由自主地緊緊抓住瞭望臺前的護欄，「他竟然用無間之劍！」

風嘶劍嘯裡，半空上兩聲清叱，彷彿是告訴對方，又彷彿是告訴自己，這都是彼此家傳的絕世武功！這都是一招奪人性命的絕技！這一招使出……便再無回頭之時！

白綾一瞬間化為嘯傲九天的鳳凰，挾風帶焰，直飛而去！

袖袍飛揚間，指劍凌空彈出，劍氣如虹，直射而去！

鳳嘯！劍鳴！

即算在這喊殺震天的戰場上也清晰可聞，只是下方已無人有暇顧及。

招式已攻向對方，而半空上，兩道白影間的距離已在逐漸迫近，白綾直逼玉無緣的胸口，劍氣直點風惜雲的眉心……

近了，他們已可看清對方的眉眼，那一刻，他們忽然都微微一笑，笑得雲淡風輕，無悲無歡，卻也在那一刻，彼此胸腔裡有什麼停止了跳動……然後白綾下垂，從肋下穿過，帶下一幅衣襟；劍氣一偏，從鬢角擦過，割下一縷長髮，彼此身形飛近，目光相對，唇角微彎，並肩，錯身，各自飛落於陣中。

一個手握一縷青絲，一個手攥一幅衣襟，彼此背身而立，不曾回身，亦不曾回眸。

「果然……都還是下不了手。」瞭望臺上，豐蘭息淺笑雍容，只是目光看著戰場上的那兩道白影，雙手不由自主地握起，「可是，作為玉家人的玉無緣選擇了皇朝，而作為風家人的妳卻選擇了我……那麼你們遲早要出手的。」

戰場上，周圍有廝殺震天，有亂箭飛射，可於風惜雲與玉無緣，那一刻，卻是死亡般的寂靜。

風惜雲緊緊攥著手中那幅衣襟，面上涼涼地滑過什麼，心頭亂緒滾滾翻湧。無緣，你竟是想與我同死嗎？為何……最後還是沒下手？為何從第一眼起，你的眼中總蘊著悲傷？玉家的人……無緣，你我便是這樣的收梢嗎？

玉無緣垂眸看著掌中那縷青絲，這是從風夕鬢角割下的，差一點就……他驀然合掌，往昔無波的眼中此刻漣漪漫漫。

玉家的人一生都無愛無憎，玉家的人一生都有血無淚……風夕，這便是作為玉家人的我與作為風家人的妳的收梢！

青絲在他的掌心化作粉末，和著手心那一滴微熱的水珠落入塵埃，就如同他那微薄可憐的情愛。

而她的手，終於鬆開了，那一幅衣襟飄落於血地，再被風一捲，剎那便失蹤跡，就如同她那茫然難辨的心意。

第二十三章　道是無緣何弄人

廝殺還在繼續，人間的煉獄真真實實地呈現於無回谷裡，血氣彌漫在整個山谷上空，慘叫與殺戮之聲直沖雲霄，刀與劍挾著血光揮動，長槍回拔帶起敵人的血肉，遍地都是金甲的屍身與斷肢，卻也掩不住那些銀甲的亡魂……

戰場中，風惜雲與玉無緣依舊木然立著，任刀劍擦身而過，任流矢在周圍墜落，他們彷彿沉睡般癡立。

而在金衣騎陣中，一直佇立不動的紫影驀然動了，如雄鷹展翅，直撲風雲騎中樞白鳳旗下的那一騎。

風中傳來的劍嘯驚醒了風惜雲。

「久容閃開！」焦灼喊叫裡，她猛然飛起，如離弦之箭直追紫影而去。

癡立著的玉無緣這一次卻並未攔截，轉身回走，穿過刀林箭雨，跨過地上的死屍殘肢，趟過濃郁稠黏的血湖，一襲皎潔的白衣，翩然似從天界飄來的使者，如白玉無瑕的俊容上是深切的悲憐，雙眸裡閃過無奈與慈悲，最後卻只是一步一步靜靜走過。

跨越地獄，穿越魂靈，用這些生命，用這些鮮血，換取另一個百年太平。

鳳旗之下，修久容高高立於馬背之上，揮舞著手中的大旗，策動著整個風雲騎的陣勢與攻擊。

當那抹紫影挾著冷電直擊而來時，他並未閃避，反而是高舉手中鳳旗凌空一揮，霎時他身前的風雲騎兩面散開，避開紫影手中寶劍揮出的凌厲劍氣，劍氣在黃沙地上劃出一道深深的長溝，然後紫影手臂再次高高揚起，那一抹冷電挾著雪亮的劍芒再次擊向鳳旗下的修久容！

那一劍，鋒利得彷彿可刺破一切障礙！

那一劍，霸氣得彷彿可劈天裂地！

黃沙已避鋒而飛，氣流已被它割開，就連風也為之疾逃！

這是他無法躲避、無法抵擋的一擊！

修久容仰面睜目，靜靜地迎接著陽光下燦爛炫目、美妙絕倫得要將他一劈為二的一劍！

那刻，腦中閃過最後的餘念——主上，久容永遠效忠於您，直至我三界六道魂飛魄散！

皇朝傲然地揚起嘴角，手腕直揮而下，帶著決絕的霸道與狠厲——風雲騎的主將必要斃於此劍！

「久容！」

一聲急切的呼喚，隨即一道白綾如電橫空切來，截住了凌空揮下的那一劍，那凌厲無敵的一劍便在距離修久容面孔半寸之處停頓！

皇朝與風惜雲同時從半空中落下，劍與白綾還纏在一起。

回首看去，只是一眼，彼此心頭都是一冷。

皇朝從未見過這樣的風夕，冷若冰霜，全身散發著肅殺之氣。他握劍的手忽然一軟，心彷彿被什麼刺了一下，微微作痛。

驀然間，想起那晚他求娶她，而最後，她留下一句「可惜朋友很少會有一輩子的」。

原來……風夕，妳我的情誼竟是這般短暫。

豐蘭息與我，妳選擇了他，從今以後於妳來講，皇朝就只是敵人了嗎？

「主上……」

一聲輕吟出自修久容之口，他睜開眼，鮮血流進眼睛裡，模糊了他的視線，面孔上傳來劇痛，彷彿是有什麼在撕裂著他的臉，迷糊了他的意識，他使勁地眨著眼睛，終於……映入眼中的是身著銀甲的修長英姿，他心頭一安，沉入黑暗之中，手卻還緊緊抓住白鳳旗。

「久容！」風惜雲迅速掠過，伸手接住從馬上一頭栽下的修久容，低頭看去，她驀地緊緊咬唇，心頭一陣疼痛。

這張臉……久容的臉已經被這一劍毀了！

縱使她截住了那一劍，卻未能阻擋那一劍所揮出的凌厲劍氣！

劍氣從他的眉心、鼻樑直劃而下，生生將他的臉一分為二！

「久容……」心頭悲憤，抬首望向皇朝，眼中猶帶憤恨，可看到對面那人的失落與蕭索，心頭又是酸澀。

皇朝，這便是我們的命運，生逢亂世……這是生在王室的我們無法避開的宿命！

「皇朝，還記得那夜我說過什麼嗎？」風惜雲的聲音清清冷冷的。

皇朝點頭，金眸已恢復清醒，似乎依然明亮驕傲，微微勾唇，想似以前那般輕鬆地笑笑，作為朋友的最後一笑，可是卻怎麼也無法笑得明快。

這一刻，驕傲如他，亦滿腹悲涼。

「很少有永遠的朋友。」風惜雲的聲音低低卻清晰地傳入皇朝耳中，她垂首看一眼懷中的修久容，再抬首時，眼眸如冰霜冷峻，環視整個戰場，站立著的遍是銀色，金色已是極淡極淺，「這一戰，我贏了，你也贏了！」

「是的。」皇朝點頭，他並沒有發現自己的聲音低沉得近乎絕望。

「可是，我們也都輸了。」風惜雲的目光終於再次回到皇朝身上，眸中有著一種淒厲的痛楚。

「是。」皇朝輕聲應著，似乎怕聲音稍大一點便將那些裂縫敲擊得更大，可他知道，那些碎裂的東西永遠也無法彌合……何況那還是他親手擊碎的。

風惜雲手一抬，縛住皇朝寶劍的白綾收回腕上，抱起修久容，足尖一點，便飛身遠去，「再見時，你我或許只能存一！」

五月二十四日晚。

天氣依舊悶熱，即算到了晚上，熱氣也並未收斂。

夜空上杳無星月，只餘黑壓壓的雲層。

青王帳中，燃著數盞明燈，照得帳內明亮，風惜雲正凝神看著面前的一堆摺子，而豐蘭息卻是悠閒地坐在她對面，淺笑雍容地把玩著桌上的瑪瑙鎮紙。

「久容的傷勢如何？」風惜雲忽開口問道，眼睛依舊然盯在摺子上。

「我的醫術雖比不上君品玉，不過他那點傷還是醫不死的。」豐蘭息彈彈手指，「只是……」他語氣一頓，目光望向風惜雲。

風惜雲抬眸看他一眼，「他那張臉已經毀了是嗎？」

「是呢，真是可惜了那麼漂亮的一張臉。」豐蘭息語氣裡有著惋惜，臉上卻未帶絲毫的同情。

「能活著就是最好的了。」風惜雲淡淡道。

「活著麼，確實是好事，只是有些人或許會覺得生不如死。」豐蘭息似乎話裡有話。

風惜雲卻未再理會，專心看著摺子，豐蘭息也不再說話，目光落在風惜雲身上，隱隱帶著一種探究的神色，只是當風惜雲偶爾抬首之時，他的目光又變得幽深難測。

兩刻後，風惜雲放下手中摺子，抬手揉揉眉心，身子後仰倚入椅背中。

「這一戰如何？」忽然豐蘭息問她。

「還能如何，雖傷敵一千，卻也自損上百。」風惜雲嘆氣。

豐蘭息聞言輕笑，「五萬金衣騎折去了四萬，勝的還是妳。」

「皇朝的目的算是達成了四分之三！」風惜雲按著額頭，「折金衣騎，探血鳳陣，再小傷我風雲騎元氣，接下來……」

正說著，帳外忽響起齊恕的聲音，「主上，晏城急報！」

風惜雲眸光一閃，坐正身子道：「進來。」

話音剛落，帳簾掀起，齊恕挽著一人疾步走進。

「主上，晏城為冀州爭天騎所破！」被齊恕挽著的人一入營帳，便倒頭跪趴在地上。

「什麼？」風惜雲霍然起身，看到地上那全身似血染成的人，「晏城被爭天騎奪了？」

「是！」那人垂首，嘶聲答道，「冀州派五萬大軍攻城，包將軍……包將軍殉城了！」

「包承……」風惜雲眼前一黑，若非身後椅子，她差一點便跌倒，穩住身形後，她看住那人，「你起來答話。」

「謝主上。」那人抬頭站起身來。

只一眼，風惜雲已看清他的面容，確實是包承的親近部下，滿臉的血汙與塵土，眼睛裡盡是焦灼與痛苦，身上顯然有多處傷口，卻都只是草草包紮。

「即算是冀州出動爭天騎攻城，但晏城有風雲騎五千，再加禁衛軍五萬，又有包承坐鎮，決不可能被其輕易破城。」風惜雲眉頭緊皺，「為何晏城會被奪了？」

「主上，本來李將軍與包將軍同守晏城，爭天騎是絕無可能破城的，但李將軍聽說主上被幽王追迫至無回谷，因此他不顧包將軍阻攔，率五萬禁衛軍擅離晏城，想去無回谷助主上一臂之力。誰知李將軍一走，爭天騎便來圍攻晏城，晏城守軍不過一萬，包將軍知敵眾我寡，一直堅守不出，但……但爭天騎裡有將領箭術如神，那天包將軍於城頭指揮時被其一箭射中，包將軍、包將軍就……」那人啞著嗓子，聲音裡滿是沉痛與憤恨，肩膀不住抖動，一雙手痛苦地痙攣著。

聽罷，風惜雲眼中已水光浮動，雙拳緊握，「李羨……李羨你竟敢違我軍令！」

「主上，包將軍臨死前囑咐臣追回李將軍，臣一路急奔，在俞山下追上了李將軍。李將軍一聽晏城被圍，慌忙折回，誰知……誰知中途就碰上了破晏城後追趕而來的爭天騎……禁衛軍……五萬禁衛軍幾乎全軍覆沒，李將軍也生死難知！」

那人一口氣說完又跪倒在地，不斷叩首，地上很快紅濕一片。

「主上，臣未能守住晏城，未能保護好包將軍，臣自知萬死不足抵罪！但臣求主上……求您一定……一定要為包將軍報仇！包將軍身中六箭依然堅守於城頭一天一夜，就想等來援兵，誰知……誰知……」那人話至此已哽咽難語，整個王帳中只有他悲痛的啜泣與強忍的吸氣聲。

「包承……孤的猛將包承！」風惜雲眼中滴下淚來。

帳中霎時一片凝重。

片刻後，風惜雲才再次出聲問道：「依你估算，爭天騎離無回谷還有多遠？可知那領將是誰？」

「回稟主上，臣大約領先一日路程。」那人依然跪在地上，「爭天騎領將戴著青銅面具，不知其貌，但身後旗幟上是『秋』字，而且箭無虛發，臣以為必是那霜羽將軍秋九霜！」

「領先一日路程？霜羽將軍秋九霜？」風惜雲目光微閃，然後喚道，「齊恕！」

「臣在！」一直強忍悲痛、垂首靜默的齊恕馬上應道。

「先帶他下去療傷。」風惜雲沉聲吩咐，「召林璣、徐淵、程知三人即刻前來！」

「是！」齊恕扶那人離去。

等帳中只餘兩人時，一直安坐於椅中沉默著的豐蘭息，忽然開口，「好厲害的皇朝。」

「我千算萬算，獨算錯了李羨！」風惜雲負手望著帳頂，聲音沉重哀涼，「想他雖為禁衛軍統領，但近十年來聲名一直被風雲騎眾將所壓，想來不甘就此沉寂，聞得我『逃』至無回谷，想著率禁衛軍趕來『助陣』，打敗金衣騎以重樹他大統領的威名！我……竟忘了人對功名利祿的執著！」說至最後一句，已從沉重轉為自責與自嘲。

「現在對面的金衣騎雖只餘一萬，但那邊的主帥可是皇朝，而且玉無緣一直未出手，風雲騎又傷了元氣，若有妄動，只怕……」豐蘭息說至此停下來，目光看著風惜雲，含著淡淡的關懷，「而追擊而來的爭天騎竟有五萬，必是要來無回谷，到時……」

「到時無回谷裡有五萬爭天騎加一萬金衣騎，我必敗無疑。」風惜雲冷聲接道。

「只有阻住爭天騎，否則妳與幽王之戰就要前功盡棄。」豐蘭息微微嘆息，「只是要阻住五萬爭天騎可非尋常人能做到的。」

風惜雲沉默。

過得半晌，她望著豐蘭息，道：「無回谷的四萬風雲騎調出一萬，我親自前往阻擊爭天騎，決不能讓他們踏入無回谷！」

豐蘭息聞言眉頭一跳，「妳親自去？風雲五將雖也是英才，但要論與皇朝、玉無緣一較，那可還差了一大截！」

「我當然知道，我可沒說無回谷由他們鎮守。」風惜雲的目光牢牢盯在他身上。

豐蘭息被她目光一盯，頓時明白她的意思，不由苦笑，「早知道我就不來青州了！」

「是你自己死皮賴臉地要跟來的，我又沒請你！」風惜雲冷哼一聲，「你吃我的、用我的，也得回報些，我走後，這無回谷就交給你了！」

「妳怎知我守得住？」豐蘭息淡淡道。

「你若想要風雲騎、想要青州，那就好好守住吧。」風惜雲同樣淡淡道。

話落時，齊恕已領徐淵、林璣、程知三將到來，想來齊恕已告知晏城之事，三人都滿臉沉痛與悲憤。

「主上，請派臣領兵前往攔截爭天騎！」四將皆請命。

「你們要留守無回谷。」風惜雲搖頭，「爭天騎由孤親自前往阻截！」

「主上……」齊恕忍不住開口。

風惜雲抬手示意他不要多說，目光望一眼豐蘭息，然後喚道，「齊恕、林璣、程知聽令！」

「臣等聽令！」

風惜雲沉聲道：「即日起，你們協助蘭息公子鎮守無回谷，孤不在期間，一切聽命於蘭息公子！」

三將相視一眼，然後躬身道：「臣等遵令！」

「徐淵。」

「臣在！」

「你去點齊一萬精兵，半個時辰後隨孤出發！」

「是！」

「你們退下吧。」

「是！」

待四人都退下後，豐蘭息才道：「妳只領一萬人夠嗎？要知道那是五萬爭天騎，可不是金衣騎！」

「呵，你在擔心我嗎？又或是擔心這一萬風雲騎將隨我一去不返？」風惜雲睨了他一眼，似笑非笑。

「嗯，我擔心那一萬風雲騎。」豐蘭息點頭，目光同樣睨了一眼風夕，「至於妳，何需我費心。」

風惜雲唇角一勾，似想笑卻終未笑出來，轉身掀帳而出，帳外是黑漆漆的天空，她輕揉眉心，長長嘆一口氣。

「看這天氣，怕是有雨來。」豐蘭息在她身後道。

「有雨？」風惜雲目光一閃，然後微微一笑，抬手招來一名士兵，「傳孤口令與徐將軍，每名士兵都須帶上兩件兵器！」

「是！」

金衣騎營帳中，皇朝看著手中的信，面露微笑。

玉無緣捧著一杯清茶，淡淡道：「似乎一切都在你的算計之中。」

「因為我勢在必得！」皇朝抬首，褐金色的眸子燦燦生輝。

玉無緣聞言眸光掃向他，靜看他片刻，才雲淡風輕地開口，「這世上，無論你得了多少，總有些是得不到的。認清了這個理，倒還能活得輕快些。」

皇朝聞言靜默不語。

「皇朝。」玉無緣垂眸看著杯中忽沉忽浮的茶葉，「有時人算不如天算，有時算計太多，反會為算計所累。」

「你想告訴我什麼？」皇朝目光盯在玉無緣身上，「還是……有何不妥之處？」

「我只是想提醒你，他們不但是風惜雲、豐蘭息，他們還是白風黑息，他們……」玉無緣的目光又變得縹緲幽遠，彷彿從杯中透視著另一個遙遠的空間，「他們決不同於你以往的那些對手！」

皇朝頷首，「我當然知道他們決不可小覷，所以我才會如此費盡心神！」

青王帳前，徐淵躬身稟報，「主上，一切準備妥當！」

「嗯。」聲音響起的同時，帳簾掀開，走出一身銀甲的風惜雲。

帳外，左邊齊恕、程知、林璣與徐淵並排一處，右邊站著豐蘭息，比起其他人嚴肅的神情，他卻輕鬆悠閒得不像話，臉上一直掛著笑容。

「主上。」齊恕、林璣同時開口，不過話還沒說，程知一個大步上前，粗嗓門一張便蓋過他二人，「主上……」

一身鎧甲的風惜雲別有一種俏煞的威儀，眸光一轉，便讓程知自動吞下了後面的話。

「何事？」風惜雲問他。

「主上。」程知目光瞄了瞄風惜雲身後的徐淵，抓抓腦袋，然後一鼓作氣道，「主上，妳怎麼不帶臣去，幹嘛帶這個徐溫吞去？」

「噗哧。」風惜雲聞言輕笑，眼光掃掃身後的徐淵，見他依舊面無表情，連眼皮都沒抬一下。

程知見風惜雲只是笑，並未斥責，不由再次大聲道：「主上，他幹什麼都是慢吞吞的，還老挑剔得像個女人，這要去阻截爭天騎，您應該帶我老程去，保證殺他個片甲不留！」

他粗豪的嗓門讓帳前的一干將士聽得清清楚楚，大家都心知肚明，抿嘴偷笑，本來冷肅的場面也因他這幾句話而輕鬆了幾分。

風雲騎的將士們素來都知道，性格直率、快人快語的程將軍與冷面深沉、行事縝密的徐將軍可是風雲騎裡的一對冤家，總是相互看不順眼的。

一個嫌對方太過草率粗暴，手腳動得總是比腦子快，做事顧頭不顧尾，毫無一國大將應有的從容風範；而另一個卻嫌對方太過深沉講究，一件事總要放在腦子裡左思右想，做起事來又是瞻前顧後的溫溫吞吞，毫無男子漢大丈夫應有的豪爽氣概。

「程知！」一旁的齊恕拉了他一下。

誰知程知見風惜雲與徐淵都不說話，只是轉身上馬，不由著急了，手一揮甩開齊恕，疾步跨前，一把拉住徐淵馬的韁繩，「死溫吞，你手腳總比別人慢，說不定會被那個叫什麼秋九霜的娘們一箭射下馬來，你還是下馬，讓我老程代你去！」

「讓開！」徐淵卻只是冷冷地吐出兩個字，面上倒沒露出生氣的神情。

「主上！」程知轉頭看向風惜雲，就盼她能改變主意。

「程知，這是軍令！」高居馬上的風惜雲卻只是淡淡地吐出這一句。

「是！」程知垂首答應，無可奈何地放下韁繩。

馬背上，風惜雲的目光與帳前豐蘭息遙遙相視，片刻，彼此微微一笑，一切盡在不言中。

「出發！」

風惜雲一揚馬鞭，白馬撒蹄馳去，身後幾名親衛相隨，而那一萬將士早已悄悄潛出谷，在前方等待。

徐淵抽出馬鞭，正要揮下時，程知的叫聲響起，「你看你，徐溫吞就是溫吞，人家都走了就你落在後面！」他揚起碩大的手掌，狠狠拍在徐淵的馬屁股上，頓時，那馬一聲嘶鳴，張開四蹄飛馳而去。

「蠻牛！」徐淵的馬已跑遠了，可他這兩個字卻清清楚楚地傳來。

「什麼，你這死溫吞竟敢罵我是蠻牛！」程知不由跳腳，揚著嗓門大叫道，「死溫吞，你別老是慢手慢腳的，小心被那個秋九霜一箭射個大窟窿！記得留著小命回來，老程我還要找你算帳的！」

程知的話音未下，就聽身後傳來林璣不冷不熱的聲音，「你關心他就不會委婉一點嗎？有必要張揚得讓所有人都知道嗎？」

「我哪有關心那個死溫吞！」程知聞言趕忙收回遙望的目光，惡狠狠地反駁。

「那你何必要他留著小命回來。」林璣的聲音不大不小，剛好夠帳前所有人聽到。

「我、我要他留著命……」程知黝黑的粗臉在燈火下也看不出到底紅了沒，只是支吾了半天，最後終於給他想到了一個理由，「我是要他留著命回來照顧妻兒……」

「你腦子糊了嗎？」林璣不待他說完即打斷他，目中盡是好笑，「我們之中好像只有你才有、妻、有、兒！」說至最後他故意放慢語調，一字一頓地說。

「我……你……你這小人！」程知惱羞成怒，一雙巨掌拍上林璣肩上，似想把個子比他矮了一頭有餘的林璣一把捏碎。

「蠻牛就是蠻牛，腦子全都轉不過彎的！」林璣拂了拂肩膀，拂開了雙肩上那雙巨掌，「懶得理你。」

說完即轉身向豐蘭息行了個禮，「蘭息公子，林璣暫且告退。」在得到豐蘭息頷首應允後，即大步離去。

「你、你這個小人！」程知望著他的背影叫道，奈何林璣根本不予理會。

「他個子雖沒你高大，但跟大家比起來，他的身材可要正常多了。」齊恕上前高抬手臂拍拍程知的肩膀，就連他也要抬頭和他說話，「蠻牛也沒什麼不好，要知道大家都很喜歡牛的，老實好欺。」說完他也向豐蘭息行了個禮，然後抬步回營。

反應慢半拍的程知待想清最後一句話時，不由高聲叫道：「老大，你也欺我！」只是哪還有人影。

「哈哈哈哈……」身後卻傳來豐蘭息的大笑聲。

「公子，我……嗯……他們……」程知回轉身看著豐蘭息，滿臉通紅，很不好意思地抓撓著腦袋。

「程將軍也回營休息吧。」豐蘭息並不為難他。

「是！」程知躬身答應，然後大步回營。

「已是丑時了吧。」豐蘭息抬首環顧四周，所有風雲騎的將士早已巡守的巡守，休息的休息。

偌大的營盤一下子安靜至極，驀然有夜風拂過，帶起一陣涼意。

「起風了。」他伸手微張五指，似想擋住風，又似想抓住一縷風，「或許真的要下雨了，卻不知這天是助妳還是助他？」

濃重的夜色裡，響起的不是蛙鳴蟲唱，遠遠而來的光點也不是螢蟲，那是萬軍齊步、鐵騎踏響大地的雷鳴，那蜿蜒而來的火龍是將士手中高舉的火把。

「徐淵，傳令下去，停止前進！」大軍最前方，風惜雲猛然勒馬。

「是！」徐淵應道，轉身吩咐傳令兵傳下命令。

風惜雲下馬，藉著火把的光亮打量著四周地形，然後蹲下身來觸摸地上的泥土。

「主上，這裡是鹿門谷。」徐淵道。

「嗯。」風惜雲站起身來，「現在是什麼時辰？我們一共奔行了多少里？」

「寅時過半，共奔行二百五十里。」徐淵答道。

「寅時……二百多里，爭天騎的速度決不會比我們慢。」風惜雲略略沉吟。

正在這時，一陣狂風吹起，將士們手中火把全部被吹滅了，周圍頓時一片漆黑，但鹿門谷內所有的士兵卻並未有絲毫慌亂，依舊原地靜立，若非偶爾的馬鳴聲，谷中安靜得幾乎察覺不到這裡停駐了一萬騎兵。

「主上，起大風了，看來要下雨了。」徐淵抬頭望瞭望天。

風過之後，眾人眼睛適應了黑暗，甚至在微弱的夜光裡還能略微看見身旁最近的同伴。

「不是看來要下雨了，而是肯定會有一場暴雨。」風惜雲仰望夜空，漆黑的天幕上沒有半點星光，但她的雙眸卻閃亮如星，在這漆黑的夜裡閃著灼亮光華，「暴雨來得急也去得快！」

她蹲下身抓了一把泥土在手，手指搓著泥土，湊近鼻端聞了聞，「這鹿門谷兩邊地勢高，下雨時雨水皆往中間流注，以至谷中泥土鬆軟。」她抬頭吩咐，「點兩個火把過來。」

馬上便有士兵燃了兩個火把，風惜雲接過，飛身立於馬背上，居高臨下掃視著整個鹿門谷，手一揚，一束火把在半空中飛掠而過，帶著紅紅的一線火光，然後穩穩落地，插在東邊的泥土上，接著轉身，手再揚起，另一束火把也從半空掠過，穩穩地插進西邊的泥土。

「徐淵，傳令下去，將士兵分兩批輪流，五千舉火把，五千拿備用兵器掘土，就以這兩束火把為界，需兩尺深，十丈寬，只有一個時辰，要快！」風惜雲下馬吩咐。

「是！」

片刻後，所有將士皆下馬，一半舉火把，一半以兵器為鋤掘地，皆是井然有序，動作俐落。大風時起時落，火把被大風吹熄後馬上又被點燃，掘地的士兵也手不停歇，必要趕在一個時辰內完成。

約莫過了半個時辰，空中開始稀疏地落下大滴大滴的雨珠，砸在臉上涼涼的且微微作痛，火把已大部分被淋濕，黑夜中只有士兵掘地的聲響，以及狂風肆虐的嗚咽聲。

再過得半個時辰，黑暗裡響起風惜雲的聲音，「停止掘地，上馬，退後十五丈隱蔽。」

命令剛下，大雨已傾盆灑來，挾著狂風，將谷中的風雲騎淋了個濕透。黑夜之中，只能聽到雨水砸在大地的聲音，兩旁坡地已嘩啦啦有泥水流下，狂風呼嘯，戰馬嘶鳴，除此以外，鹿門谷內是靜止的。

當狂風暴雨稍緩之時，黑壓壓的天空似被雨水洗清了，終於露出一抹淡淡的白色，四周也能影影綽綽地看個大概，所有的風雲騎將士皆靜靜佇立，一動不動，只是緊緊握住手中刀劍，目光一致地看向最前方那一騎，白馬銀甲，修長挺拔，那是他們的主上，和他們一樣任狂風暴雨吹打的主上！

「現在是什麼時辰了？」風惜雲問向身邊的徐淵。

「回稟主上，現在是卯時一刻。」徐淵抹去臉上的水珠答道。

「火石可有存放好？」風惜雲回首看他，那雙眼眸彷彿被雨水洗過，格外的清亮幽深。

「臣沒有忘記主上的吩咐。」徐淵撫著鎧甲下保護得好好的火石。

風惜雲凝神側耳聽著風中傳送來的聲響，過得片刻，星眸燦然一亮，然後下令，「孤火箭射出之時，萬箭齊發！」

「是！」

過得半刻，噠噠噠噠的聲音遠遠傳來，幽藍的天空上泛著微微晨光，這一刻的天地晦暗模糊。

一萬風雲騎靜靜地藏身於這片混沌之中，目光炯炯地注視著前方。

遠遠的已見火光，蹄聲已近在眼前，再過得片刻，便望見前方一片黑雲捲地而來，那樣迅疾的速度，雄昂的氣勢，無不昭示著這是一支雄武的鐵騎——那是冀州的爭天騎！

「來勢越猛越好！」風惜雲的聲音輕似呢語，眼睛緊盯住前方，當第一聲戰馬的慘嘶鳴響時，她鎮定地伸手，「火箭！」

早已備好的徐淵馬上將點燃的火箭遞予她。

接箭，拉弓，射出！

動作乾淨，一氣呵成，那一抹火電劃破陰暗的天空，直往前射去，而同時，前方響起了一片馬兒的慘嘯嘶鳴以及士兵墜馬的驚叫聲。

薄薄的晨光仿若被那一束火光點亮，數十丈外，那被風雲騎掘鬆的泥土被暴雨淋濕後，成了糊稠的泥潭，陷進了滿坑的爭天騎！

火光瞬間即熄滅了，陰暗之中，風雲騎的鐵箭便如剛才的暴雨一般又急又猛地射向對面的爭天騎，霎時只聽得一片慘叫，不論是陷在泥潭中的，還是後面疾速奔來的……眨眼間便被這一陣箭雨射下了大半。

淒厲的慘呼還未停止，火箭又挾著灼亮的光芒射向了另一邊，於是暴雨似的飛箭緊跟著射出，又是一片淒厲的叫聲。

火箭不斷射出，飛箭不斷跟隨，陰暗之中，還未回過神、一時不能分辨方向的爭天騎便大片大片地倒下，而陷入泥地的無一生還！

箭雨稍停，曙光終現。

鹿門谷漸漸地、清晰地出現在兩軍眼前，但見那數十丈的窪地中陷滿了戰馬、士兵，浮在最上方的是歪落的頭盔與刀劍，鮮紅的血和著黃色的泥浮起一片幽紫，雨水還在慢慢流下，沖淡那片血色。

而隔著這數十丈的距離，一邊是銀甲的風雲騎，一邊是紫甲的爭天騎，相同的是他們的鎧甲皆被雨水洗得雪亮，不同的是銀甲大軍鎮定冷靜地佇立一方，手中刀劍出鞘，殺意凜然，似只待一聲令下，他們即可將敵人殺個片甲不留！而紫甲大軍的神情是震驚呆愣，不敢置信地看著面前的泥地，那裡倒下了他們大半兄弟，他們都不敢相信戰無不克的爭天騎，竟會有此刻這樣窩囊的敗績。

爭天騎最前方佇著一員將領，對於眼前一切他顯然也是未曾料到。他不曾料到風雲騎會來得這般快，也不曾料到風雲騎會在鹿門谷設伏，更不曾料到會有這一場天助的大雨！

他掃視一圈，然後目光凌厲地望向對面的風雲騎，手中寶劍高高揚起，往前俐落地一揮：「殺！」

霎時，餘下的爭天騎全部衝殺過來，泥地已被他們的兄弟填平，他們縱馬而過，高舉手中刀槍，沒有任何言語，卻有著沖天一戰的氣勢。

他們以行動表明他們的憤怒與仇恨，每個人都圓瞪雙目，緊緊地盯著前方那一片銀色，只有讓那銀色染上鮮血的顏色，他們的怒與恨才能消！

那刻，風雲騎最前方的一排兩邊分開，風惜雲單騎上前，目光冷冷地盯著那直衝而來的爭天騎，盯著衝在最前方的那一員將領，那名將領的臉上果然戴著一面青銅面具。

「這一戰，老天是站在我風惜雲這邊的！」她低喃一句，然後緊緊拉開弓弦，瞄準那衝殺而來的冀州將領，「秋九霜嗎？包承，看我為你報仇！」

嗖！

箭如冷電射出，劃破曙色，割破晨風，直射向那冀州將領。

冀州將領瞅見飛射而來的那道冷電，依然縱馬飛馳，手中寶劍高高舉起，凌空斬下，將那迎面而來的長箭一斬為二！

但這是挾著風惜雲全部功力的一箭，這世上能將這一箭之勢斬斷之人，卻是屈指可數！箭被斬斷，箭羽墜落，但箭頭卻依然挾勢飛射！

當箭尾還在空中飄搖之時，箭尖已射穿青銅面具，正中那人眉心！

「冀州的五萬爭天騎，就埋葬在這裡吧！」風惜雲放下長弓，手俐落地揮下。

頓時，所有的風雲騎全部殺出，迎上那直衝而來的爭天騎殘部。

而那名中箭的冀州將領，身軀晃了兩晃，卻終是沒有晃下馬背，然後他慢慢抬首，將目光望來，那樣的目光，悠長深遠，穿過那片泥地，穿過所有的刀光劍影，穿過血淋淋的廝殺，然後輕柔如羽般靜靜落在風惜雲的身上。

剎那間，周圍的廝殺、叫喊全都消失不見了，腦中有什麼在轟隆倒塌，亂糟糟的，耳邊雷鳴陣陣，彷彿有什麼可怕之事要發生，一股巨大的恐慌突然攫住風惜雲的心！

不！那是……

不，絕對不是……

那醜陋的青銅面具裂開，分成了兩半，緩緩滑落，然後終露出了面具後的那張臉——端正英挺，平靜無悔，甚至還帶著一絲滿足的微笑，就那樣暴露於晨光裡。

他目光溫柔地凝視著前方，凝視著前方滿目震驚的風惜雲，眉心的血絲絲縷縷滑下，滑過眼，滑過鼻，滑過臉，滑過唇……

「不……」風惜雲手中的弓掉落在泥地裡，她眼睛睜得大大的，眼珠定定地望著前方，臉色一片煞白，嘴唇不斷哆嗦，雙手痙攣，「不！」

第二十四章　仁心無畏堪所求

《東書．列侯．青王惜雲傳》中，那位號稱「劍筆」的史官昆吾淡也不吝讚其「天姿鳳儀，才華絕代，用兵如神」。她一生經歷大小戰役數百場，幾乎未有敗績，與同代之豐蘭息、皇朝並稱亂世三王。但不論在當時是何等驚天動地的戰鬥，到了惜墨如金的史官筆下，也只是三言兩語即表過。

景炎二十六年五月二十五日，風惜雲於鹿門谷內，以一萬之眾襲殲冀州五萬爭天騎，這以少敵多並大獲全勝的一戰，史書上除卻簡略的記載外，還留下了這樣一句：「青王射皇將於箭下定勝局，然半刻裡神癡智迷，險遭流矢！」

這句話給後世留下了一個神祕的謎團，那一戰裡到底有什麼使得青王風惜雲會「神癡智迷」？

體貼的人猜測說，那是因為急行軍一夜後又遭暴雨淋體，青王身為女子，且素來羸弱，當是發病所致；浪漫的人則猜測說，青王一箭射死的青銅皇將與其有情，是以心神大慟；還有些離譜的猜測說，那一戰裡青王殺人太多，惹怒上蒼，因此遭了雷擊以致神志不清。

無論那些猜測有多少，卻無人能確定自己所猜為實，就連那一戰跟隨青王身側的風雲騎都不知為何他們的主上會有那種反應，只知那一戰之後，他們的主上很久都沒有笑過。

五月二十六日丑時，風惜雲抵晏城。

五月二十七日辰時，風惜雲攻晏城。

申時，晏城破，風惜雲入城。

在晏城的郊外，有一座小小的德光寺，僧人們在爭天騎攻破晏城時便逃走了，偌大的寺院此時一片空寂。

風惜雲推開虛掩的寺門，穿過院子，一眼便看到佛堂正中擺放的一副薄棺。

她抬步跨入佛堂，看著那副薄棺，眼睛一陣刺痛。

立上棺材前，她抬手撫著冷硬的棺木，恍然間想起了少時的初遇。

少年的她遊走在青州王都的小巷裡，然後一個黑小子追上來，黑臉腫得高高的，棕眸裡卻燃著不屈的怒火，叫嚷著，「妳別跑，還沒打完呢！再來，這回我定能贏妳！這回咱們比力氣，妳要是還贏了我，我就一輩子都聽妳的……」

「包承……」風惜雲眼前模糊，聲音破碎。

門口忽傳來輕響，難道是包承的魂魄知曉她來而求一見？風惜雲猛地回首，淡薄曙光中，一個年約十五、六的小和尚，懷抱著一捆乾柴站在佛堂前。

「女、女施主……」小和尚呆愣愣地看著眼前這個立於棺木前的人，雖為女子，卻一身銀甲，難道是個將軍？臉上猶有淚痕，定是剛才哭過了，是為包將軍哭的？那她應該是個好人吧。

「你是這寺中的僧人？」少頃，風惜雲恢復了平靜。

「是的，小僧仁誨。」小和尚放下懷中抱著的乾柴，然後向她合掌行了個禮。

「包將軍是你收殮的？」風惜雲低頭看著棺木，眼神一黯。

「是的，小僧去找冀州的將軍，想收殮包將軍的遺骸，冀州的將軍答應了。」仁誨也看著棺木，「小僧無能，只找著這副棺木，委屈包將軍了。」

「城破時你沒有逃走嗎？小小年紀，竟也敢去要回包將軍的遺骸。」風惜雲打量著小和尚，他穿著灰色舊僧袍，平凡樸實的臉，無甚出奇之處，唯有一雙眼睛純然溫善，那樣的眼神，讓她想起了玉無緣。「你不怕死嗎？」

「主持吩咐小僧留下來看護寺院，小僧自然要留下。」仁誨被風惜雲的目光盯得有些不好意思，低下頭，摸摸自己光光的腦袋，然後再抬首看一眼她，小小聲地道，「冀州的人也是人，小僧不為惡，他們不會無故殺害小僧的，而且他們說包將軍是英雄，所以將包將軍的遺骸交予了小僧安葬。」

風惜雲深深打量著小和尚，最後微微頷首，「仁誨，好名字。」

仁誨聽得風惜雲讚他，不由咧嘴一笑，敬畏的心情稍稍緩和。

這時，寺外傳來一陣急促的馬蹄聲，然後便見徐淵疾步跨入寺門，身後跟著上百風雲騎的將士，待見到風惜雲安然無恙，才似鬆了一口氣。

「主上，您已經兩天兩夜未曾闔眼，不好好歇息，怎麼獨自跑來了這裡？若是城內還藏有爭天騎殘孽，您豈不危險！」徐淵以少有的急促語氣倒豆子似的說完，目帶苛責地看著年輕的女王。

「好了，孤知道了，這就回去。」風惜雲手一揮，阻止他再說教下去。

「主、主上？」一旁的小和尚仁誨滿臉驚愕。難道眼前的女子就是青州女王？

風惜雲轉頭看向仁誨，神色溫和地道：「仁誨小師父，孤謝謝你。」

「謝謝小僧？」仁誨依舊呆愕。

「謝謝小師父收留了包將軍。」風惜雲目光哀傷地掃過堂中的棺木。

徐淵目光看著黑色的棺木，臉上掠過悲痛，雙唇卻緊緊一抿，垂下目光望著地面，似看不到那黑色的棺木，便可以否認他的兄弟躺在了那裡。

「這個……主上不用謝小僧。」仁誨的十根手指絞在一塊，不自覺地越絞越緊，「小僧不過憑心而為。」

「小師父仁心無畏，日後必能成佛。」風惜雲微微勾起唇角，想給他一個和藹的笑容，但終究失敗，一雙眼眸瞬間浮現而出的，是深沉的淒哀。

年輕的小和尚那時只覺得女王的笑太過沉重，彷彿有千斤重擔壓在女王纖細的肩膀上，而女王卻依然要微笑著挑起。那一刻，他很想如師父開導來寺中禮佛的那些施主一樣，跟女王講幾句佛語，讓女王輕鬆地笑笑，只是那時候他腦中一片空白，最後，他只是輕輕地說了一句：「主上亦是仁心無畏之人，日後必得善果。」

說罷，他有些不好意思地露齒一笑，不知是他的話還是他的笑，女王也終於綻顏笑了笑，雖然笑容很淺，但很真實。

很多年後，已是佛法精深、受萬民景仰的一代高僧仁誨大師，回憶起當年與青王惜雲那唯一的一次會面時，依然說：「仁心無畏，青王惜雲誠然也。」

只是那時候的他，說出此語時帶著一種佛家的嘆息，即算是一句讚語，聽著的人卻依然從中感受到一種無奈的悲愴。

而此時的風惜雲，移目看向棺木，然後吩咐道：「徐淵，將包承送回王都吧。」

「是。」

「主上，請等一下！」仁誨猛地想起了什麼，忽然匆匆跑進了後堂，片刻後手中抓著一支黑色的長箭過來。

看到那支長箭，風惜雲眸光瞬間一冷，然後深深吸一口氣，「這是？」

「這是從包將軍身上拔下的。」仁誨將那長箭遞給風惜雲。

風惜雲接過長箭。

箭尖上染著暗紅的血跡，她手指輕輕撫摸著乾涸的血跡，想著就是這支箭取了包承的性命。長箭比一般的鐵箭要細巧些，銀色的箭身，銀色的箭羽，無須追問，這定然就是霜羽將軍秋九霜的箭。想至此，她驀然一驚，攻城的確是秋九霜，能一箭取包承性命的必也是她，但出現在鹿門谷的卻是……那她去了哪裡？難道……

風惜雲猛然一個激靈清醒過來，「徐淵！」

「臣在！」

「傳令，晏城留下七千風雲騎駐守，餘下隨孤即刻啟程班師無回谷，另傳孤的旨意，著謝將軍派一萬禁衛軍速駐晏城！」

「是！」

無回谷裡。

「公子。」豐蘭息的營帳外傳來齊恕的喚聲。

「進來。」帳內軟榻上斜臥著的豐蘭息，正望著小几上擺著的棋盤，獨自一人凝神思考著棋局。

「公子，今日對面忽有了冀州爭天騎的旗幟。」齊恕的神色頗有些緊張。

「哦？」凝視棋局的豐蘭息終於抬頭看他，「如此說來，爭天騎已到無回谷了？」

齊恕點頭，內心擔憂起來，「主上親自去阻截爭天騎，而此時爭天騎卻出現在無回谷，難道主上她……」

豐蘭息卻渾不在意，自軟榻上起身，「那女……你們主上既親自去阻，爭天騎便不可能過她那一關，現在爭天騎出現在無回谷，那麼……」他垂眸看著棋局，剎那間眸中閃現鋒芒，「那麼這必是另一支爭天騎！」

「另一支爭天騎？」齊恕一愣，「公子的意思是說，攻下晏城後，他們即兵分兩路，一路追擊李將軍，一路直接來無回谷相助？」

豐蘭息點頭，「齊將軍，傳令下去，今夜除巡衛外，全軍早早休息。」

齊恕又是一愣，道：「公子，現在爭天騎既然來了，我們更應全神戒備才是。」

「你們主上若在此，你也這麼多疑問嗎？」豐蘭息的目光落在齊恕身上，墨黑的眸子深得看不見底。

只這輕輕一眼，便讓齊恕心頭一凜，慌忙垂首，「謹遵公子之令。」

「下去吧。」豐蘭息依然淺笑雍容，神色間看不出絲毫不悅之態。

「是！」齊恕退下。

「齊將軍。」

齊恕剛走至帳門處，身後傳來豐蘭息的喚聲，他忙又回轉身，「公子還有何吩咐？」

「派人送信給你們主上。」豐蘭息語氣淡淡的，墨色的眸子掃過棋局後，再度落回齊恕身上，「雖然我知道，即算你沒有我的命令也會快馬送信予你們主上，不過我還是說一句的好，送信的人直往晏城去就好了。」

齊恕心頭一驚，然後驀然明白，主上雖說是攔截爭天騎，但之後定會前往收回晏城，想不到這位蘭息公子竟是如此熟知主上之性。他恭敬地垂首，「是！」

「可以下去了。」豐蘭息揮揮手。

待齊恕退下，他走回榻前俯視著棋盤，然後浮起一絲趣味的淺笑，「爭天騎果然來了！這一次……無回谷必定會十分熱鬧！」

金衣騎皇朝的營帳裡，秋九霜正躬身行禮，「公子，九霜幸不辱命，已攻下晏城，特前來向公子覆命。」

「九霜辛苦了。」皇朝抬手示意秋九霜免禮。

秋九霜直身，抬眸掃了一眼帳中，只看到坐在皇朝身旁的玉無緣，預料中的人卻不見，不由道：「公子，他還沒到？」

「還無消息。」皇朝眉峰微皺，似也有些憂心。

「按道理他該在我之前趕到才是。」秋九霜不由將目光望向玉無緣，似乎盼望他能給她答案。

「從對面的情形看來，親自前往阻截他的似乎是青王風惜雲。」玉無緣道，目中似有隱憂。

「青王親自前往阻截，那他……難道？」秋九霜眉頭微皺。

「他這麼久沒有消息，那麼只有兩種可能。」玉無緣的目光落在皇朝身上，「一是被困無法傳遞消息，二是……全軍覆沒。」

「什麼？不可能！」秋九霜驚呼。

可皇朝聞言卻默然不語，眼眸定定地看著帳門，半晌後才沉聲道：「這是有可能的，風惜雲她有這種能耐。」

「那是五萬爭天騎，而且……風惜雲既然是風夕，那麼她怎可能傷他……」秋九霜喃喃自語，不敢相信五萬爭天騎會全軍覆沒。

「末將求見駙馬。」帳外傳來喚聲。

皇朝目光一閃，「進來。」

一名幽州校尉踏入帳中，手中捧著一物，躬身向皇朝道：「駙馬，末將巡哨時在三里外的小路上發現一名士兵，渾身是傷，已無氣息，他的手中緊緊攥著這半塊青銅面具。末將覺得事有蹊蹺，看他的裝束，似是貴國的爭天騎，所以就將這東西帶來給駙馬。」說完他將手中之物呈上。

秋九霜一見，頓一把上前將那面具抓在手中，看到上面的血跡，手止不住地哆嗦了起來，轉首看向皇朝，目中含淚，「公子，這是……」

皇朝走過來，默默伸出手接過那半塊面具，那面具上的血跡已乾涸成褐色，他手指撫過，冰涼透骨，面具上方，額頭中心殘缺邊緣上，有洞穿的痕跡……這是一箭正中眉心？一箭取命……風夕，妳竟這般狠得下手！

「公子，瀛洲他真的死了？」秋九霜猶是不敢相信。

「瀛洲他……」皇朝低沉哀痛的聲音猛地頓住，緊緊攥著面具，從齒縫裡冷冷擠出幾字，「風夕，妳好樣的！」那一刻，他也無法辨清心中到底是悲傷還是痛恨。

「你先下去吧。」一旁的玉無緣站起身來，對佇立帳中，似有些不知如何是好的校尉道。

「是。」那人退下。

「當日接到公子手令，瀛洲他……」秋九霜抬手抹了臉上的淚水，「他雖未說什麼，但九霜看得出來，他知道了青王就是白風夕時的那種眼神，或許他已早有打算。」

「這一次是我的錯，是我算計的錯！」皇朝捏著青銅面具澀聲道，「我算對了事，但算錯了人，算錯了人的心！」

玉無緣聞言眸光微動，看著皇朝手中的面具，最後看向皇朝沉痛的雙目，那雙眼中閃過的寒光，讓他無聲嘆息。

「公子，九霜請命！」秋九霜猛然跪下。

皇朝垂眸看著跪在地上的愛將，手指幾乎要捏穿了面具，唇緊緊抿住，半晌不答。

「九霜，我知道妳想為瀛洲報仇，但妳連日奔波，還是先下去休息吧，一切妳家公子自有計較。」玉無緣的聲音微微透著一種倦意，又帶著一種淡淡的溫柔，讓秋九霜悲痛又躁動的心情稍稍平息。

「可是……公子，既然青王領兵去阻截瀛洲，那麼無回谷的兵力必然減少，現下又無主帥在，正是一舉重挫風雲騎的好機會！」秋九霜抬首，目光灼亮地看著面前的兩位公子，「公子，請允我所請！」

「九霜，妳起來。」皇朝扶起秋九霜，「風惜雲雖不在，豐蘭息卻坐鎮在無回谷裡。」

「公子……」

皇朝擺手，打斷秋九霜的話，「九霜，現在無回谷至少還有三萬風雲騎，風雲六將還留三將在此，更有一個比風惜雲更為難測的豐蘭息，所以我們決不可妄動。」

「九霜，先下去休息吧。」玉無緣再次道，「等養足了精神，自然是要妳領兵的。」

「九霜，去休息。」皇朝也發話。

秋九霜無奈，「是，九霜告退。」

待秋九霜離去後，皇朝抓著手中的青銅面具，摩娑良久，最後長嘆，「當日在北州，我救回瀕死的瀛洲，以為是上蒼護佑，不忍折我大將，誰知……他終還是還命喪於風夕！」

「當日你隱瞞瀛洲活命的消息，將之作為一步奇兵，這步奇兵是生了效，引開了風雲騎的阻截，讓九霜的五萬大軍安然抵達無回谷。但同樣的，這步奇兵也毀於你的隱瞞。」玉無緣的目光落在那半塊青銅面具上，眸中溢出悲傷，「如若風夕知曉這面具之後的人就是北州宣山裡她捨命救過的燕瀛洲，那麼這一箭便不會射出。」

「不會射嗎？」皇朝忽然笑了，笑意冷淡如霜，「無緣，在你心中，她依然是攬蓮湖上踏花而歌、臨水而舞的白風夕嗎？白風夕是不會射殺瀛洲，但是風惜雲一定會射出這一箭！因為她是青州的王，而瀛洲是冀州的烈風將軍！」

玉無緣聞言轉首，眸光茫然地落向帳外，微微抬手，似想撫上眉心，卻又半途垂下，垂眸掃一眼手掌，片刻後，他輕幽的聲音飄在帳中，「你又何嘗不是，否則怎會記著『踏花而歌、臨水而舞』。」

皇朝默然，目光看著染血的青銅面具，許久後，冷峻的聲音響起，「現在……只有風惜雲！」

玉無緣轉頭看他一眼，目光已平淡無瀾，「這一回你們又是平手。九霜射殺包承，她射殺瀛洲；你折五萬爭天騎，她折五千風雲騎及五萬禁衛軍；她收回晏城，你大軍抵至無回谷。」

「風惜雲……唉，上蒼何以降她？」皇朝抬眸看著帳頂，似欲穿過這帳頂問問蒼天，「無緣，我們不能再等了，明日……只待明日！」

「明日嗎？」玉無緣微嘆，「豐蘭息在無回谷，還有三萬風雲騎，爭天騎加金衣騎雖有六萬，但若想全殲風雲騎，那也必是一場苦戰！」

「莫說苦戰，便是血戰也必須一戰！」皇朝霍然起身，「風惜雲定會很快知悉我的行動，我必須在她領兵回援無回谷之前，殲盡這三萬風雲騎！風雲騎一滅，這青州也就崩塌了！」

「這幾日的試探，你也應該知曉了，豐蘭息是一個深不可測的對手，你若無十成把握，那麼即便是勝，也將是慘勝。」玉無緣雙手微微交握，目光微垂，平靜而清晰地道，「慘勝如敗！」

「若是……」皇朝走至玉無緣面前，伸手將他的手抬起，金褐色的眸子燦如熾日，「若你肯出戰，我便有十成的把握！」

玉無緣聞言抬眸看一眼他，神情依然一片淡然，「皇朝，我早就說過，我會盡己所能助你，但我決不會……」

「決不親臨戰場殺一人是嗎？」皇朝接口道，垂目看著手中有如白玉雕成的手，「這雙手還是不肯沾上一絲鮮血嗎？玉家的人得天獨厚，慧絕天下，被譽為天人，想來還離不開這份慈悲心腸。」

「慧絕天下，得天獨厚的玉家人……」玉無緣目光空濛地看著自己的手，半晌後，浮起一絲淺淺的笑，眼眸深處有著難以察覺的悲哀與苦澀，「上蒼對人從來都是公平的，玉家人擁有讓世人羨慕的一切，卻也擁有著讓世人畏懼的東西，那是上蒼對玉家的懲罰！我們不親手殺人，但襄助於你又何嘗不是殺人？助你得天下，不親手取一條性命，這都是玉家的宿命與可悲的原則。」

「無緣，我們相識許多年了，每當我需要你的時候，你都會在我身邊。」皇朝的目光緊緊盯在玉無緣面上，似想從那張平靜無波的臉上窺視出什麼，「但我卻無法真正把握住你。風夕是我無法捕捉的人，而你卻是我無法看透的人。」

玉無緣淡淡一笑，抽回自己的手，站起身來，兩人身高相近，目光平視，「皇朝，你只要知道一點就夠了。在你未得天下之前，我決不會離開你，玉家的人對自己的承諾，一定會實現的。」

「駙馬，駙馬！青王已至無回谷了！」帳外忽傳來急促的喚聲。

兩人聞言疾步出帳，但見對面的白鳳旗飛揚於暮色之中，顯得格外鮮明。

「她似乎永遠在你的計畫以外。」玉無緣看著對面湧動的風雲騎，聽著那遠遠傳來的歡呼聲，微微嘆息道。

「風惜雲，實為勁敵。」皇朝目光遙望，神情卻不是沮喪懊惱，反而面露微笑，笑得自信而驕傲，「與這樣的人對決，才不負這個亂世。這樣的天下、這樣的人，才值得我皇朝為之一爭！」

「無回谷裡，大約是你們爭戰天下的序幕。」玉無緣抬首望向天際，暮色中，星辰未現，「其實無回谷不應該是你們決戰之處，你的另一步奇兵……」

「那一步奇兵連我都未敢肯定，風惜雲她又豈能算到。」皇朝負手而立，紫色的身影在暮色中顯得高大挺拔，一身傲然的氣勢似連陰暗的暮色也不能掩他一分。

「主上，您回來了！」

風雲騎王帳中，風雲騎諸將興奮地衝進來，就連傷勢未越的修久容也來了。

「嗯。」相較於眾人的興奮熱切，風惜雲卻顯得太過平靜。

「久容，你的傷勢如何？」眼眸掃過修久容的面容，那臉上的傷口因傷處特殊，不好包紮，只用傷藥厚厚地敷在了傷口處，凝結著血，粗粗黑黑的一道，襯得那張臉十分的恐怖，風惜雲的心不自覺地一抖，眸光微痛。

「謝主上關心，久容很好。」修久容道謝，臉上是一片坦然，未有痛，未有恨，未有怨，未有悔。

「傷勢未越，不可出營，不可吹風，不可碰水，這是我的命令。」風惜雲的聲音冷靜自持，但語氣輕柔。

修久容聞言的那一剎那，眼眸一片燦亮，抬首看一眼風惜雲，垂首道：「謝主上，久容知道！」

風惜雲微微頷首，轉頭看向齊恕，「齊恕，我不在時，谷中一切如何？」

「嗯……」齊恕聞言不由看向其他三人，其他三人也同樣看著他，「自王走後……」這要如何說呢？齊恕看看坐在椅上、等著他報告一切的主上，想著到底該如何道述。事實上，自風惜雲離谷後，這谷中的風雲騎基本上沒有做什麼事，至少沒有與金衣騎交過一次鋒，可是你要說沒做事，他們倒又做了一點點事，只是不大好拿出來講罷了。

五月二十五日，他們前往豐蘭息的帳中聽候安排，只得到一個命令：在巳正之前要找到一百三十六塊高五尺以上、重百斤以上的大石頭。然後豐公子便瀟灑地揮揮手，示意他們退下，而他自己——據說——閉目養神半日，未出營帳。

因主上吩咐過，不在期間須一切聽從蘭息公子的命令。所以他們雖一肚子疑問，但卻依然領人去找石頭，發動五千將士，總算趕在巳正前將一百三十六塊符合他要求的大石採回。

當日酉時，豐大公子終於跨出營帳，指揮著一千士兵們將大石塊全搬至兩軍相隔的空地之上，然後揮退那些士兵，就見他一人在那觀摩了半晌，再然後就見他袖起、石落、袖起、石落。豐公子他只是輕鬆地揮揮衣袖，那一百三十六塊上百斤重的大石便全都聽話地落在各自的點位上。

待弄完了一切，豐公子拍拍手，然後丟下一句：「所有風雲騎將士，皆不得靠近此石陣三丈以內。」

他們跟隨風惜雲久矣，自問也熟知奇門陣法，但對於他擺下的那個石陣，卻無法看出是何陣，只是稍得靠近，身體便不由自主地生出戰慄之感，彷彿前方有著什麼可怖的妖魔般，令他們本能地生出畏懼之感。

五月二十六日，金衣騎中的一名將軍領兵一千前來探陣，當他們稟告於豐蘭息時，豐大公子正在帳中畫畫，畫的是一幅墨蘭圖，聞得他們的稟告，頭都沒抬，手更沒停，只是淡淡丟下一句：「隨他們去吧。」

而結果……那一次，是他們第一次見識到這個與主上齊名的蘭息公子厲害與可怕之處，也打破了他們心中那個看起來溫和無害的公子形象。

一千金衣騎入陣，卻無一人生還！

陣外的他們清清楚楚地看到那一千金衣騎全部如被妖魔附體一般，完全喪失理智，自相殘殺！他們並未出戰，只是看著，但比起親自上陣殺人，這更讓他們膽寒……

曾以為血鳳陣已是世上最厲害的陣法，但眼前……這才是世上最凶殘、最血腥的陣法！血鳳陣至少是他們親自參與了廝殺，還有他們自己揮灑的熱血，可眼前，未動一兵一卒，那些金衣騎的刀劍竟毫不猶豫地砍向自己的同伴，砍得毫不留情，砍得凶殘入骨……原來站在陣外看著敵人們自相殘殺，竟是這樣一件令人毛骨悚然的事！

那一刻，他們對於這個總是笑得一臉雍適的蘭息公子生出一種畏懼，表面上那麼溫和可親的人，出手之時卻是那般的殘冷；而對於主上，他們從來只有敬服，那種從心底生出的、唯願誓死追隨的敬服！

五月二十七日，金衣騎的駙馬皇朝親自出戰。

他們即往豐蘭息帳中稟告，想這聲名不在他之下的冀州世子都親自出戰了，他應該緊張了一點吧。誰知，當他們進帳時，豐大公子正在為一名侍女畫肖像，旁邊還親密地圍著，不，是侍候在他身旁的另三名侍女，雖然太過靠近了一點點。

聞得他們的稟告，豐公子總算抬頭看了他們一眼，微微頓筆，然後淡淡一笑道：「知道了。」說完他又繼續作畫。

他們走出帳外時，還能聽到他的笑語：「荼詰，笑容稍微收一點，這樣才是端莊的淑女。」

而陣前的冀州世子也並未攻過來，只是在陣前凝神看了許久，然後鳴金收兵了。

而那一日，聽說公子一共作畫二十二幅。

五月二十八日，金衣騎未再派兵出戰，但來了一個白衣如雪的年輕公子，隨隨意意地走來，彷彿是漫步閒庭，到了石陣前也只是靜靜地站著，卻讓他們一下子覺得那些大石頭忽都添了幾分仙氣，彷彿是仙人點過的頑石，自有了幾分靈氣。而白衣公子那樣的仙姿天容與這個血腥可怖的石陣實在格格不入，那樣的人似乎應該出現在高山秀水之上才是。

他們例行稟報於豐蘭息，本以為只來了這麼一個敵人，豐公子大概連頭都懶得點了，誰知正在彈琴的豐大公子卻停了手，回頭盯著他問道：「你是說玉無緣來了？」說完也不待他回答即起身走出營帳。

兩軍之前，一黑一白兩位公子隔著石陣而立，一個高貴雍雅，一個飄逸如仙；一個面帶微笑，一個神情淡然，彼此皆不發一語，默默相對。氣氛看似平靜，卻讓他們所有人皆不敢近前一步，隔著數丈距離遠遠觀望著。

天地間忽變得十分的安靜，似乎僅有風吹拂著那黑裳白衣發出的輕微聲響。

後來，那兩人——他們只看到白衣與黑衣在石陣中飛掠，彷彿飛仙互逐，都是十分輕鬆悠閒、足不沾地地在陣中穿越，卻又快速異常，往往白衣的明明在左邊，可眨眼間他忽又出現在右邊，黑衣的明明是背身而立，可剎那間他忽又變為正面對你……時而飛臨石上，時而隱身於陣，那些石頭有時會飛起，有時會半空粉碎，有時還會自動移動……可那些都不是他們所關注的，他們的目光不由自主地追著那兩個人，而那兩人自始至終都面不改色，神態間十分的從容淡然，他們似乎並不是在決戰，他們似乎只是在下一盤棋而已！

再後來，那兩人又各自從陣中走出，彷彿這期間沒有發生任何事情般的輕鬆，只是各自回營。

聽說，那一夜，公子在營中打坐調息整夜。

五月二十九日，無事。

曾問蘭息公子，以無回谷雙方的兵力而論，風雲騎遠勝於金衣騎，為何不進攻，一舉將金衣騎殲滅？

他的回答卻是：「你們主上只托我守好無回谷，並沒要我殲滅金衣騎。」

五月二十九日申時末，主上歸來。

「齊恕。」

清亮的聲音再次響起，齊恕不由驚醒，抬首看去，風惜雲正靜看著他，等候他的回答。

「嗯，主上，營中一切安好。」齊恕覺得只有這麼一個答案。

「哦。」風惜雲並沒再追問，淡淡地點了點頭，目光移過，帳外豐蘭息正從容走來，手中輕搖著一柄摺扇，扇面上一幅墨蘭圖。

「主上，冀州爭天騎已至無回谷，我們……」程知卻有些心急。

「我知道。」風惜雲擺擺手，看向豐蘭息，起身離座，「這幾日實在有勞公子了，惜雲在此謝過。」

「我並無功勞，青王無需言謝。」豐蘭息微微一笑。

「主上，您如何回得這般快？冀州爭天騎出現在此……難道您路上未曾遇到他們？」齊恕問出疑問。

「鹿門谷內我襲殲五萬爭天騎。」

眾將聞言，皆不由目光閃亮地看向他們的主上，臉上一片敬仰，而豐蘭息的目光卻落在風惜雲的眼眸上，那雙眼眸如覆薄冰，冰下無絲毫喜悅之情。

風惜雲眸光微垂，看一眼自己的雙手，然後負手身後，「攻破晏城的是五萬爭天騎，射殺包承的是秋九霜，但是五萬之後還有五萬，晏城攻破之後，他們兵分兩路，秋九霜必是領兵繞過青州與幽州交界的蒙山而來，皇朝這一招實出我意料之外。」

「主上，現在他們兵力大增，而我們損傷不少，是否要傳令謝將軍增派禁衛軍？」齊恕請示道。

風惜雲不答，目光落在豐蘭息身上，然後淡淡一笑，道：「無回谷此次這麼熱鬧，當今天下四大名騎已集其三，豈能少了雍州的墨羽騎，你說是嗎，蘭息公子？」

豐蘭息看著風惜雲，見她一臉平靜，一雙眼睛又亮又深，如冰般亮，如淵般深，無法從中窺出一絲一毫的心緒。

「青王若需墨羽騎效力，蘭息豈有二話。」終於，豐蘭息答道。

「主上，這……」諸將聞言不由一驚，皆有勸阻之意。

風惜雲卻一擺手制止他們，優雅地坐回椅上，眸光從容掃視部將，「你們可能還不知道，無回谷戰後，我們青州將與雍州締結盟約。」

諸將聞言，不由面面相覷。

「各位可有異議？」風惜雲聲音清冷。

「臣等遵從主上之命！」諸將齊齊躬身。

「蘭息公子，想必你已早有準備了，墨羽騎應該隨時可抵無回谷吧？」風惜雲眸光再轉向豐蘭息，輕飄而幽冷。

豐蘭息聞言靜靜地看著風惜雲，目光緊緊盯著她的眼睛，這樣冷靜的目光，這樣冷漠得不帶一絲情感的目光，他從未在她眼中看到過。

「蘭息說過，墨羽騎隨時願為青王效力。」良久，帳中才響起了豐蘭息優雅的聲音，那聲音凝成一線，不起一絲波瀾。

「那麼……」風惜雲的目光望向諸將，「齊恕，以星火令傳我命令，命良城守將打開城門，讓墨羽騎通行！」

「是！」

風惜雲再吩咐，「你們先下去吧，明日辰時，所有將領王帳集合。」

「是！」

第二十五章　王者之願應逐鹿

待所有人退下，帳中只餘風惜雲與豐蘭息。

兩人相對而坐，中間隔著一丈之距，目光相遇，感覺卻是那麼的遠，彷彿各立懸崖之巔，隔著萬丈深淵遙遙相對，彼此皆無法靠近，只怕前進一步便會粉身碎骨。

半晌後，風惜雲從一旁的几案上取過半塊青銅面具，垂首，指尖輕輕摩挲著面具上被箭射穿的那個洞，輕聲道：「知道我這次在鹿門谷射殺了誰嗎？」

豐蘭息心中一動，目光掃過她手中的面具，再落回她的臉上，臉色平靜無波，只是望著面具的眼神卻怎麼也掩不住哀淒。

頓時，他心中一驚。難道是……

「想來蘭息公子也未想到吧？」風惜雲移眸看向他，嘴角浮起冷誚的笑容，「那個人便是你說已死在宣山的冀州烈風將軍燕瀛洲！」

話落，豐蘭息手中摺扇刷地一攏，目光與風惜雲相對，片刻，又輕輕打開摺扇，平靜地道：「如此說來，那個燕瀛洲——當年妳以命相救的人，這一次卻是死在妳手中，由妳親手取了他的性命。」

他的聲音平淡如水，聽在風惜雲耳中卻如芒刺，她目光一閃，語氣卻依然平靜，「是啊，我親手殺了一個從墳墓裡爬出來的人。」

豐蘭息靜靜地坐著，將手中摺扇慢慢合攏，目光盯著扇面上那幅他親筆所繪的墨蘭。當墨蘭全部合攏於摺扇之中時，他才抬首，平靜地看著風惜雲，然後起身走近，微微俯身，盯著她的眼睛，一字一字道：「妳在怨恨我？」

風惜雲平靜的神色瞬間褪去，變得冷酷又悲憤，「黑狐狸，你我相識已十年有餘，無論你對他人如何，可你從未騙過我、瞞過我什麼！可是，為何……為何燕瀛洲，你要說他死了？」她猛然站起身來，目中彌漫起水霧，水霧之後卻燃著怒焰，怒焰之中是切膚的痛楚與徹骨的悲傷。

被那樣的目光凝視著，豐蘭息只覺得面上涼涼的，身體也涼涼的，心底也涼涼的，這炎熱的夏暮裡，此時此刻，他卻涼得有如置身深冬的雪夜，靜寒而空寂。

「妳說我有什麼理由？」許久，他才開口，聲音飄忽，目光自風惜雲身上移開，指尖撥動，摺扇緩緩打開，墨蘭圖一點點呈現，直至完全展開——一枝秀雅的墨蘭長在懸崖之巔的石縫裡，生長得艱難卻挺秀。

「我不知道，我真不知道……」風惜雲看著他的目光漸漸迷茫，「以你的為人，燕瀛洲既是敵人又身負重傷，你要麼殺了他，要麼視而不見，可你……這是為何？」

豐蘭息抬眸看她一眼，臉上忍不住浮起一抹介乎於自嘲與譏誚間的笑容，「玉雪蓮只有一朵，你與他都中了萎蔓草的毒，我自然只會用來救妳。他是皇朝的部下，我可不是敵我不分、只有慈悲心腸的人，沒殺他便已是留情，只是看在他拚死救妳的份上，我才摘了一片蓮瓣給他服下，又兼他一身的傷，能否活命那真得看老天肯不肯留他了，所以將他安置在宣山腳下的農戶家，留了些藥，任他自生自滅。」說著，他站起身，依著身高，低頭俯視著風惜雲，笑容一瞬間變得涼薄，「說起來，他能活命還有我的一份功勞，而取他性命的人卻是妳，妳有何理由來怨恨我？」

最後的話仿如一支利劍，狠狠刺中風惜雲，頓時她全身一顫，忍不住垂首看著自己的雙手。

就是這雙手射出了那致命的一箭，就是這雙手親取了燕瀛洲的性命！

燕瀛洲……

胸口翻湧著痛楚，她不由緊緊咬住嘴唇，生怕那痛會溢出來，腦中卻驀然響起他說過的話。

『我會回來的！下輩子我會回來找妳的！下輩子我一定不短命！風夕，記住我！』

燕瀛洲，既然這樣說，可……可為何你的命卻由我親手結束？

燕瀛洲……為何會如此？

既然你我已死別宣山，為何還要魂斷鹿門？這便是你我之間的緣分嗎？

看著風惜雲的神情，豐蘭息臉上的笑容越來越淡，目光越來越冷，不由自主地將手中摺扇狠狠一搖，涼風頓起，拂過兩人面頰，如風雪漫過，冰冷沁骨。

涼意拂面之際，風惜雲看著面前認識了十年之久，卻從來都不敢放下防備的人，喃喃道：「是不是我痛了，你就歡喜了？」話一出口，心口便一陣絞痛，她不由抬手按住胸口，想要將那股莫名的絞痛按下去。

啪！

豐蘭息手中的摺扇落在地上，臉上的笑容褪去，漆黑幽深的眼眸瞬間變得冷厲，如寒芒般看著風惜雲，一眨也不眨地看著，許久，帳中才響起他的聲音，「我無心無情，妳又何曾有心有情？」

那刻，他的聲音不再雍容優雅，而是帶著深冬寒意與蕭索。

話落時，他已轉身往外走去，修長的黑色背影在晦暗的暮色中顯得無比寥落滄桑。

而帳中，風惜雲頹然跌坐於椅上，握著青銅面具的手無力垂落，頭靠在椅背上，目光茫然地望著帳頂。

片刻，一滴清淚悄悄溢出眼角，瞬間掩入烏鬢中。

漏壺輕瀉，夜幕漸深。

等到風惜雲收拾好心情，步出營帳時，已是星光滿天，夜涼如水，幾丈外一道挺拔的身影靜靜佇立於星辰之下。

她嘆了口氣，道：「傷口吹了風不好，進來吧。」說著轉身又回了營帳。

修久容默默跟著她走入帳中。

「說吧，傻站在帳外幹嘛？」風惜雲在椅上坐下，然後示意修久容也坐下。

修久容卻不敢坐，上前幾步，行了禮，然後道：「主上，為何要讓墨羽騎來？」

風惜雲聞言，看了修久容一眼，然後微微一笑，道：「久容是在擔心請神容易、送神難嗎？」

「主上，雍州打的什麼主意，您很清楚，可為何您還要……」修久容不明白主上為何有這種迎虎入門的舉動。

風惜雲聞言起身，走至修久容面前，目光平靜柔和地看著他，「久容，你如何看現今天下？」

「嗯？」修久容不料風惜雲會有此一問，不由一怔，「現今天下？」

「嗯。」風惜雲移步往帳門走去，站在門口，抬首仰望浩瀚的星空，夜風拂帳而過，清涼撲面而來，「如此星辰，如此涼風，並不是每個人都能有福氣、有閒情去欣賞和享受的。」

「主上，您是說……」修久容猜測著，又有些猶疑。

「自寶慶帝以來，昏君暴政，天災兵亂，百姓深受其苦；至如今，諸侯相伐競權，天下動盪，大東朝早已是名存實亡。」風惜雲的目光遙遙望著星空，聲音沉重，「這些年江湖遊歷，我已看盡這天下的殺戮與傷痛。」

修久容走至她身後，默然片刻，道：「主上要與雍州結盟，是想以兩州之力重還天下太平？」

「雍州有爭霸天下的意圖，這也沒什麼不好，有其志才能成其事。」風惜雲點頭道，「既要結盟，又何懼其兵入境。」

修久容聽了，臉上升起憂思，「主上的意願自然是好的，只是臣擔心，將來某一日，青州風氏將不存。」

風惜雲聞微微一笑，雲淡風輕，她轉過身，目光望向帳中央屬於她的座椅，「若得天下一統，若得百姓安樂，又何分青州風氏與雍州豐氏？」

「那……」修久容看著風惜雲，猶疑了片刻，依舊道，「主上為何肯定蘭息公子就能成就大業？」

風惜雲側首看向修久容，平靜而充滿智慧的目光令修久容不由自主低下了頭，片刻後，她才道：「戰天下需英雄霸主，但治天下卻要明主賢君。」

修久容聞言頓脫口而出，「主上一樣會是雄主明君，又何須與雍州結盟？主上何不自己做君臨天下的女皇？」他說完後，立時反悔自己魯莽了，但依然不屈地盯著風惜雲，等著她的答覆。

風惜雲微微驚訝，但隨即了然。她移步過去，走到那屬於她的玉座之前，抬手撫過椅背，然後轉身坐下，目光柔和而深遠地望著修久容，「君臨天下自然是好的，只是人各有志。久容，你想做一個什麼樣的人？」

「做主上的忠臣良將！」修久容想也不想即答道，目光熱切赤誠。

風惜雲頓時笑了，有些感動也有些嘆息，「那你知道我想做一個什麼樣的人嗎？」

修久容頓時怔住。

風惜雲端坐於玉座，斂笑端容，神情肅然而持重，自有一股王者的高貴凜然，讓修久容不由自主地垂首斂目，不敢正視。

「久容，作為天下名將，目光胸襟應更為寬廣，不應局限於一人一國。」

修久容一呆，片刻後，恭恭敬敬地垂首，「臣謹遵主上教誨。」

風惜雲看他那樣，不由搖頭輕笑，「時辰也不早了，去休息吧。」

修久容抬首看她一眼，然後驀地跪下，臉上有著一種義無反顧的堅定神情，「主上，無論將來如何，風雲騎所有的將士都永遠效忠於您！您是我們唯一的王！」

「我知道。」風惜雲起身走到他身旁，伸手扶起他，「好了，該問的也問了，該說的也都說了，回去吧。想來齊恕他們還在等你，你就將我剛才所說的全部轉告他們。」

修久容臉上頓呈現窘態，「主上，您早知道……」

「我與你們相處這麼多年，豈會不知你們的心思。」風惜雲含笑拍拍修久容的肩膀，「你們都一心忠於我，對於與雍州結盟一事自然心存疑慮，只是來詢問又擔心對我不敬，可你們又不願做糊塗之人，所以啊……你大約又是劃拳輸給了林璣吧？」

修久容的臉紅了紅，「我……臣每次都輸給他，只贏過程知。」

風惜雲好笑地搖搖頭，「去吧。」

「是，主上也早點歇息。」修久容告退。

五月三十日，寅正。

天地還處在混沌曖昧之中，營帳前的燈火發著昏黃黯淡的光芒，照著帳前守衛略帶疲倦的臉，但守衛的眼睛卻明亮地注視著前方。

前方，燈火之外依然是晦暗一片，離營帳遠遠的地方，靜靜佇立著一道人影，涼風拂起衣袂，舞起長髮，朦朧縹緲得如似幻影。

時辰一點一滴過去，至卯時，天色漸亮，而後微紅的旭日自山巒間緩緩升起，緋色的霞光灑下，大地披上紅裝，鳥兒清啼，沉睡了一夜的無回谷，又開始了它或是殺戮流血，或是安然平靜的一天。

「主上，您一夜未眠？」齊恕走出營帳便看到靜立前方的身影。

「睡不著。」風惜雲抬頭，瞇起眼睛去望山巒上掛著的緋色玉盤，身後長長黑髮垂下，如一匹墨紗披瀉，輕輕舞在晨風裡。

「主上，身體要緊。」齊恕頓時變得憂心起來。

「以我的修為，幾天不睡也沒事的。」風惜雲回首看著齊恕，微微綻顏一笑，目光流轉間看見了正走出營帳的豐蘭息，頓時笑容收斂。

豐蘭息自也看到了風惜雲，兩人目光對視片刻，然後他移步走來。

齊恕在風惜雲笑容收斂的那刻便轉頭，看到豐蘭息，他躬身行了個禮，然後向風惜雲道：「主上，臣先告退。」

「嗯。」風惜雲轉回頭，目光落向前方的石陣，「蘭息公子又擺下了修羅陣。」

豐蘭息長眉一挑，「青王又認為太過殘忍？」

這一次，風惜雲卻搖頭，目光遙遙望向對面的金衣騎，唇邊浮起冷峻的淡笑，「這裡是戰場，是人間的修羅場……修羅場當用修羅陣。」

在她說出這句話時，對面營帳裡，皇朝正取下劍架上的長劍，然後輕輕一拔，頓時一股寒意撲面而來。

長劍的劍身亮如銀雪，映著帳外射進的朝陽，發出炫目的光芒，隨意一揮，帳中便有雪芒飛灑，微熱的夏日清晨，頓變得森嚴寒冷。

這便是當年威烈帝賜給他先祖皇逖的寶劍——無雪。

無雪、無血，殺人不沾血的傾世名劍！

他手一挽，寶劍回鞘，發出輕輕的脆聲，目光落在劍鞘上，古樸的劍鞘上刻著血色焰火的圖案，焰火中心卻包裹著一顆滴血的心！

當年他的始祖皇逖便是執此劍隨威烈帝征戰天下，殺敵無數，締建了不世功業，從而得到「無血焰王」之稱。

撫摸著手中寶劍，皇朝褐金色的瞳眸裡閃著灼熱、渴望和興奮的光芒。

如今，這柄寶劍傳至他手中，而今日，這劍便要遇上真正的對手——風惜雲、豐蘭息，無論哪個都絕不辱此劍！

「你今日要親自出戰？」安靜的帳中忽然響起輕淡的聲音。

皇朝轉身回首，便看到帳門前立著的玉無緣。在他身後，朝陽灑落，為他披上一層緋色光縷，可他依然帶著一身縹緲與無法捉摸的虛無之氣，彷彿只要一伸手，他便如幻影飄逝。

「他們值得我親自出戰！」皇朝握緊手中的無雪寶劍。

「你今日不能出戰。」玉無緣卻道，抬步走至他面前。

「為何？」皇朝訝然。

「我剛才看過了，他們已布下修羅陣。」玉無緣淡淡道。

「你會破修羅陣。」皇朝兩道劍眉揚起。

「我會破不等於爭天騎、金衣騎的士兵也會破。」玉無緣的語氣依然不緊不慢的，「況且今日布陣的不是石頭，而是風雲騎。石陣豈能與人陣相比，若陣勢發動，便是我也絕不敢說能全身而退，更何況那些並不熟識的士兵。」

皇朝看著手中寶劍，再抬頭看向玉無緣，「要等多久？」

「將士們至少要訓練五日才行。」玉無緣的目光也落在寶劍之上，看著劍鞘上那顆滴血的心，目光微暗，「他二人皆是布陣能手，修羅陣在他們手中絕對是世間最為凶殘的陣法。若無周全準備，這六萬大軍便會全部毀於陣中。況且她連修羅陣都布出，那也表示她已決心要與你『無回』一決！」

「與我『無回』一決嗎？」皇朝金眸微瞇，抬手輕輕抽出劍身，雪亮的劍芒射亮他的雙眸，耀比天上朗日，「好！無回、無回……五日之後便是決戰之日！」

似乎一切都準備妥當了，雙方都蓄勢待發，無回一決已是避無可避之事，只是世事總是縱爾才智蓋世，縱爾千算萬計，也無法將之捕捉個確切。

六月四日酉時。

當那五萬黑甲鐵騎如同墨色輕羽般從天而降時，無回谷內的青、幽、冀三軍皆震驚地看著風中飛展的墨色大旗，不敢相信它竟來得如此之快，如此出人意料。

「不愧是當世速度最快的墨羽騎！」風雲騎陣前，聞訊而出的風惜雲遙望著那飛速而來的黑甲鐵騎，語氣裡有著佩服與讚嘆。

風雲騎五將卻是有些戒備地看著墨羽大軍，而與風惜雲並肩而立的豐蘭息，對風雲騎的諸般戒備視若無睹，只靜靜地看著疾速奔來的墨羽騎，神色平淡。

黑甲的鐵騎如羽輕掠，數萬大軍卻不聞喧嘩，便是馬蹄之聲也是極輕，整齊得如同細雨滴落荷面，輕盈得如一片風吹的羽毛，眨眼之間便已至眼前。

「文聲見過公子！」

「棄殊見過公子！」

兩員年輕將領奔至跟前，然後翻身下馬，疾步上前，齊齊跪於豐蘭息面前，神態恭敬。

豐蘭息頷首一笑，「去見過青王。」

「端木文聲拜見青王！」

「賀棄殊拜見青王！」

兩人轉身向風惜雲行禮。

「兩位將軍不必多禮。」風惜雲雙手虛抬示意二人起身，目光打量著這兩名墨羽騎大將。

兩人都如墨羽騎所有士兵一般，身著黑色鎧甲，不同的是，端木文聲繫著青色披風，賀棄殊繫著褐色披風。端木文聲身材頎長挺拔，濃眉大眼間自有一股軒昂磊落之氣，一望即知是那種不拘小節的豪氣男兒；賀棄殊則身材稍矮，長眉細目，四肢纖瘦，膚色微白，若不是一身鎧甲，乍看之下，倒似是從哪個學堂裡跑出來那未經世事的學子，但一雙眼睛眨動間卻是精芒閃爍。

兩人起身，也打量起眼前這位與他們公子齊名十餘年的青州女王，只一眼，便覺心中一跳，只覺眼前之人，光華四射，風姿無倫，頓垂首不再看。

風惜雲轉頭看向豐蘭息，兩人交換了一個眼神，然後她望向齊恕，「齊恕你協助賀將軍與端木將軍安置遠道而來的墨羽騎。」

「是！」

端木文聲與賀棄殊聞言，則齊齊轉頭看向豐蘭息。

豐蘭息微微點頭。

於是兩人都隨齊恕去了。

此刻，對面的皇朝與玉無緣亦聞訊而出。

遙望那一片墨羽劃過的無回谷，玉無緣輕輕嘆道：「墨羽騎已到，如此看來，青州與雍州，兩州必為一體。」

「墨羽騎來得好快！」皇朝劍眉微皺。

「墨羽騎為當世速度最快的騎兵，果然是名不虛傳。」玉無緣目光追逐著風中飛揚的那面全黑、未有任何圖案的大旗，彷彿是一片舞在風中的羽毛，輕盈飄忽中又透著黑夜的魔魅。

「她肯讓墨羽騎進入青州，對他竟是這般信任嗎？」皇朝的聲音裡有著淡淡的悵恨，看著遠處並舞於風中的白鳳旗和墨羽旗，彷彿看到那兩人並肩立於他的對面，與他對峙，頓握緊了雙拳。

「無回之決，勝敗難定。」玉無緣喃喃道。

「風惜雲、豐蘭息……我若不能勝他們，那又何談手握天下？」皇朝的話卻有若金石。

玉無緣側首看他，只看到那雙堅定的金眸。

他靜默片刻，才道：「現今是他們兵力勝於你，那麼便用九回陣，一動不如一靜。」

「不，靜待時機可不是我皇朝所為！」皇朝下頷一揚，「而且……」他語氣忽頓，猛地轉頭往左後方看去，片刻後，他臉上笑意燦然，「看來我沒有算錯。」

玉無緣早已轉頭，等了片刻，便見西邊金芒耀目，彷彿是夕陽墜落於谷中，金光湧動，蔽地而來，那是金衣騎，幽州的金衣騎。

「金衣騎真的來了。」玉無緣悠然長嘆，「竟然真的會合於無回谷中。」

「華純然，我果然沒有看錯！」皇朝朗然大笑，看著那越來越近的金衣騎，回首遙望對面，「這一下，鹿死誰手，猶未可知！」

「以容色稱世的華純然，原來也頗有才略膽識。」玉無緣看著那衣甲鮮明，氣勢昂揚的金甲大軍感嘆道，「一個養尊處優的深宮公主，竟敢妄自調動大軍，這份膽識決斷已不輸男兒。她調軍前來，一方面是為增援幽王，而另一方面……」他目光落在皇朝身上，笑得別有深意，「想來她也早料到你的『異心』了。」

皇朝頷首，「幽州第一的美人，想來也是幽州第一聰明的女人。」

「只不過，她所作所為全落入了你的計畫，可惜。」玉無緣微有感嘆，「華純然與風惜雲都是世間少有的聰明女子，只不過一個宿於深宮，一個卻徜徉江湖，是以有了眼界的高低與胸襟的廣狹。」

「這世上畢竟只有一個風惜雲。」皇朝抬頭望向高空，「若天下女子皆如她，那世間男兒何存？」

第二十六章　無回星會曼清歌

古案瑤琴，寂寂待誰？清風吹拂，冰輪孤照。
幽谷伊人，倚竹待誰？天涯雪鴻，日暮空望。
長吟淒淒，長思瑟瑟。回首翩然，青絲染霜。

一縷清歌和著幽幽琴聲，輕輕飄蕩於暮風裡，灑落著千迴百轉的憂思。暮色裡的落華宮稍稍褪去了那份華貴典雅，如其宮名一般，在這百花爛漫的盛夏裡有著繁華落盡後才有的寥落。

「公主，喝杯茶，潤潤喉。」凌兒捧上一杯香茗，輕聲喚著坐在琴案前的華純然。

「擱著吧。」華純然頭也不抬道。

「公主是在憂心主上和駙馬嗎？」凌兒悄悄瞟一眼華純然，小心翼翼地問道。

一直凝視著七弦琴的華純然忽然抬首看向凌兒，一雙美眸褪去柔波，目光變得明利，「凌兒覺得駙馬如何？」

凌兒被華純然目光一盯，不知怎的，心頭便一慌，結結巴巴道：「駙馬……和豐公子一樣，都、都是人中之龍。」

「妳慌什麼？」見凌兒如此害怕，華純然微微一笑，恢復她溫雅柔情的面貌，「我只不過隨口問問，妳且下去吧。」

「是。」凌兒垂首退下，可走幾步又轉回身，「公主，這幾日二公子天天都來落華宮，我一律照您的吩咐說您身體不適，需安靜休養，只是這麼久了……您……」說著她悄悄抬眸瞅一眼華純然臉色，見她神色溫和才繼續說道，「二公子似乎很著急的樣子，您是不是見見他？」

「幾位王兄的膽子也太小了一點。」華純然聞言淡淡一笑，笑容裡帶出一絲譏諷，「只不過是情勢緊迫下調動了五萬大軍罷了，竟然害怕受父王責罰，如此畏首畏尾，又如何能承繼父王大業？」說罷她搖搖頭，有些無可奈何，還有些失望，又帶著些許慶幸。

「那公主……」凌兒試探著，「下次二公子再來時，您可要見見他？」

華純然目光微閃，然後打量著凌兒，將她上下細細看了一番，輕輕笑道：「二哥算是我華氏子弟中最為傑出的，不但儀表堂堂，還寫得一手好文章，又會吟歌彈唱，在眾兄弟中也最得父王寵愛。凌兒妳說是不是？」

凌兒頓時身子一顫，噗通跪下，垂首哆嗦道：「公、公主……奴婢、奴婢……」

「凌兒，妳這是幹什麼？」華純然卻是一臉驚怪地看著凌兒，「妳又沒做錯什麼，我又沒責怪妳，如何要這般？」

「公主，奴婢知錯，請公主饒恕。」凌兒惶恐道。

「知錯？妳有何錯呢？」華純然似乎還是不大明白，微微蹙著黛眉，「妳一直是我最得力的侍女，我一向待妳有如姐妹，妳也一直盡心盡力地服侍我，妳這樣說倒叫我疑惑了。」

「公主，奴婢、奴婢……」凌兒低著頭，已是滿心惶恐，一張秀麗的臉一會兒紅、一會兒白。

「凌兒，妳怎麼了？」華純然的聲音依然嬌柔動聽。

「公主，奴婢再也不敢了！公主，您就饒恕奴婢這一次吧！」凌兒抬頭，滿臉哀求地看著華純然。

她侍候這位公主多年，心知眼前這張絕美的容顏是多麼的惑人、醉人，卻也知這絕美容顏後的那顆心是何等的深沉冷酷！

「凌兒，妳老是叫我饒恕妳，可我到現在還是不知道妳到底做錯了什麼，這叫我從何饒妳呢？」華純然優雅地掏出絲帕拭了拭鼻尖的汗珠，然後端起茶杯，輕啜一口才繼續道，「妳倒是跟我說個清楚呀。」

「公主，奴婢……」凌兒手指緊緊攥住裙裾，猶疑許久，終於一咬牙，「奴婢不該撿二公子掉的詩箋，奴婢不該收二公子送的玉環，奴婢不該為二公子說話，奴婢不該……不該對二公子心生……心生好感，奴婢……公主，奴婢知錯了，求您看在這些年奴婢忠心服侍的份上，饒過奴婢這一回，公主……」她伸手攀住華純然的雙膝輕輕搖著，眼淚漣漣地哀求著。

「哦，原來是這樣啊。」華純然恍然大悟，然後微微俯身，伸指輕抬起凌兒的下頷，「這也沒什麼錯，想妳青春年華，又生得這般的清秀可人，二哥又是倜儻兒郎，這遺詩箋、贈玉環的也是順情順理，我與二哥兄妹一場，與妳也是主僕一場，自然是應該成全你們。」

「公主，奴婢……」凌兒聽了這番話卻更加懼怕，攀著華純然雙膝的手不由自主地顫抖起來。

「凌兒放心，我不會怪責於妳。」華純然放下凌兒的下頷，抬手以絲帕給她拭著臉上的淚水，「快起來了，跪這麼久，腿都痛了吧？這可不行，給二哥知道了定然心痛，到時可要怪責我了，我可擔待不起呀。」

那樣溫柔的話語，那樣體貼的動作，那樣美麗的面孔，那樣絕豔的笑容……這一切卻令凌兒如置冰窟，從頭冷到腳，生死關頭，她再也顧不得什麼，脫口道：「公主，奴婢……奴婢不該將您平日與奴婢說的話傳給二公子！」說完了這句話，她便閉上了眼睛，惶然等待著。

華純然面無表情地看著跪在腳下的凌兒，久久地看著，靜靜地看著。

過了許久，久到凌兒都要絕望時，殿中才響起了她不帶任何情感的聲音，「凌兒，妳來到我身邊多少年了？」

「回稟公主，六年了。」凌兒戰戰兢兢地答道。

「六年了，這麼多年不見妳長進，反倒是越發糊塗了！」華純然冷冷一笑，目光如針般紮在凌兒身上，「平日裡，妳的那些心思，我也就睜一隻眼、閉一隻眼了，反正無傷大雅，可這一回……哼！妳跟著我這麼多年，我是什麼樣的人妳竟不清楚嗎？我是妳可以糊弄的人？」

「奴婢……奴婢……」凌兒哆嗦著不敢抬頭看華純然。

「想當年妳進宮時才不過十二歲，我憐妳機靈乖巧，特挑了在身邊，這六年來我自問待妳不薄，落華宮中宮女內侍百多人，妳幾乎就排在我之後，我雖有兄弟姐妹，但待妳可說比他們還要親，可妳……」華純然的目光有如冰泉，冷冷地看著凌兒，看著這個可謂一起長大也一直視如小妹的人，心頭盡是失望，還有些傷感，「這些就是妳對我的回報嗎？」

「公主，凌兒可對天發誓，決無背叛傷害您之心！」聽到華純然傷痛的聲音，凌兒猛然抬首，滿臉的悔恨與淒苦，「凌兒真的無心背叛您，只是二公子問起時，凌兒……」

「就不由自主地說了是嗎？」華純然忽地笑了，笑得無奈又悲傷，「如此看來，在妳心中，我是遠遠及不上二哥的，否則妳怎會毫不猶豫地一股腦地全說出去？」

「公主……」凌兒又悔又痛，想起公主多年的厚待之情，不由哽咽哭泣，一時忽又寧願被公主重重責罰。

一時殿中只有凌兒的啜泣聲。

許久，華純然站起身，「妳起來吧，我不怪妳，也不想責妳。」她俯身抱起案上的七弦琴，移步往殿外走去，「侯門深宮，果然是沒有十分的真心。」

「公主……」凌兒撲上去抱住華純然的雙膝，她知道，如若今日公主就這樣了事，那便代表著她再也不會理會自己了。

華純然站在殿中，目光穿過殿門，遙望著暮色裡的宮宇，白日裡看來金碧輝煌的王宮，在陰暗的暮色裡卻似一隻龐然猛獸，張開著大口，將她們這些王侯貴冑們納入腹中。她自嘲地笑笑，輕聲道：「我不怪妳，那是因為，」話音微微一頓，片刻後才幽幽道，「想當初，我不也是想盡辦法要留住他嗎？只為他眼中那一絲溫情，我便也顧不顧一切。」

她轉身看著凌兒，「在我眼中懦弱無能的二哥，在妳心中卻是才貌佳郎。為著他，妳寧願背叛我，這般心思……我憐妳這點情，此次便饒過妳，妳起來吧。」

「公主……」凌兒依然惶惶不安，卻不敢不從，顫著身子爬起來。

「妳跟我來。」華純然抱著琴往寢殿走去。

凌兒忙擦乾淨臉跟上。

到了寢殿，華純然走至妝臺前，開啟最大的妝奩，頓時珠光寶氣盈目。她伸手取出一支黃金鳳釵，釵子打製得精巧無比，鳳目之上嵌著桂圓大小的珍珠，鳳身上嵌著無數的紅色寶石，鳳尾上則墜著各色玉石，一望就知珍貴異常。「妳既與二哥情投意合，我便成全了你們，這支火雲金鳳連帶一盒首飾，便予妳做嫁妝。」她又取過一個約莫尺許高低的檀木妝奩，將鳳釵置於其上。

「公主，凌兒不要！求公主不要趕凌兒走！」凌兒頓時慌了，雙膝一軟，跪倒在地上失聲泣求。

華純然搖頭，「妳是不能留在我這了，看在這六年的情分上，妳我便好聚好散罷。」

「公主……」凌兒悲淒地看著華純然，淚如雨下。

「去收拾一下，明日我就派人送妳去二哥的府邸。」華純然不再看凌兒，抬手揮了揮，「妳下去吧，明日也不用來辭我。」

「公主，凌兒、凌兒……」

「順便帶一句話給二哥，調兵之事，待父王歸來時，純然自會向父王領罪。」華純然神色肅然。

眼見無望，凌兒只有哀哀淒淒地退下。

華純然在妝臺前坐下，抬手輕輕撫著琴弦，淙淙琴音裡，響起她低低的淺嘆，「長吟淒淒，長思瑟瑟……」

無回谷裡，夜空上星光耀宇，月瀉千里，若不看谷中的千軍萬馬，這樣的夜晚確實寧靜莊穆。

「你看了半夜，可有所得？」皇朝爬上山坡，問著坡頂直立的人影。

玉無緣立於坡頂，仰首望天，神情靜穆，夜風拂起衣袂，似飄飄欲乘風歸去的天人。

「看那邊。」他伸手指向天空的西南角，那裡的星星密集明亮，倒好像是所有的星辰都約好了似的齊聚一處，群星閃爍，照亮了天幕。

「這說明什麼？」皇朝不懂星象，只是看這現象也覺得有些異常。

「西南方，我們不正處在大東朝的西南嗎？」玉無緣收回手指，語音縹緲玄祕，「王星與將星皆齊聚於此。」

皇朝目光一閃，望向玉無緣，「如此說來，無須蒼茫山一會，無回谷裡便可定天下之主？」

「不應該是這樣的。」玉無緣卻搖頭，目光依然緊鎖於天幕上的星群，「無回谷不應該是你們決戰之處，時局也不許你們在此一決生死。」

「為何如此說？」皇朝目光再望向星空，「就連星象不都說明我們該在此一戰嗎？」

「不對。」玉無緣依然搖頭，「並非窮途末路之時，放手一搏必要是在無後顧之憂時才行，而你們……」忽然他停住話，平靜無波的眼眸一瞬間射出亮芒，臉上湧起一抹淺淺的，似早已明瞭的微笑，「看吧，果然是這樣的。」

「那是……」皇朝也看到了，劍眉不由凝起，「那是何意？」

但見那西南星群處，忽有四星移動，似有散開之意，那四星最大最亮，仿若是群星之首。

「天命自有其因。」玉無緣回頭看著皇朝，「明日你即知為何。」

六月五日卯時。

風雲騎豐蘭息營帳中，他正看著手中探子以星火令送來的急信，看完後半晌無語。

「公子，穿雨先生請您儘快定奪。」一道黑影朦朦朧朧地跪在地上，若不是他發出了聲音，幾乎讓人以為那只是一團模糊的暗影，而不是一個人。

「你回去告訴穿雨，就按他所說的做。」豐蘭息終於收起信，淡淡吩咐道。

「是，先生還問，公子何時回雍州？」黑影問。

「要回去時我自會通知你們，你去吧。」豐蘭息起身。

「是，小人告退。」黑影一閃，便自帳門前消失。

而同時，金衣騎營帳中，皇朝也同樣接到一封星火令傳來的急信。

帳簾掀動，玉無緣走了進來，目光掃一眼地上跪著的信使，再瞟一眼皇朝手中的信，似早已料到一般，並無驚奇訝異。

「商州已攻取祈雲四城。」皇朝將信遞予玉無緣。

玉無緣接過信，隨意掃一眼即還給皇朝，「你如何決定？」

皇朝不答，目光看向信使，「你回去告訴蕭將軍，我已知悉。」

「是！」信使垂首退去。

皇朝站起身來，走出營帳，抬首望向天空，朝陽已升起，天地一片明朗，「想不到竟真如你所說，時局不許我們一戰。」

「你們僵持在無回谷時，北王、商王豈肯錯失良機，還是乘勢瓜分祈雲，以增實力。」身後玉無緣淡淡說道，「而無回谷裡，你即算是能打敗風雲騎、墨羽騎，但以雙方實力來說必然是大傷元氣，到時北王、商王又何須懼你。」

「而且，即算在無回谷裡勝了，也並不等於奪得了青州和雍州，如此一想，無回一戰還真是不值。」皇朝負手回首，眼眸亮得如同盛在水中的金子，「以五萬爭天騎加六萬金衣騎對付風雲騎與墨羽騎的九萬大軍，勝的並不一定是我，對嗎？」

玉無緣淡淡一笑，「無回谷中，你們勝數各有五成。」

「不管是勝是敗，無回谷裡我們是不能作生死對決的。」皇朝轉身看向對面，「你不用擔心，我心中最重的不是與他們之間的勝負，而是江山──我三歲即立志要握於掌中的天下！」

「心志之堅，無人能及你。」玉無緣笑得欣慰。

「哈哈……」皇朝大笑，卻無歡意，「一直『重傷昏迷』的幽王也該醒了，畢竟接下來的事，該由他做了。」

午時末，豐蘭息被請入風惜雲的營帳。

「不知青王喚蘭息前來，所為何事？」豐蘭息立於帳中淡淡問道。

「去傳齊將軍、修將軍、林將軍和程將軍過來。」風惜雲卻先吩咐著侍立在帳前的親兵。

「是。」親兵忙去傳令。

「幽王要求議和。」風惜雲指指桌上。

豐蘭息只瞟了一眼，道：「看來皇朝也收到消息了。」

風惜雲點頭。他們各有各的消息管道，北州與商州趁他們僵戰無回谷時，大舉進攻祈雲王域，現已各自占得數城，若拖得久，只怕王域堪憂。

「時局如此，我也只能先與幽王議和，餘下也再待日後圖謀了。」她說著看住豐蘭息，「無回谷事了，我自會兌現我的承諾。」

豐蘭息聞言，黑眸看向她，幽深無比，不透一絲情緒。

景炎二十六年，六月八日，青州青王風惜雲與幽州幽王華弈天於無回谷休戰議和。幽州作為主動發動戰爭的一國，除了賠償青州巨額金銀外，幽王還親自向青王道歉。

議和後，雙方按照習俗在谷中燃起篝火，搬出美酒，殺牛宰羊，舉行和宴。

篝火的最前方，搭起一座丈高的高臺，高臺上坐著風惜雲、豐蘭息、華弈天、皇朝、玉無緣，以高臺為界，左邊是風雲騎、墨羽騎，右邊是爭天騎、金衣騎。

休戰了，戰士們都暫時放下了刀劍，放下了仇恨，圍坐谷中，暢飲美酒，大快朵頤。

無回谷這一夜，不再有殺氣，不再有鮮血，不再有死亡，只有美酒醇香與戰士們的笑聲。

戰士們開懷痛飲時，高臺上卻甚為安靜。

主位上，幽王與風惜雲並坐，然後風惜雲旁邊是豐蘭息，幽王身旁則是皇朝與玉無緣。

此時幽王的臉色依舊蒼白，比之當日幽王都的初見，已顯老態。

五人坐在高臺上，雖有美酒佳餚，但氣氛卻安靜得近乎沉悶。

幽王還未從風惜雲就是白風夕，豐蘭息就是黑豐息的震驚中回神；皇朝則是首次見到華冠袞服的風惜雲，頗為驚豔；玉無緣目光空濛地望著遠處；風惜雲優雅端坐，面色平和，臉上掛著矜持淺笑，一派女王的高貴雍容；豐蘭息卻仿若局外之人，閒坐一旁，悠然品酒。

時辰就在這高臺上沉悶、高臺下火熱的氣氛中緩緩流淌。

戌時，所有人都已有了七分醉意。

風惜雲端起酒杯，這是她今夜喝的第十二杯酒，此時她亦有些微醺，目光掃過谷中，篝火下是戰士們被酒熏紅的臉，她看著微有欣慰。目光收回時，卻對上一對眼睛，頓時手一抖，杯中的酒溢出來，垂眸看著杯中晃動的酒水，胸膛裡似有什麼也在晃動著，縈繞在懷，十分難受。

她驀然起身，走至臺前，道：「酒至酣時豈能無歌！」聲音清亮地飄蕩於谷中，還在歡醉的戰士們頓時停杯望來，一時谷中靜然無聲。

她目光一掃，然後望向皇朝，「借皇世子寶劍一用如何？」今日她與幽王都不帶兵器，豐蘭息向來不用兵器，臺上五人倒只皇朝腰間掛了柄劍。

皇朝目光一亮，微笑頷首，然後摘下腰間寶劍，手一揚，長劍出鞘，飛向半空。

風惜雲翩然躍起，素手一伸，寶劍已接在手，身子一旋，衣帶飛揚，仿若半空盛開一朵金邊白蓮，盈盈飄落高臺。

「好！」谷中響起一陣喝彩聲。

風惜雲垂眸凝視手中寶劍，劍身雪白，火光之下寒光凜凜，「無雪寶劍——孤便以劍為歌，以助諸位酒興！」

話落時，長劍一揮，一抹寒意凌空劃過，劍身舞動，銀芒飛灑，仿若雪飛大地的空茫，又仿若是長虹貫日的壯麗。

劍，
刺破青天鍔未殘。
長佇立，
風雪過千山！

劍，
滴滴鮮血渾不見。
鞘中鳴，
霜刃風華現。

風惜雲啟喉而歌，歌聲清亮裡卻有一股男兒的軒昂大氣，一種亂世英雄才有的雄邁豪情。

劍芒飛射，劍舞如蛇，那華麗的衣袍輕裹嬌軀，於高臺上飛舞，時而矯健如龍，時而優雅如鶴，時而輕盈如風，時而柔逸如雲……

但見高臺上一團銀芒裹著金虹遊雲，仿若是一湖雪水托著一朵金邊白蓮，谷中數十萬大軍皆目不轉睛地注視著高臺上那如天女飛舞的身影，目眩神搖，心醉智迷……原來凜然不可犯的女王也可以這樣的絕豔奇美！

劍，
三尺青鋒照膽寒。
光乍起，
恍若驚雷綻。

劍，
醉裡挑燈麾下看。
孤煙起，
狂歌笑經年。

清越的歌聲如涼風繞過每個人的耳際，而後歌聲裡的雄昂氣概漸漸淡去，只餘清音如煙似雨綿綿纏來，繞在每人的心頭，只覺得空茫悵然，生出一種滄海桑田的淡淡倦意。

劍，

風雨飄搖腰間懸。

嘆一聲，

清淚竟闌珊！[1]

歌至尾聲，風惜雲目光輕轉，落向座中白衣如雪的天人，清眸似水，幽波微蕩，目光相遇，那雙空明悠遠的眼睛裡，激盪起連綿波紋，可自始至終，他只靜靜坐著。

她心底輕嘆，轉身回首，長髮飛揚如瀑，目光掃過萬軍，清冷幽明，素手輕挽，劍光散去，亭亭而立，威儀如銀鳳丹凰。

那一夜，青州之王風惜雲以她絕代風姿傾倒了無回谷中的數十萬大軍，傾倒了那些亂世英雄。

那一夜，無人能忘記青王那雄邁中略帶倦意的歌聲，無人能忘記青王豪氣且清逸的劍舞。

也是那一夜，有數十萬大軍親眼目睹了風惜雲拔劍飛躍的矯健英姿，世人一掃往日「惜雲公主病體羸弱」的認知，都讚她不愧為鳳王的後代，稱她是「鳳王再世」，日後史書言及其容貌時亦留下「天姿鳳儀」四字。

後世裡有許多的野史傳奇以她為主角，總會將她與那日無回谷中的豐蘭息、玉無緣、皇朝這些亂世翩翩公子連在一起，總是述說著他們之間那些恩怨情仇。

無回谷裡，那夜史稱「無回之約」，又叫「四王初會」，後世史家評論「華弈天一生功業比之朝、蘭、惜遠不及也，不足以相論」，因此後人多稱之為「三王初會」或是「王星初遇」。

無回之戰便以看似平手的面貌結束了，但當年參戰的人，不論是冀、青、幽、雍任何一州之人，都清楚地知道，也都清楚地認識到：無回谷中，慘敗的是幽王，平手的是皇世子與青王，而還未曾出手的是天人慈悲的玉公子與神祕莫測的蘭息公子。

也是無回谷戰事之後，江湖上開始流傳「白風黑息即為青州女王風惜雲和雍州世子豐蘭息」的說法。

曲終人散，宴罷人歸。

篝火燃盡，只餘一堆灰燼，朦朧晨光之中，一抹白影坐在冷卻的灰燼旁，清幽的琴音自他指下瀉出。

昨夜曾聚數十萬大軍的無回谷，今日卻是空寂清幽，只有琴音泠泠飄灑，在谷中寂寞地奏著，許是想等一個知音人，又許是奏與這谷中萬物，這蒼天大地聽，將心中所有不能道、不能訴的一一托這琴音……

「傾盡泠水兮接天月，鏡花如幻兮空意遙。」一道清泠如琴的嗓音響起，然後一道身影飄落谷中。

「妳來了。」獨自奏琴的玉無緣抬首，便看到風惜雲立於身前。

不，應該說是風夕。眼前的人素衣雪月，長髮披垂，瞳眸如星，唇邊含著淡淡微笑，眉間恣意無拘，這是江湖上那個簡單瀟灑的白風夕。

「我是來道別的，白風夕不該是不辭而別之人。」風夕的聲音如山澗溪流，平靜地潺潺流過。

「告別？」玉無緣凝眸看著她，深深看著許久，「天地間將不再有白風夕了是嗎？」

風夕淺淺一笑，若一朵青蓮開在水中，柔淡清涼，「以後只有青州青王風惜雲。」她說話時，抬眸凝視前方，那裡皇朝正大步走來。

走到跟前，皇朝靜靜看著眼前的素衣女子，看著她面上輕淺的笑容，眉目間恣意無拘的神情，一時有些恍然。

最初，他們荒山相遇，他們就是這般模樣。他說要辟荒山為湖，請她滌塵淨顏，她說便是在天涯海角也會回來洗一把臉，戲言猶在耳邊，可他們之間已壁壘重重，遙遙萬里。

「以後白風夕當真不復存在了嗎？」他喃喃低語，似在問風夕，又似在自問。

「風惜雲在時，白風夕便不在。」風夕淡淡笑道，聲音輕柔卻堅定。她目光望向皇朝身後，一名女子正快步走來，濃眉大眼，背負長弓，腰掛羽箭，端是英姿颯爽。「是霜羽將軍嗎？」她的語氣溫和平靜，彷彿她們是熟識的朋友，彷彿她們不是敵人，她不曾射殺過包承，而她也未曾射殺過燕瀛洲。

「正是。」秋九霜向風夕躬身行禮，然後抬頭光明正大地看著她。

秋九霜心中一直很欽佩這位武林第一女俠的白風夕，後來知道她就是青州風氏的公主、如今的青王時更添了好奇，想知道江湖上行事無忌如風的人，作為一國之君時又會是什麼模樣。

此刻她見到了，清眸素顏，白衣雪月，若論容顏，自然不及那位大東第一美人純然公主，可眉間的氣宇，周身的風華，卻是華純然遠遠不及的，難怪被讚為「天姿鳳儀」，當真是天然姿態，如鳳威儀。

「很可惜我們相識得有點晚，否則可以結伴去醉鬼谷，偷老鬼的醉鬼酒喝。」風夕微微嘆息。

「呃？」秋九霜一愣，但隨即便笑了，是了，只有這樣無忌無拘的人才會令人驚奇難忘。

「老鬼釀的酒啊，實是天下第一。」風夕眼眸微瞇，似乎十分地神往，眉梢眼角裡都流露出饞意，「只可惜老鬼看得太緊，若妳我結伴，定能好好配合，將老鬼的酒偷個精光，氣得老鬼變成真鬼！」

秋九霜眼睛亮晶晶的，「我一次能喝個十罈。」

風夕挑眉，「老鬼說他釀酒天下第一，我喝酒天下第一。」

兩人相對而笑，頗有些惺惺相惜的味道。

一旁的皇朝與玉無緣看著，不由都微微一笑，溫和恬淡。

遠遠的，谷口走來一道身影，隔著十來丈時卻停步，靜靜地站著，若有所待。

風夕看到了，然後目光緩緩掃過，最後落在玉無緣身上，凝眸一笑，「再會。」

話落，她轉身離去，決絕得不給任何人挽留的機會，黑髮在半空中劃過一道長長的弧線，然後盈盈落回白衣，她走得極快，眨眼間便已走遠。

琴聲再次響起，彷彿是挽留，又彷彿是送別。

看著漸漸走近的人，豐蘭息心頭一鬆，慢慢地，輕輕地舒出一口氣，似怕舒得急了，便洩露了什麼。

婉轉的琴聲在身後幽幽響著，風夕卻覺得雙腿彷彿有了自己的意識一般，堅定快速地往前走去。她很想回頭看一眼，可是前方那道墨色的身影無言地站在那兒，她知道他在等她，漸漸地近了，那身形那五官，清晰得如同鏤刻在心，那雙如墨潭似的眼眸正望著她……那樣的目光，不知為何，讓她怦然心動。

怦怦怦的聲音裡，她在疑惑，是什麼在跳動？

1 友人張鵬進所作〈十六字令〉。

第二十七章 微月夕煙往事遙

景炎二十六年，六月中旬，風惜雲班師青州王都，百姓夾道迎接。

回到王都後，君臣們自有一番休整。

六月裡，天氣炎熱，正是酷暑難耐之時，王宮各殿室裡雖放了冰盆，但效果也不大，更遑論室外驕陽暴曬，幾乎能將人的皮膚烤下一層。

青蘿宮裡卻飄出一陣笛聲，絲絲縷縷清揚若風，令人聞之心神一靜，減了幾分燥熱。服侍青王的女史六韻步上臺階時，正聽到這清暢的笛聲，暗想這位蘭息公子吹的笛聲倒是可與寫月公子的簫音一比，只可惜……想至此，她嘆口氣，然後斂心收神，走入宮內。

青蘿宮內殿裡，豐蘭息佇立窗前，橫笛於前，雙眸微閉，行雲流水般的笛音正輕輕溢出。

直到他一曲吹完，六韻才上前行禮，「奴婢六韻見過蘭息公子。」

豐蘭息睜開眼眸，一瞬間，六韻只覺得殿內似有明珠旁落，滿室生華，可也只是一瞬，那光華便斂去，如同明珠暗藏。

豐蘭息微微一笑，「姑娘來此何事？」

「主上請公子前往淺雲宮一去。」六韻恭敬地答道。

「哦。」豐蘭息點頭，淺笑依然，「多謝姑娘，還煩請帶路。」

「不敢。」六韻依然神態恭敬，「公子請隨奴婢來。」

豐蘭息抬步，跟隨著六韻前往淺雲宮。

淺雲宮是風惜雲做公主時居住的宮殿，待她繼位後即搬到了鳳影宮，淺雲宮裡只留了些灑掃之人，是以十分安靜。

豐蘭息踏入前殿，抬眼打量了一番。不愧是風惜雲的住處，殿內的裝飾擺設極其簡單，但又不失大氣，像它的主人。

耳邊傳來腳步聲，輕盈得彷彿走在雲端，這樣的腳步聲他不會認錯，知道是風惜雲來了，不由轉頭望去，一見之下，唇角不由自主地勾起一朵歡喜的微笑。

今日的風惜雲身著一襲水藍色長裙，布質柔順如水，腰間繫一根同色的腰帶，顯得纖腰盈盈不及一握，長長的裙擺剛及足踝，裙下一雙同色的飛雲繡鞋，黑髮披垂，再以白色綢帶束於尾端，素顏如玉，不施脂粉，唯有額間雪月如故，這樣的風惜雲，飄逸如柳，素雅如蓮，柔美如水。

「找我何事？」豐蘭息的眼神語氣不自覺地便帶出溫柔。

風惜雲微微一怔，然後道：「我帶你去一個地方。」

兩人走出淺雲宮，再穿過長長迴廊，繞過花園，便到了一處宮殿前，宮殿不大，位於淺雲宮的正後方。

「微月夕煙？」豐蘭息看著宮前的匾額，再側首看看風惜雲，「是出自『瘦影寫微月，疏枝橫夕煙』[2]此句？」

「嗯。」風惜雲目光迷濛地看著匾額上的字，彷彿是看著一個久未見面的人，想細細看清它的容顏，想看清時光賦予它怎樣的變化。

匾額上的四字，只是墨跡稍稍褪色，筆風纖細秀雅，字字風姿如柳。

「這宮殿是按寫月哥哥畫的圖建成的，那時候他才十歲。」

聞言，豐蘭息眸光一頓，目光又落回匾額上，「是那個被稱為月秀公子的風寫月？」

「除了他，這世上還有誰配得上月秀二字？」風惜雲步上臺階，伸手輕輕推開閉合的宮門，抬步跨入。

豐蘭息跟在她身後，跨過門檻，一眼望去，饒是見多識廣的他也不由驚奇不已。

宮門之後，首先入目的是懸於廊前的月白絲縵，長長柔柔地直垂地面，門外的風湧入，舞起絲縵，仿若拂開美人蒙面的輕紗，露出秀雅的真容。

絲縵之後，並非氣宇闊朗的殿堂，而是一個廣闊的露天庭院，院中花樹煥然，兩旁樓宇珍奇，令人耳目一新。

以庭院為中心，左右兩旁各有宮殿，都以長廊連接成環，那些宮殿小巧精緻，幾乎只有平常宮殿的一半大小，其屋頂形狀更是迥異於尋常宮殿。有的線條曲折優美，形如五色花朵；有的圓潤潔白，如同珍珠；還有的狹長，像條小舟；更有的看起來像飄浮著的雲朵……十分新奇漂亮，倒像是那些神話傳說裡的奇宮玉宇。而且每座小宮殿前都有匾額，上面有的書「花潔眠香」，有的書「心珠若許」，有的書「小舟江逝」，有的書「雲渡千野」……皆字跡秀雅，顯是與宮前的匾額同出自一人之手。

庭院裡的鮮花都是芍藥花，此時花開明媚，灼灼其妍，白的、粉的、紅的、紫的、綠的……叢叢朵朵，點綴於長廊宮室間，清香陣陣，蝶舞翩翩，再加上絲縵飄舞，這裡彷彿是隔絕世外的仙園。

「他說他為長，我為幼，所以他居左，我居右。」

在豐蘭息還在為這庭院驚嘆時，耳邊響起風惜雲的輕語，側首看她，便見她一臉淺淡卻真實、歡快的笑容，這樣的笑，自她回到青州後已罕有出現。

他心中一動，「這裡是？」

「你小時候住在什麼地方？」風惜雲轉頭看他，卻不待他回答又自顧道，「這裡是我與哥哥一塊長大的地方，這些小宮殿就是我們小時候居住的地方。」

說話時，她的臉上帶著一種他從未見過的溫柔，目光柔和而溫情，有些歡喜，有些自豪，又有些傷感地看著這裡的一樓一閣，一花一樹。

是因為風寫月嗎？因為這裡是屬於她與風寫月兩個人所擁有的？

「你留在這裡。」

正在豐蘭息想得出神的時候，耳邊又聽得風惜雲的柔柔低語，回神時便已見她飛身落在庭院的正中心。庭院的正中心，有約兩丈見方的地面鋪著漢白玉石板，鋪成一個圓形，仿若天墜圓月，但細看便可看見石板上刻有微痕，看起來又像個棋盤。

風惜雲立於庭中，閉上眼睛，靜立片刻，彷彿是在回想著什麼，片刻後，她開始移動，腳尖輕輕地點在地面，身子隨著步伐飛躍旋轉，纖手微揚，衣袖翩然，彷彿在跳舞，又彷彿是以人為棋子在下著一盤棋，但見她越走越疾，越轉越快，水藍的裙裾旋轉飛揚，彷若一朵水蓮花柔柔蕩開，那樣的輕妙悠婉。腳尖輕輕地點著，但每一下都實實在在地點在地上，有咚咚響聲，倒似是和著舞的曲，而風惜雲在飛舞時，臉上笑容越綻越開，顯然十分開懷，彷彿是在重溫兒時的遊戲。

約莫過了一刻，風惜雲停步，然後躍開落在一旁。

轟隆一聲，庭正中的地面開始振動，接著石塊緩緩移動，而風惜雲顯然早已知情，只是靜靜等待。

不過片刻，石塊不動了，庭正中露出一個約兩米見方的洞口，洞口下方隱約可見臺階，延伸至地下。

「敢跟我來嗎？」風惜雲回首看一眼豐蘭息。

「這裡是通往黃泉還是碧落？」豐蘭息問，腳下一點，人已立於風惜雲身旁。

「黃泉。」風惜雲挑眉，「蘭息公子敢去嗎？」

「有青王在，黃泉碧落又有何區別。」豐蘭息一笑，然後抬步領先走去。

看著那毫不猶疑的背影，風惜雲神情複雜地嘆了口氣，然後也抬步走下。

臺階很長，一級級走下，光線越發黯淡，氣溫也變得陰涼，聽著足下空曠的回音，恍惚中真有一種去往黃泉的感覺。兩人不約而同地側首看了對方一眼，目光相遇時，淺淺一笑。

約莫走了半刻，終於走至臺階盡頭，腳下是長長的通道，通道兩旁的石壁上，每丈許即嵌一顆拇指大小的夜明珠，珠光閃爍，照亮通道。

「走吧。」風惜雲率先抬步。

兩人又走了約莫一刻鐘，通道到了盡頭，前方是一道封閉的石門，石門的上方刻著「瓦礫窟」三字。

「知道裡面是什麼嗎？」風惜雲看著那三字便笑了。

「世上金銀如瓦礫。」豐蘭息道，目光落在那三字之上，側首看著風惜雲，語氣中有著調侃，「青州風氏似乎一直有著視榮華富貴如糞土的清高。」

「哈哈，」風惜雲輕笑，「你似乎不以為然。」

「豈敢、豈敢。」豐蘭息神情誠懇，語氣倒是恰恰相反。

風惜雲不以為意，飛身躍起，手臂伸出，在「瓦礫窟」三字各擊一掌，然後盈盈落地。

轟隆隆……沉重的石門緩緩升起。

「請蘭息公子鑒賞青州風氏所藏的瓦礫。」風惜雲微微側身。

「恭敬不如從命。」豐蘭息也不禮讓，抬步跨入石室，霎時，眼前光芒閃耀，刺得他的眼睛幾乎睜不開。

眨了眨眼睛後，才是看清，石室非常之寬廣，其內幾乎可以說是金山銀丘，珠河玉海，還有那不計其數的古物珍玩……即算是出身王室、坐擁傾國財富的豐蘭息，此時也不由睜大了眼睛。

「你說這些比之幽州國庫如何？」風惜雲看著他的表情笑道。

「比之幽州，十倍有餘！」豐蘭息長長嘆息著，轉頭看著惜雲，「歷代以來，青州風氏似乎也並無雄霸天下之意，卻何以將如此之多的金銀珠寶貯於此處？」

「雄霸天下？」風惜雲冷誚地笑了笑，目光從豐蘭息身上移向那些珠寶，「在你心中，似乎財富、兵力只與爭奪天下有關。」

豐蘭息移步走至堆集成山的黃金前，抬手抓了一把金葉，然後張開手，看著金葉自掌中撒落，「因為我斂財練兵，只為天下。」

「哦？」風惜雲眉頭一挑，「難得你這回倒是坦白了。」

「對於江山玉座，我從未隱瞞過我的意圖。」豐蘭息淡淡掃一眼風惜雲。

風惜雲嘆口氣，目光落回那些金銀珠寶，「其實我也不知道為何要將這些藏於此處，我父王不知道，我祖父不知道……這原因大約只有第二代青王，也就是鳳王的兒子知道，『子孫後代，凡國庫盈餘皆移入地宮』的詔諭是他下的。」

「啊？」豐蘭息聽了也是滿臉驚訝與疑惑，「你們真就聽從他的話做了？」

「你看到這些不就知道了。」風惜雲看著也嘆氣，「每代裡除了災急之時動用了一些外，積了幾十代的財富全在這裡，真是白白便宜了你。」輕描淡寫裡，她便已將這地宮裡的金山玉海送了人。

儘管進入地宮後，豐蘭息便已知風惜雲之意，可此刻親耳聽得，心中依是不由得一熱，只是他們慣不會那套感恩戴德的，所以他也只是微微一笑，若春風繾綣，眉梢眼角自有柔情瀠洄。

一笑後，他低頭故作沉思狀，然後道：「難道是令祖知道今日我要用到，所以早早預備下了？」

「呸，你想得倒美！」風惜雲聞言反射性地便嗤笑他。

「不是早算到了就好。」豐蘭息頓擺出一副鬆了口氣的模樣，「從來只有我算到別人要做什麼，若被別人算到我要做什麼可不好。」

「哈，」風惜雲禁不住笑出聲，「你這狐狸，原來最怕的就是被別人算到啊。」

這一聲「狐狸」是脫口而出，兩人一個怔住，另一個卻暗自歡喜。

「那妳說會不會跟鳳王的早逝有關？」豐蘭息再猜測道。

風惜雲沉吟，「鳳王是當年七王之中最先薨逝的，以年齡來說可算是英年早逝了，而且是死於朝覲之時，她薨後第二年，王夫清徽君也追隨而去……」她說著瞟了眼豐蘭息，「你為何這樣猜？」

豐蘭息沉默了一下，似乎有些猶疑。

「喂！」風惜雲催他。

豐蘭息看她一眼，才頗為無奈地道：「這話也只與妳一人說。我以前在我住的宮裡想要挖個藏身的地室，結果挖到個玉盒，盒裡裝的是先祖昭王的劄記……」他看著風惜雲高高挑起的眉頭，苦笑道，「妳也別問我為什麼昭王的劄記會埋在地下，我也不知道。」

「你肯定偷看了昭王的劄記。」風惜雲鄙夷地丟了個眼神。

劄記大都是個人的日常記事，有些可以公開，但有些是非常私密的，更何況是昭王的。

不過……她捫心自問了下，要是她發現了鳳王的劄記，會不會看呢？這念頭一起，她就知道自己肯定也會看的。

「我看之前又不知道是昭王的劄記，看了後才知道的，但既然已經看了，挽也挽不回了，不如全部看了。」豐蘭息神色裡沒有一絲羞愧，倒是坦蕩得彷彿他只是看了本只他一人能看的書，「當時年紀小，看後也沒放在心上，時日久了幾乎都忘了這事，直到後來……」他語氣一頓，看著風惜雲，目有深意。

風惜雲一怔，腦中一轉，便明白了，「是當年你我在帝都皇宮的凌霄殿看了那些畫像之後，你便又去重看了昭王的劄記？」

豐蘭息點頭，「昭王的劄記倒也不算多，只有四十七片，只不過每一片都與鳳王有關。」

風惜雲心中一動，也想起當年寫月哥哥與她說過的那些個故事，「都記了些什麼？」肚子裡卻暗自嘀咕，怎麼自家鳳王就沒留下什麼劄記，也記一下那位「風姿特秀，朗朗如玉山上行，軒軒如朝霞舉。時人皆慕之」的昭王豐極啊！

豐蘭息又沉默了，他雖對看了先祖的劄記無愧，但要來細談先祖劄記的內容卻頗感心虛，於是只含糊道：「都是些他們的舊事。」

「什麼舊事？」風惜雲這會兒心裡就如貓抓似的，恨不得自己也能看看那劄記才好。

豐蘭息瞟她一眼，道：「妳我也相識多年，若有人問妳，妳我之間有些什麼事，妳如何作答？」

風惜雲頓時啞口。

豐蘭息見她不追問了，暗自鬆了口氣，道：「那箚記裡有一片，看時間是最後一片，記的是鳳王死後，昭王極為悲痛，寫下『鳳隕碧霄，吾雖生猶死。昔曾誓約，同福禍共生死，然根孽同鑄，何偏害鳳凰？月殘魂斷，煢煢獨影，人鬼相吊，哀以無絕』這麼幾句。」

豐蘭息一念完，風惜雲人也呆住了。

「『然根孽同鑄，何偏害鳳凰』，這一句顯然有蹊蹺。」豐蘭息道。

風惜雲沒有說話。其實這片箚記短短幾句話，何止這一句蹊蹺，其中還證實了另一件事。風惜雲想著，她不由望向豐蘭息，目光觸及他額間的墨玉，頓時心頭劇跳。她與他各擁有一片除了顏色不同外，形狀玉質都一模一樣的彎月玉飾，這些年裡也曾疑惑過，只是百思不得其解，可此時對照這箚記上的話，再想想這些都是祖傳之物，心中便有了答案。

不知這兩片玉飾合在一起時，是不是就是一輪圓月？這樣想著，她心頭便有些歡喜，卻更多的是酸澀悲傷。

豐蘭息見她久久不語，看著她的神色，便有些明瞭她的心思，一時亦是情思紛亂，複雜難理。

半晌後，風惜雲先回神，「算了，先祖們的事都隔了幾百年了，誰知道是怎樣的。今天帶你來，是讓你知道這些東西的所在，日後你要如何用，自己安排。」

豐蘭息點了點頭。

風惜雲的目光越過那一堆堆金銀珠寶，落向東面石牆，牆上掛著一幅畫，她遙遙看著，腳下一動，似想走過去，卻又猶疑著。良久後，她終於還是移步慢慢走過去，等至牆上，她定定望著那幅畫。

畫上日月共存，正畫的是月隱日出之時，天地半明半暗，而日與月之下還畫著兩個模糊的影子，似因天光黯淡而看不清那兩人的面貌，整幅畫都透著一種陰晦抑鬱。

她看了半晌，然後伸手，指尖撫過畫中的那兩個人影，微微一嘆，然後揭開那幅畫，便又露出一道石門。

豐蘭息也走了過來，見那石門左側刻著「瘦影寫微月」，右側刻著「疏枝橫夕煙」。

風惜雲看著石壁上的字發呆，看了半晌，才輕聲道：「他總是說，他是寫月，我便應該是夕煙，所以他總是喚我夕兒，從不喚我惜雲，弄到最後，父王乾脆就用夕兒當了我的小名。」她一邊說著，一邊伸出雙手，指尖同時點住「月」與「夕」兩字，然後石門輕輕滑動，一間石室露了出來。

步入石室，頂上嵌著四顆雞蛋大小的夜明珠，照得室內如同白晝，而這間石室裡卻沒有金銀，左右牆壁上掛滿畫像，畫像下依牆立著長案，案上還擺了些東西。左邊全是男子畫像，右邊全為女子畫像，仔細看去，便會發現這些畫像幾乎就是畫中女子與男子的成長史。

「這裡一共有二十四幅畫像，我的十二幅，寫月哥哥的十二幅，我的從四歲開始，寫月哥哥的從六歲開始。」風惜雲的聲音柔軟異常，帶著淡淡的傷感，「每一年生辰時，我們都會送對方一件親手做的禮物，並為對方畫一幅畫像，曾經約定要畫到一百歲的，可是……」

豐蘭息移步，目光左右掃視，打量著畫像裡的人。

右邊第一幅畫裡，四歲的小女孩圓圓胖胖的，手中抓著一隻小木船，皺著眉頭，瞪著眼睛，似是在說「快點，不然我就把這只木船吃了！」畫功細膩，眉眼間傳神至極。在那幅畫像下的長案上，就擺著女孩手中那只小木船，只算形象，做工甚為粗糙，似乎出自一個笨拙的木匠之手。

左邊第一幅畫裡，六歲的小男孩，眉清目秀，手中正握著一朵紫綢紮成的花，臉上的神情有些羞澀，那雙秀氣的眼睛似乎在說「怎麼可以送男孩子綢花！」畫像下的長案上，擺著那朵已經褪了色的紫綢花，歪歪斜斜，顯然紮花者的手藝並不純熟。而畫這幅畫的，筆風粗糙，而且很粗心，墨汁都滴落在畫像上，好在只是落在男孩的臉旁，沒有落在臉上，唯一慶幸的是神韻未失，堪能一看。

右邊第二幅畫，五歲的小女孩子似乎長高了一些，穿著淡綠的裙子，梳著兩個圓髻，看起來整整齊齊，乾乾淨淨，只是袖口被扯破了一塊，手中抓著的是一柄木劍，臉上的神情十分神氣，彷彿在說，「我長大了以後，肯定天下無敵！」

左邊第二幅畫，七歲的小男孩也長大了些，眉眼更為秀氣了，長長的黑髮披垂肩上，實是一個漂亮的孩子，手中抓著一朵紫色芍藥，是以男孩的神情頗有幾分無奈，似乎在說「能不能換一件禮物？」但顯然未能得到同意，畫像的人更是特意將那紫芍畫得鮮豔無比。

一幅幅畫看過去，男孩、女孩在不斷長大，眉眼俊秀，神情各異，氣質也迥然不同。

女孩的眉頭總是揚得高高的，眼中總是溢著笑意，似乎這世間有著許許多多讓她覺得開心和好玩的事，神情裡總是帶著一抹隨性與調皮，似只要一個不小心，她便會跑得遠遠的，飛得高高的，讓你無法抓住。

男孩則十分斯文，每一幅畫裡，他都是規規矩矩地或坐或站，只是他似乎一直都很瘦，黑色的長髮也極少束冠，總是披垂在身後，眉目清俊秀氣，臉上略顯病態，衣袍穿在他身上，總讓人擔心那袍子是否會淹沒了如此消瘦的他。

隨著年齡的增長，作畫之人的畫技也日漸純熟，形成各自不同的風格。

畫女孩的，筆風細膩秀雅，從一縷頭髮到嘴角的一絲笑紋，從一件飾物到衣裙的皺折，無不畫得形神俱備，彷彿從畫像便能看到作畫之人那無比認真的神情，那是在畫他心中最寶貝、最珍愛的，所以不允許有一絲一毫的瑕疵。

而畫男孩的，則一派大氣隨性，彷彿作畫時只是拈筆就來，隨意而畫，未曾細細觀察細細描繪，只是簡簡單單的幾筆，卻已將男孩的神韻完全勾畫出來，顯然作畫之人十分瞭解男孩，在她心中自有一個模印。

豐蘭息的目光停在女孩十五歲那張畫像上，這也是女孩最後一張畫像，畫中人的面貌體態與今日的風惜雲已差別不大，而她身上的裝束與今日一模一樣，亭亭立於白玉欄前，欄後是一片紫芍，面容嬌美，淺笑盈盈，人花襯映，相得益彰，只是……她的眼中藏著的一抹隱憂也被作畫之人清晰地捕捉進了畫裡。

而男孩——十七歲的少年長身玉立，清眉俊目，氣質秀逸，已長成了難得一見的美男子，只是眉目間疲態難消，似是大病未越，體瘦神衰，身著月白長袍，腰繫紅玉玲瓏帶，同樣立於白玉欄前，身後也是一片紫芍，人花相映，卻越發顯得花兒嬌豔豐盈，而他弱不勝衣，病骨難支，只是他臉上卻洋溢著歡喜的笑容，眼中有著淡淡的滿足。

「這是我們最後一次為對方作畫，也是最後一次一起過生辰，第二天，他就去了。」

豐蘭息凝視著畫像時，耳邊響起風惜雲低沉的輕語。他側首回眸，見她不知何時站到了他的身旁，靜靜地看著畫中的少年，臉上有著淡淡哀傷。

「我們青州風氏是大東朝王族裡最為單薄的一支，從先祖起，每一代都只有一名子嗣，即算偶有生得兩或三名的，不是在襁褓中早夭便是英年早逝，總只能留下一人承繼血脈王位。到了父王這一代，雖生有伯父與父王兩人，但伯父、伯母都早早離世，只遺下寫月哥哥一子。父王繼位後，母后也只生我一個，雖納嬪嬙無數，卻再無所出，所以到我這一代，青州風氏只有我與寫月哥哥兩個。」

風惜雲移近兩步，伸出手，指尖輕輕撫著畫中的少年。

「說來也巧，我與寫月哥哥同月同日生，他剛好長我兩歲。他無父無母，而我父王政務繁忙，而母后則……所以我們倆自小就親近，哥哥十分聰慧，才華卓絕，我所學裡幾乎有大半傳自於他，只可惜他身體羸弱，長年藥不離口，否則今日的四公子裡應有他的一份，而我亦不用做這女王，依舊可以逍遙江湖。」

風惜雲說著，臉上浮起淡淡的笑，眼神裡也流露出追憶之色，顯然是回想起了與兄長的往事。

「記得有一年六月，我們才過生日不久，又迎來了父王的四十壽辰，不但各諸侯、鄰國都派來使臣賀壽，便連帝都也派了人來，所以父王壽誕那日，宮中大擺宴席，十分的熱鬧。那天，作為儲君，我需陪伴父王左右，接受各方的恭賀，只是公主的朝服太過累贅，而且我也不肯安安分分地傻坐著，所以一早趁著哥哥還沒醒，便使喚了人把公主的朝服給哥哥穿上，然後自己換了哥哥的衣裳扮成了他。哥哥因體虛，夜間難入睡，早上卻難醒，等到他清醒時，衣穿好了，頭髮梳好了，我再懇求一番，哥哥向來寵我，也只能無奈答應。」

說到此處，風惜雲輕輕笑了起來，眼中波光流轉，明亮異常，似乎是又看到了那日與她異妝相對的兄長。

「我與哥哥是兄妹，本就長得像，那日父王諸事繁忙，也沒有發現。所以中途我裝作疲累了，父王向來憐惜哥哥，忙打發人送我回去休息。中途我悄悄溜出王宮，因為是父王的壽誕日，所以王都裡的百姓也在慶賀著，八方奇藝，四方珍玩，人如潮湧，到處都是好玩的、好看的，比在王宮接見使臣要有意思百倍，我玩得不亦樂乎，哪裡知道哥哥的苦處。他身體羸弱，六月裡天氣又熱，穿著厚重的朝服，悶得難受，又跟在父王身邊接受各方拜賀，言行舉止間不能有分毫出錯，以免失儀，所以頗為緊張，心裡更是一直擔憂被識破時我要挨父王的罰，這時間一長，他的身體哪裡支持得住，結果就暈倒了。」

風惜雲說著忍不住輕輕嘆息，臉上也浮起自責，「那日，我後來果然是被父王重重責罰了，結果也因此讓『惜雲公主體弱多病』的謠言傳開了。」她轉頭，目光望向十歲時的畫像，「也是自那時起，我便生出了去外面看看的念頭，先是常常溜出王宮，在王都裡到處遊玩，過得兩年我便想走到更遠的地方去看看，父王雖疼我，卻肯定不會答應，所以我只把打算告訴了哥哥一個，哥哥卻支持我。他說我將來是要繼承王位的人，是要肩負青州安危與百姓生計的人，本就應看盡天下風光、熟知民間疾苦，才能知道自己該做什麼。」

豐蘭息一直靜靜地聽著，神色靜然，目光柔和。

「因為有哥哥的疼惜與成全，所以才有了江湖上恣意快活的白風夕；也因為有哥哥的包容與教誨，才有今日可駕馭臣將的風惜雲。」她移步走至風寫月最後一張畫像前，目光眷戀地看著畫中淺笑溫柔的兄長，「哥哥是把他想做而不能做的全都交給了我，所以我雖一人身，卻是兄妹一起活著。」

豐蘭息的目光掃過案上的那些手工製作的禮物，大多都簡樸粗糙，可此時，他卻覺得這些比外面那金山玉海更重更貴，這樣的禮物啊，有些人窮其一生也收不到一件。

他伸手取過案上的那只小木船，是風寫月做給風惜雲的第一件禮物，笨拙得幾乎不像一條船，撫過木船身上的刻痕，他輕輕嘆息，「孤獨的青州風氏又何嘗不是最幸福的王族。」這聲嘆息，沉重卻又冰涼。風惜雲不由轉頭，望向豐蘭息，見他正將手中的木船輕輕放回案上，姿態小心，似乎怕弄壞了。

放好木船，豐蘭息抬首，幽深的墨眸第一次這樣清透，卻如同覆了一層薄冰，可一眼見底，目光卻是那樣的冷，「青州風氏每代都只有一位繼承人，雖然孤單了一些，卻不會有手足相殘、父子相忌的殘忍與血腥。你們若得到一個手足，必是珍惜愛護，即算不久會失去，但曾經的溫情還是會留下。」他移步走近風寫月的畫像，看著畫中風寫月那種溫柔滿足的笑容，忍不住伸出手去輕輕碰觸，喃喃道，「至少這樣的笑容，我從未在我們雍州豐氏身上見過，即算是在我們年幼時。」

那句話，若巨石投湖，重重地砸在風惜雲的心頭，看著豐蘭息冰冷的雙眸，看著他似停在畫上的指尖，剎那間，一股心酸自胸膛間蔓延開來。

「手足之情，我此生已不可得。」豐蘭息終於收回手，移開目光，回首之際，卻瞅見了風惜雲望著他的目光，頓時一呆，心頭驀然悲喜相交。

兩人目光相視片刻，風惜雲先轉身走出石室，「外面的金銀你自可搬去，只是這石室裡的東西不要動。」

豐蘭息跟著她走出石室，「妳為何不將這些帶走？」

石門前，風惜雲最後望了一眼那些畫像與禮物，輕輕搖頭，「睹物思人，徒增傷悲。我好好活著，哥哥自然也開懷。這些東西燒了我捨不得，埋了我覺得髒，所以就讓它們永遠留在這地宮裡吧。」

說完，她封了石室，轉身離開，豐蘭息沒有說話，默默跟在她身後。

兩人出得陰暗的地道，再見天日朗朗，環顧庭院，豐蘭息不由感嘆道：「若說地宮是黃泉，那這座宮殿便是碧落。」

風惜雲微微一笑，然後合掌啪啪啪啪四響，瞬間便見四道人影飛落，低首跪於地上，「臣等拜見主上。」

風惜雲微抬手，示意四人起身，「今後，這地宮裡的東西，除我之外，雍州蘭息公子可隨意使用。」

「是！」四人應道，隨即抬首望向豐蘭息。

那刻，豐蘭息只覺得八道冰冷的目光，如同實質的刀般，帶著凜冽的鋒芒掃來。

「你們退下吧。」風惜雲揮揮手，那四道人影便如來時般無聲無息地消失了。

豐蘭息回首看著那慢慢閉合的地宮，忽然道：「這些我暫時不會動的。」

風惜雲側首看他，「為何？」

「因為我現在還不是雍州的王。」豐蘭息的話音未有絲毫感情，目光遙遙落向天際，

「我明日就回去，有些事也該了結了。」

---

2 引自陸游〈置酒梅花下作短歌〉。

第二十八章　欲求先捨全其願

春光融融的花園，叢叢牡丹綻放，三兩彩蝶飛繞，翩翩弄姿。

一道白玉欄杆圍在花叢前，欄杆上坐著一名女子，體態玲瓏修長，淡黃衣裙素雅，長裙之下赤足如玉，頭微微向右偏著，長髮一半挽髻，一半披垂，一手扶欄，一手自然垂落，眉目清麗，風姿如柳，神態間三分雅逸，三分隨性，三分慵懶，再加一分不羈。

「這樣的風夕倒是少見。」

猛然一道聲音響起，華純然一驚，手中的筆便脫手落去，斜刺裡一隻手伸過來，輕輕鬆鬆將那支畫筆接在手中。

「原來是駙馬。」華純然輕呼一口氣，平息心跳，「這麼晚了，駙馬還未休息嗎？」

「公主不也未休息嗎？」皇朝笑笑，將手中畫筆放回筆架上，「嚇到公主了？」

嚇是嚇到了，可承認了卻也不是，華純然搖了搖頭，問道：「駙馬找我有事？」

皇朝卻未答她話，反拾起案上的畫像細細看著，邊看邊點頭，「想來公主將風夕視為平生知己，否則焉能畫盡她之神韻。」

「風姑娘為人瀟灑不拘，與之相交，心悅神怡。」華純然起身，與皇朝並看畫中之人，末了目光略帶深意地看一眼皇朝，「況且她那等人物，誰人不為之傾倒。」

「確實。」皇朝點頭，然後將畫像放回桌上，再鋪上一張紙，拾起畫筆，看一眼華純然道，「公主定也未見過這樣的風夕吧？」說著，他手起筆落，聚精會神，不到片刻，又一個截然不同的風夕便躍然紙上。

「這是……」華純然滿目驚愕。

畫中之人，身著銀鎧銀甲，高高立於城牆之上，手挽長弓，目光凝視前方，身後旌旗飛揚，襯著她修長的身姿，自有一種雍容傲岸的氣度。

「這是風姑娘？她如何這般模樣？」華純然驚疑不定地看向皇朝，心頭一時熱一時冷。

「這是公主引為知己的白風夕，但她也是那個一手創建風雲騎的惜雲公主，更是青州現任的女王。」皇朝平靜地看著華純然，唇角甚至還勾起了一絲淺笑。

「她……惜雲公主，青州的女王？」華純然目光怔怔落回畫上，再望向另一張自己畫的畫像，心中驀然生出荒謬之感，隱隱覺得自己十分可笑。

「公主沒有料到吧？」皇朝挑了張椅子坐下，目光極其柔和地看著華純然，「公主肯定也想不到，那位黑豐息就是雍州的蘭息公子吧？」

「蘭息公子？」華純然又是一呆，目光疑惑又茫然地落在皇朝臉上。

「是啊，江湖名俠白風黑息，實則是惜雲公主與蘭息公子。」皇朝語氣淡淡的。

「惜雲公主、蘭息公子……」華純然重複著，呆呆在椅上坐下。

皇朝靜靜看著她，沒有說話。

華純然呆坐半晌，驀然輕笑出聲，「難怪……難怪他們懂得那麼多……通詩文，精六藝，知百家，曉兵劍，江湖草莽懂得再多，又豈能有他們那樣的氣度……哈哈哈哈，可笑我竟然還以為……」

殿中一時只聞笑，儘管失態，但華純然的笑聲依舊清脆如夜鶯淺啼，素手輕掩，眼波流轉，姿態妍美如一枝風中微顫的牡丹。

皇朝如同欣賞一幅名貴的圖畫般靜靜看著她，儘管覺得當世女子已無人能逾風夕，卻不得不承認眼前佳人，當真美得「百花低首拜芳塵，國中無色可為鄰」[3]。

但也不過片刻，華純然便斂笑收聲，依然姿態優雅地端坐椅中，目光望向皇朝，已一派平靜，「駙馬就是來告訴我這些的嗎？」

「哈哈哈哈，」這下輪到皇朝放聲大笑了，「我果然沒有看錯公主。」

華純然靜靜地看著朗然大笑的皇朝。

他笑的時候，如日出東方，光芒大放，周身洋溢著張狂霸氣。這個人是冀州的世子，冀州未來的君王，也是她的夫婿，卻何以這般的陌生？

「記得去青州之前，公主曾說過一句話。」皇朝斂笑，起身執起華純然的手。

華純然不由自主地站起身來，似乎此時才發現，他竟是那般的高大，自己竟只及他的肩膀，仰首看去，那張臉……那五官竟是俊美至極，金褐色的眼眸專注地看著你時，炫目的金芒能惑人般，讓你一瞬間迷失，彷彿只要聽從他、服從他便可以了。

「記得。當日，純然曾對駙馬說：『汝之家國即為吾之家國，吾之家國即為汝之家國』。」華純然握在皇朝手中的指尖微微一顫。

「所以我有一樣禮物要送予公主。」皇朝從袖中取出一物放在華純然掌心，神色溫柔凝重，如同一位丈夫將他的傳家至寶交予妻子保管。

「這是？」華純然愕然看著手中冰涼透骨的墨黑色鐵塊，當看清上方的圖案與字跡時，不由瞪大了眼睛，不敢置信地看著皇朝，「這是玄極？」

「是，這就是天下至尊——玄極！」皇朝淡淡笑道。

「你送給我？」華純然看看手中玄極，再看看皇朝，待確認之後，剎那間一股狂喜湧上心頭，可緊接著，喜悅之中又湧上各種複雜的感覺。

「妳我夫妻一體，我的自然也是妳的。」皇朝握著華純然的手，連同玄極一起握於掌中。那一刻，他的神情是溫柔的、真誠的、莊重的，那簡單的一語卻仿如誓言般厚實沉重。

華純然呆呆看著交握的雙手，手是熱的，玄極卻是冰涼的，便仿如她此刻的心，喜與悲、熱與冷交雜著。抬首，看著那張臉，看著那溫柔的眼神，不由有些恍惚。

這個人，自見面的第一眼起，雖然他才貌出眾，但那一身氣勢總是令她望而卻步。而此刻他的神情如此溫和，金眸專注地看著她，她知道……他的言行是真誠的，因為他就是言出必行之人，從此他不再視她為純然公主，而是視她為妻。

頓時，心頭喜悅蔓延，彷彿將觸摸到她一直渴盼著的，那只有一步之距，她便可觸摸，至尊至貴的玄極之後……

終於，她牽起唇角，綻出一抹微笑，美如花開。

「人總要付出什麼，才能得到什麼。」歡喜之後，華純然目光平靜地看著皇朝，「手握玄極，我需要付出什麼？」

皇朝鬆開手，垂眸看著眼前這張世間稀有的美麗容顏，輕輕一笑，「只需公主記著，公主是冀州皇朝之妻，妳我夫妻一體。」

華純然心弦一顫，面色有剎那的蒼白，但隨即她深深吸氣，然後綻顏微笑，「從今以後，純然只是皇朝的妻子。」

皇朝滿臉欣然，「公主可喜歡我送的禮物？」

華純然抬手撫鬢，神態嬌柔而嫵媚，「駙馬送的，自然喜愛。」

「那就好。」皇朝頷首微笑，「還望公主好自珍之，好自用之。」

華純然握緊手中的玄極，然後目光清亮而堅定地望向皇朝，「純然定不負駙馬！」

皇朝劍眉微動，凝眸注視華純然，片刻，他再次微笑點頭，「我立於何處，公主所立之處必在我身旁！」

「哦？」華純然眼波一轉，神情柔媚，「當駙馬君臨天下之時，我當何處？」

「自是母儀天下！」皇朝再次執起華純然的手，指尖相觸，十指交纏，手腕相扣，眸光交接，這……是他們的儀式，那個古老的，永不背棄的誓約。

此舉顯然出乎華純然意料之外，她有些動容地看著那相交一處的手，抬首看看皇朝，那鄭重的神情，那決無悔改的目光。

這一刻，她想笑，卻又想哭，最後只是呆呆地站著，呆呆地看著，任那交握的雙手溫暖著彼此。

片刻後，皇朝鬆手，「夜深了，公主該休息了。」他說完即轉身離去，走至門口，忽又回頭看著華純然，「我們，會不會相扶相依至白首？」話說完，卻也不等答話，淡淡一笑，逕自離去。

房中，華純然靜靜凝視著手中冰涼的玄極，許久後，一滴淚水落在黑鐵上，卻轉瞬便在炎夏的夜裡，無聲無息地杳去無蹤。

景炎二十六年，四月至六月間，對於青州百姓來說，這期間發生了數件大事。先是主上薨逝，然後新王繼位，接著幽州犯境，再來便是女王親戰，最後兩州達成和約。

戰後歸國的女王再非昔日國人印象中的羸弱公主，而是精幹剛毅、行事果斷的英明女王。班師回朝待先王百日後，她即將先王的靈柩送至嶠山，與先王之后衛氏合葬於曄陵，隨後她即遣散了先王的嬪嬙們。年輕貌美者，願再嫁的賜以嫁妝；年老色衰者，願回娘家養老的賜以金銀；餘者便是一些要為先王守節的，皆送往慈濟庵禮佛。

繼位之初，她便已知先王留下的臣子能幹者少，尸位素餐的多，是以幾日早朝裡，她即尋著錯處，連番貶退數位庸碌之臣，雷厲風行地提拔了一些位卑卻有實才的臣子，原禁衛軍統領李羨雖已亡故，但依要追究其違命失職之責，革其爵祿，命謝素為禁衛軍統領，齊恕為副統領。接著，便又恩賞了留守監國的馮渡等臣子，以及此次戰役裡有功的風雲騎諸將士。

待這番賞罰決斷之後，她便開始著手於革新朝政，併發召賢令，於民間選拔人才。只此數月，朝堂上下便已煥然一新，無論臣將還是百姓都在感嘆，與先王相比，女王殿下更加的賢明勤政，一時讚聲四起。

九月，好不容易偷得半日閒情，風惜雲脫去繁複的朝服，換上素淡的衣裙，在王宮裡隨性走著。

不知不覺中，便到了承露宮前，這裡曾是她母親生前所居之地，自母親亡故之後，這裡已冷清多年。她呆立了片刻，移步跨入宮門，前殿的庭院裡，開著一樹芙蓉，碧葉霜花，冰明玉潤，麗質天然，於秋風裡搖曳生姿。

風惜雲在臺階上席地坐下，四周靜謐，只有淡淡花香繚繞，她看著那樹白芙蓉，恍然間想起了母親。記憶裡，母親身姿纖淡而眉目抑鬱，倒有些像這風露清愁的芙蓉花。

木末芙蓉花，山中發紅萼。
澗戶寂無人，紛紛開且落。[4]

她喃喃念著，想起母親與父親的往事，輕輕嘆息。

正在這時，宮殿傳來一陣腳步聲，她轉頭看去，便見裴鈺領著一群內侍、宮女疾步走來。

「主上，您怎麼身邊一個人也不帶？」裴鈺一見到風惜雲便皺眉，他抬步走入承露宮，其餘內侍與宮女則在宮外候著。

風惜雲聞言只是一笑。這個自小便侍候父王的裴總管也是看著她出生和長大的，待她的情分自不比旁人。「裴總管，你還記得我母后嗎？」

提起先王后，裴鈺眼中頓現傷感，「記得，老奴怎麼會不記得呢。先王與先王后青梅竹馬，老奴也幾乎是陪著他們一起長大的。」

「青梅竹馬……」風惜雲目光一黯，然後喃喃道，「即算是那樣深厚漫長的情誼，也沒有幾年恩愛。」

裴鈺頓驚詫地看著風惜雲。

「父王是仁厚寬和之人，卻也不能做到有始有終。」風惜雲起身，走至芙蓉花樹下，即算是滿樹繁花似錦，可開在這瑟瑟秋風裡，又能得幾日明媚？能有幾朝歡愉？倒不如青松翠柏，無論歲月如何流逝，總是蒼鬱不變。

「主上……」裴鈺斟酌著開口，「先王與先王后……唉，先王后若是能少一些孤傲，也不至於……」

他的話很委婉，甚至不敢說明，但風惜雲聽懂了他的言下之意，卻沒有感到半絲安慰，「孤傲是融在母后骨子裡的，當年父王看中母后的與眾不同，大約也是因為這份孤傲，只可惜沒能善始善終。攜子之手，與之偕老，終只是自欺欺人。」

「主上，妳……」裴鈺聽她的話越發不祥，頓時擔心不已。

風惜雲卻轉過身，「走吧，母后大約也不喜歡有人來打擾。」她抬步走出承露宮。

裴鈺跟在她身後，看著她的背影，心頭又是憐惜又是憂心。先王薨逝後，青州風氏便只餘她一人，而如今她身為青州之王，日後的姻緣會是如何呢？這世間又有哪個男子能與之匹配？

裴鈺正暗自思酌間，卻見前方的風惜雲驀地停下腳步，目光望向左方，裴鈺看去，卻見一名小內侍急匆匆地奔來。

「跑什麼跑？成何體統！」他立時呵斥了一聲。

那名小內侍頓時嚇得腳下一收，險些絆倒自己，等喘息數聲後，才誠惶誠恐地走了過來，向風惜雲行禮，「主上，宮外來了個人，說是您的廚師。」

風惜雲聞言，頓眼睛一亮，「快請！」

「是。」內侍領命，忙又往回跑去，跑了幾步，記起了裴鈺的呵斥，忙收了腳步，一步一步走去。

「快去。」風惜雲卻在身後催他。

於是，小內侍趕忙一溜煙似的跑遠了。

風惜雲也並不等著，也移步往前走去，顯然是想迎一迎。

裴鈺暗自嘀咕這位「廚師」是何等人，竟讓主上親迎？

走到昱升宮前，立於高高丹階上，遠遠便見一道頎長的身影正自坤令門走出，不緊不慢地向著這邊走來。

隨著那人越來越近，身形面貌漸漸清晰，年輕的男子，淡青色的衣袍，普普通通的五官，看起來十分平常，遠遠不及蘭息公子的俊美雍容。裴鈺實不明白這樣的人何以能讓主上親迎，於是目光再次望向那人，看第一次時，頓覺得有些不尋常了，那人平凡的五官裡似蘊著常人未有的靈氣，顧盼間便有風華流溢，令人暗暗稱奇。

青衣男子走至丹階下，仰望著丹階之上的風惜雲，然後行禮，「拜見青王。」雖然語氣恭敬，卻只是微微躬身，並未行大禮。

在裴鈺正覺得此人禮節失當時，耳邊便聽得風惜雲的聲音，「久微，你終於來了。」那語氣無限歡喜，讓他驚奇不已。

「嗯，我來了。」久微亦微微一笑，目光望著丹階上的風夕——不，那不是風夕。

雖然白衣依舊，但那衣裳的前襟與裙擺都繡有繁麗的金色鳳凰，腰間繫著玉帶，長髮挽成雲髻，金釵插髻，步搖壓鬢，一派明麗華美，便是神情舉止間，亦是清華高貴。這些無不昭示著這不是江湖上那個簡單瀟灑的白風夕，眼前之人是青州之王——風惜雲。

他心頭複雜，似有些失落，卻又有些隱隱的興奮與期盼。

風惜雲的目光深深凝視著丹階下的久微，然後伸出手，「久微，我等你很久了。」

久微目光微凝，然後他抬腳，向著丹階拾級而上，一步一步走到風惜雲的面前，「我說過我會來的。」他伸出手，握住了她的手。

「嗯。」風惜雲重重點頭，眉目舒展，輕鬆愉悅，「來，我們走，我有很多的話要和你說。」

「好。」久微輕笑。

兩人攜手而去，身後裴鈺已是一臉驚呆。

這人到底是誰？主上竟然和他如此親近？那一刻，裴鈺忽然間想起了早逝的寫月公子，自他去後，主上這是第一次這樣地親近一個男子。

當日，王宮上下都知道來了一位久微公子，雖不知家世如何，但主上與他十分親近，是否就是主上將來的王夫呢？

韶光苒苒，芙蓉紛落，便有桂飄金秋。

含辰殿裡，風惜雲放下手中的奏章，揉揉眉心，側首望向窗外，一樹丹桂正滿樹芳華，颯颯金風吹過，便隨風搖灑幽香。

朝局已穩，只是在搖搖欲墜的大東朝，這種平靜能維持多久呢？而她又能否護住青州的百姓，讓他們免受戰亂之苦？想至此，心頭不由幽幽一嘆。

忽然，細微的聲響傳來，彷彿是落葉舞在風中，人耳幾乎不能察覺。

「什麼人？」她輕聲喝道，長袖垂下，白綾已握在手中。

一抹淡淡的黑影若一縷輕煙般從窗口輕飄飄地飛入殿中。

「暗魅，拜見青王。」

「暗魅？」風惜雲目光一凝，打量著那抹黑影，模糊一團，看不清面貌，也看不出體形，只大略知道，他是跪著的，正垂首向她行禮，唯一清晰的是他的聲音，卻也是聽過後便再也想不起來的，「雍州的蘭暗使者？」

「是。」暗魅答道，「奉公子之命，送信與青王。」話落之時，一股清雅的蘭香便在殿中飄散開來，然後一朵墨蘭自那團黑影裡飛出，直往風惜雲飛去。

風惜雲鬆開握住白綾的手，平攤於前，那朵墨蘭便輕飄飄地落在了她的掌心。她對著墨蘭微微吹了一口氣，墨蘭便慢慢舒展、散開，然後薄如蟬翼似的信紙便從墨蘭的花蕊裡露了出來。

她拈起信紙，片刻間便將信看完，頓時面上微熱，如飲瓊酒，玉顏沁霞，但也只是轉瞬之間，面上霞光已褪去，眼眸深幽如海，讓人無從看出任何情緒。

「臨行時公子吩咐，需得帶回青王的親筆回信。」暗魅無波的聲音在殿中響起。

「嗯。」風惜雲微微一笑，只是笑中卻未有任何歡欣之意，「明日的這個時候，你再來取信。」

「是，暗魅告辭。」黑影又輕飄飄地從窗口飛出。

風惜雲的目光落回手中的信，一瞬間，略帶悲涼的笑浮上她的臉，轉頭望向窗外，秋高氣爽，丹桂爛漫，她看著卻是無奈地長長嘆息。

真的要走這一步嗎？

殿外傳來腳步聲，久微抬步跨入，頓一股菊花的清香在殿中蔓延開來。

風惜雲回神，轉頭便見久微托著一碗粥進來。

「累了吧？我給妳做了菊花粥，明目清神。」久微將粥碗放在桌上，卻見她神色不對，不由問道，「怎麼啦？」

風惜雲只是笑笑，端過粥碗，便聞得滿鼻清香，心神不由一靜。

久微也沒有再追問，只是遞上勺子，「看看味道如何。」

「嗯。」風惜雲接過，舀了一勺入口，「嗯……又清又涼，香繞唇齒，好吃！」三兩下便將一碗粥喝完，再抬頭望著久微，原本微皺的眉頭已展開，眼中此刻只有饞意，「久微，我還要一碗。」

「吃多了就不香了。」久微抬手彈了彈她的額頭。

「久微……」風惜雲扯著他的衣袖，其意自明。

「只能吃一碗，不然晚上妳不要吃飯了？」久微抽回自己的衣袖，有些好笑地看著風惜雲，似乎只有貪吃這一點，才能將眼前之人與昔日那個白風夕聯在一起。

「好吧。」為了晚上的美食，風惜雲勉強答應了。

久微收拾了碗勺放置一邊，回頭卻見風惜雲正看著桌上一朵墨花出神，便靜靜立在一旁看著她，卻是半刻過去了也不見她回神，不由目光望向墨蘭，心中驀然一動，喚道：「夕兒。」

風惜雲驚醒，側頭看他，見他目中隱現擔憂，不由勾唇笑笑，道：「久微，你知道要讓兩個國家融為一體，最好的方法是什麼嗎？」

「嗯？」久微眉峰微斂，「結盟？」

風惜雲搖頭，「換一個說法，讓兩個人融為一體，你知道是什麼方法嗎？」

久微眼睛一瞪，看著風惜雲不語，心中雖隱約猜到，卻又似不想相信。

「夫妻。」風惜雲卻自己答了，目光凝視著那朵墨蘭，「夫妻一體，一榮俱榮，一損俱損。而要讓兩個國家不分彼此，福禍與共，那最簡單也是最好的辦法，便是兩州之王結為夫妻。」

久微看著風惜雲，自然沒有漏過她說到「夫妻」之時眼中閃過的鬱色，「夕兒，難道是……」

風惜雲又是一笑，笑意卻未達眼底，指尖撥弄著墨蘭，淡淡道：「其實我早就有料想過，只是沒想到他真會如此。我以為……我與他這十餘年，無論於我還是於他，總有些不同，他總還會保留一點點……只可惜，他還是走了這一步。」

久微雙眉蹙在一起，「那妳如何決定？」

「我嗎？」風惜雲起身走至窗前，看看手心的墨蘭，然後伸出手，輕輕一吹，墨蘭便飛出窗口，飄向半空，「我當然是要答應他。」話說出了，眼中卻現無奈與悲哀，目光依然追著那朵墨蘭，彷彿是親手拋出了什麼重要之物，雖不捨，卻決然。

「妳真要嫁給他？」久微走至風惜雲身邊，扳過她的身子，「夕兒，不能答應。十年情誼不易，若答應了他，你們之間便算是走到了盡頭！那樣……那樣，日後你倆必定都會憾恨的！」

「久微。」風惜雲抬手握住肩膀上久微的手，搖頭一笑，笑得輕淺，卻也笑得無奈，「或許這是上天註定的，從我與他相遇之初便已註定，這麼多年，還不夠嗎？可是我與他總是無法再近一步，靠得最近時也隔著一層。他無法，我也無法。」

「一定要如此嗎？」久微不忍卻又無能為力。

「處在我與他這樣的位置，只能如此。」風惜雲轉過身，目光荒涼地望著窗外的丹桂，「這個大東朝已千瘡百孔，我有我要護著的，他有他想要握住的，那麼我們合作便是最好，我達成所願，他得其所想。」

「可是……」久微憂心地看著風惜雲，那雙蘊藏著靈氣的眼眸彷彿可以穿越時光，看透日後的種種，「若一生如此，豈不悲哀？」

「我和他……一生……」風惜雲的聲音有片刻的茫然，眸光空空地落向遠方，「十餘年相交，走至今日，若是可能，我想他也不會輕易斷送。」

「夕兒。」久微喚一聲，聲音裡有著深深的憂切。

風惜雲悵悵地望向天空，淡藍的天空上，有遊雲絲絮般飄移，那樣的高遠，那樣的自由，她心中渴望著，卻知道她再也不能伸手。

「若我只是白風夕，當日在天支山上我便拖著那人一起走了，笑傲山林，踏遍煙霞，自在瀟灑。什麼天下，什麼霸圖，都與我無關，哪管他是豐息還是蘭息，也不需愁他到底有多少九曲腸溝……可是，我到底是青州風氏的子孫。」她回首看著久微，目光堅毅，「我一生最重要的部分還是青州的風惜雲。人一生，並不只是為著自己，為著情愛，更多的還有責任與義務！」她深深看著久微，目中閃著奇異的光芒，「久微，你不同樣如此嗎？」

久微啞然，良久後深嘆一口氣，「我每天都會為妳做好吃的，定會讓妳身體康泰，長命百歲！」

3 引自李孝光〈牡丹〉。

4 引自王維〈木芙蓉〉。

第二十九章　身繫王道心天下

景炎二十六年，十月中旬，風惜雲自王都出發，巡視篆城、潯城、溱城、丹城這四城。聞說女王出巡，青州百姓皆翹首以待，想親眼一睹這位少時即名揚九州、文武雙全的女王，他們想親自向年輕而英明的女王表達他們的忠誠與敬愛。

篆城，是風惜雲巡視的第一城。

當那車駕遠遠而來時，夾道相迎的數萬百姓不約而同地屏息止語，慢慢地由八匹純白駿馬拉著的玉輦駛近了，隔著密密珠簾，透過飛舞的絲縵，隱約可見車中端坐一人，雖未能看清容顏，但那端莊高雅的儀態已讓人心生敬慕。

因路旁百姓太多，玉輦只是緩緩而行，侍衛前後擁護。

「主上！」

不知是誰開口喊了一聲，頃刻間便有許許多多的聲音跟隨，高聲呼喊著他們的女王，雖未曾言明，可那迫切的目光早已表露出他們的意願，他們想看一眼車中的女王，看這也許終生才得一次的一眼。

「主上！」

此起彼伏的呼喚聲裡，終於，玉輦裡伸出一隻素白如玉的纖手，勾起了密密的珠簾，露出玉座上高貴的女王，她的面容那樣的美麗，她的目光那樣的明亮，她的笑容那樣的溫柔……百姓們頓為之敬慕不已，當玉座上的女王向兩旁百姓含笑點頭致意時，剎那間「女王萬歲」之聲山呼海嘯般響起，直入雲霄，久久不絕。

地上，萬民傾倒，匍匐於地，向他們的女王致以最誠最高的敬意。

步上篆城城樓，看著風惜雲向城下的百姓揮手，久微輕聲道：「妳並非如此招搖之人，何以此次出巡卻如此聲勢浩大？」

「民心所向，便是力量所聚。」風惜雲淡淡道。

久微看著城下滿懷敬仰的百姓，再回首看看身旁高貴威儀中又不失清豔豐神的風惜雲，驀然間明白了。這十數年裡，她的才名，她創立的風雲騎，早已讓她聲震九州，青州的百姓無不崇仰，但那畢竟只是從傳說中化出的感覺，比不得此時此刻，他們親眼目睹了這位賢明寬厚又高貴美麗的女王後，發自心底的敬慕與愛戴。

「妳是在作準備嗎？」

「那一天很快就要來臨了，他們與我齊心，我才能護得住他們。」風惜雲抬首，仰望萬里無雲的碧空。

這一路巡視，風惜雲還查辦了幾位令百姓怨聲載道的貪瀆官吏，此舉更是讓百姓們對她讚不絕口。

至十二月中，女王結束巡視，帶著青州百姓們的衷心敬愛回到了王都。

「明明出了太陽嘛，怎麼還這麼冷？」

含辰殿前，久微提著食盒，抬首望一眼高空上掛著的朗日，喃喃抱怨著，一邊將食盒抱在懷中摀著，免得凍冷了。

他推開殿門，便看到風惜雲正對著桌上的一堆東西發呆，「這都是些什麼？」

「久微。」風惜雲抬頭看一眼他，綻出一絲微笑，目光落回桌上，「這可都是些稀罕東西。」

「哦？」久微將食盒放在桌上，目光掃向那些東西。

並非什麼貴重之物，或銅或鐵、或木或帛，或鑄或雕、或畫或寫，各種奇特的形狀、圖案林林總總地鋪滿一桌，與王宮中隨處可見的金玉珍玩相比，這些只能算是破銅爛鐵吧？

「這些都是江湖上的朋友送給白風夕的。」風惜雲伸手拈起桌上一面銅牌，那上面雕著一枚長牙，「這面銅牙牌是當年我救了戚家三少時，他們家主送給我的。」

「那個傳說中永遠長不大、永遠不會老的鬼靈戚三少？他可是戚家最重要的寶貝。」久微聞言，便伸手隔著衣袖接過那面銅牌，「他們家的東西都是鬼氣森森的，常人可碰不得。嗯？這戚家家主的牙牌可好用了，有了這牙牌，陰陽戚家便唯妳之命是從，他們倒是好大方。」

「戚家人雖然性子都很冷，但他們卻最是知恩重諾的。」風惜雲語氣裡有著敬重，顯然對於戚家十分看重。

「冰涼涼的，還給妳。」久微將銅牙牌還給風惜雲，「他們家不但人冷，所有出自他們家的東西也冷，妳看這銅牙，比這十二月天的冰還要冷！」

「哈哈，有這麼誇張嗎？」風惜雲好笑地看著久微不斷摩擦著雙手的動作。

「我可不比妳，有內功護體。」久微看看風惜雲身上輕便的衣衫，再看看自己臃腫一身，不由嘆氣，「早知道我也該習武才是，如此便可免受酷暑嚴寒之苦。」

風惜雲搖頭，「你以為習武很輕鬆呀。」

「我知道不輕鬆。」久微將食盒中熱氣騰騰的麵條端出，「所以我才沒學啊，還是做菜比較輕鬆。來，快吃，否則等會兒就冷了。」

「今天就只有麵條吃嗎？」風惜雲接過麵碗。

「這麵條可費了我不少時辰。」久微在她對面坐下，把玩著桌上那些東西，「妳先嘗嘗看。」

「嗯。」風惜雲吃得一口，頓時便讚道，「好香好滑，這湯似乎是骨頭湯，但比骨頭湯更美味，你用什麼做的？」

「這湯嘛，應該叫骨髓湯。我用小排骨煲了三個時辰，才得這一碗，再加入少許燕窩，起鍋時再加點香菇末。可惜現在是冬天，若是夏天，用蓮藕煲排骨做麵湯，會更香甜。」

「那等夏天了你再煲蓮藕排骨湯吧。」

「想得倒遠。」久微一邊與她說話，一邊翻著桌上的東西，「這是易家的鐵飛燕，這是桃落大俠南昭的木桃花，這是梅花女俠梅心雨的梅花雨，這是四方書生宇文言的天書令……喲，這些破銅爛鐵看起來一文不值，倒真是千金難求的稀罕物。妳忽然拿出這些來幹嘛？」

風惜雲咽下最後一口湯，才推開碗，抽了帕子擦了擦嘴唇，才看著桌上那些信物道：「自然是我要用到它們。」

久微把玩著信物的手一頓，目光看住風惜雲，片刻後才開口道：「難道妳想讓他們幫助你們？以這些人在武林的聲望，確實可為妳召集不少的力量。」

「不。」風惜雲搖搖頭道，隨手拈起那朵木桃花，「那個戰場我不會拖他們下去，只是……」她語氣一頓，目光瞟了瞟窗外，才低聲道，「自我繼位後，便罷黜不少舊臣，起用一些位卑的新臣，自然會有些人心生怨恨。」

「那……」久微撿起那支鐵飛燕，摸著那尖尖的燕喙，「妳是想用這些江湖人來……」他目光看一眼風惜雲，才繼續道，「是要監視？」

風惜雲點頭，「如今局勢至此，不知哪天我便要出征，到時最怕的便是他們在我背後搗亂。」她手一抬，那朵木桃花便直射而去，「叮」的一聲便穩穩嵌入窗櫺上，「我要守護的，可不容許別人來破壞。」說完，手一揚，袖中白綾飛出，在窗櫺上一敲，木桃花便彈飛而回，她張手接住，「那些人，不便明著派人，讓這些陌生的武林高手隱在暗處監視更為妥當。若有妄動，由他們下手，那必也是乾淨俐落！」話落時，手一挽，白綾飛回袖中，利索得如她此刻的神情語氣。

久微看著她，久久地看著她，半晌後才嘆息道：「夕兒，妳此刻已是一位真正的王了。」

風惜雲聞言，抬眸望向久微，然後轉著手中的木桃花，淡淡笑道：「很有心計手段，是嗎？」

久微默然，片刻後才道：「說來這些年妳遊歷江湖倒也收穫匪淺，不但熟知各國地理人情，更讓妳俠名遠播，結交了一大堆的豪傑高人，他日妳舉旗之時，必有許多人追隨。」

「久微，你不高興呢。」風惜雲看著久微輕嘆口氣，然後垂眸看著桌上那一堆的信物笑了笑，卻有幾分無奈，「很小的時候我就知道，我將來是要繼承王位，做青州之王的。哥哥那樣的身體……我五歲時就對哥哥說過，以後由我來當王，哥哥一輩子都可以寫詩、彈琴、畫畫。所以如何做一個合格的王，我自小就學著，之於王道，我一點也不陌生，所有的計謀手段我都可以運用自如。只是……」話至最後卻又咽下了，指尖無意識地撥弄著桌面上的東西。

聽得這樣的話，再看一眼她面上的神情，久微只覺得心頭沉沉的、酸酸的，不由起身將她攬在懷中，「夕兒，以妳之能，妳是一個合格的王，但以妳之心性，妳卻不適合當一國之王！」

風惜雲倚在久微懷中，眷戀地將頭枕在他的胸膛上，這一刻，放開所有束縛與負擔，她閉目安然地依在這個寬厚溫暖的懷抱中，「久微，你不會像寫月哥哥那樣離我而去吧？」

「不會的。」久微憐愛地撫了撫她的頭，目光望著那一桌的信物，「我不是答應了妳，要做妳的廚師嗎？妳在一天，我便給妳做一天飯。」

聞言，風惜雲勾唇，綻起一抹淺淺的，卻真心開懷的笑容，「那你的落日樓呢？」

「送人了。」久微淡淡笑道。

「好大方啊。」風惜雲笑道，忽又想起了什麼，抬首看著久微，「我記得以前你曾說過你收留了一位叫鳳棲梧的歌者？」

「嗯。難得才色兼具的佳人。」久微低頭，「妳為何突然問起？」

「她是不是那個鳳家的人？」風惜雲目光嚴肅。

久微一愣，然後頷首道：「是的。」

「果然！」風惜雲猛然站起身來，一掌拍下，即要拍在桌上時，看到那滿桌的信物，頓時醒過收回真力，但手掌落下時，那些個信物依舊蹦跳起來，有些還落在地上，「那隻黑狐狸！」她恨恨道。

「用得著這般激動嗎？」久微看著搖頭，彎腰撿起那些掉落在地上的信物。

「那隻黑狐狸，不管做什麼，他絕對是……哼，他總是無利不為！」風惜雲咬牙道，目光利如冰劍般盯在空中某處，彷彿是要刺穿那個讓她憤怒的人。

久微有些好笑又有些玩味地看著她，「他並不在這裡，妳就算罵得再凶，眼光射得再利，他也無痛無癢的。」

風惜雲頓時頹然坐回椅中，頗為惋惜地嘆氣，「可惜那個鳳美人了，她對他卻是真情實意。真是的，那樣清透的一個女子，他豈配那份真心！」

「那也是他們的事，與妳何干？」久微不痛不癢地道。

風惜雲聞言一僵，呆坐在椅上良久，忽然抬首看著久微道：「久微，不論王道有多深多遠，我都不對你使心機手段！」

「我知道。」久微微笑。

「而且我會實現你的願望。」風惜雲再道。

久微一呆。

風惜雲起身走至窗前，推開窗，一股冷風灌入，頓讓久微打了個冷戰，「久微，我會實現你的願望，我以我們青州風氏起誓！」

景炎二十七年，二月十四日，雍州雍王遣尋安君至青州，以雍州豐氏至寶「血玉蘭」為禮，為世子豐蘭息向青州女王風惜雲求親。

二月十六日，青王風惜雲允婚，並回以當年鳳王大婚之時，威烈帝所賜的「雪璧鳳」為定親信物。

在大東，男女婚配必要經過意約、親約、禮約、和約、書約五禮。

意約，乃婚說之意，即某家兒女已成年，可婚配了，便放出風聲，表露欲為兒女選親的意願。

親約，某兩家，得知對方家有成年兒女並有了選親之意後，便遣以媒人至對方家提親。

禮約，願意結親的，便互相贈以對方婚定信物。和約，讓定親的男女擇地相見，譜以琴瑟之曲，合者定白首之約，不合者則互還信物，解除親事。書約，男女雙方在長輩親友們見證下，書誓為約，共許婚盟，同訂婚日。

得青王許婚後，兩州議定，和約儀式定在雍州王都，四月蘭開之時。

雍州王宮。

三月末時，其他州或已春暖花開，但地處西北的雍州，氣溫依舊乾冷。任穿雨一踏入蘭陵宮，便聞得淡淡幽香，爬過百級丹階，繞過那九曲迴廊，前面已依稀可望猗蘭院。

他吸了吸鼻子，蘭香入喉，沁得心脾一陣清爽。

這蘭陵宮的蘭花總不同於別處，他目光掃過道旁擺放的一盆盆蘭花，暗自想，這天下大約再也沒有什麼地方的蘭花可比得上蘭陵宮的，這裡一年四季都可看到蘭花，各色各形，日日不絕。

想到蘭花，便會想到他們的世子蘭息公子，聽說公子出生之時，舉國蘭開，整個王宮更是籠在一片香馨之中。

他一邊走一邊想，找個時間要和公子說說，或許這一點又可大做文章呢。

走至猗蘭院前，侍立的宮女為他推開門，踏入門內，那又是另一個世界。

沁脾滌肺的清香如同一層雅潔的輕紗披上全身，讓人一瞬間便覺得，自己是那樣的高雅清華。放目望去，那是花海，白如雪的蘭花枝枝朵朵，叢叢簇簇，望不到邊際，而潔白的花海中立著一道墨色身影，容若美玉，目如點漆，豐神俊秀，幾疑花中仙人，卻褪去仙人的縹緲無塵，多了份高貴雍容，如王侯立於雲端。

任穿雨如往日般再次輕輕嘆息。每次一進這門，他就會覺得滿身的汙垢都被這裡的蘭香清洗了，讓他覺得自己似乎又是個乾淨的好人。可是他不是好人，很久以前他就告訴過自己，不要做那虛偽而悲苦的正人君子，他寧做那自私自利卻快活的小人。

「公子。」他恭恭敬敬地行禮。

「嗯。」豐蘭息依然低頭在撥弄著一枝千雪蘭，神情專注，仿如那是他精心呵護的愛人，那樣的溫柔而小心翼翼。

任穿雨目光順著他的指尖移動，他手中的那株千雪蘭還只是一個花骨朵兒，疏疏地展著兩、三片花瓣，而豐蘭息正在扶正它的枝，梳理它的葉，在那雙修長白淨的手中，那株千雪蘭不到片刻便一掃萎靡，亭亭玉立。

「事情如何？」正當任穿雨望著出神時，豐蘭息開口了。

「哦，一切都已準備好了。」任穿雨回過神答道。

「是嗎？」豐蘭息淡淡應道，放開手中的千雪蘭，抬首掃一眼他，「所有的？」

「是的。」任穿雨垂首，「臣已照公子吩咐，此次必能圓滿！」話音重重落在「圓滿」兩字之上。

「那就好。」豐蘭息淡淡一笑，移步花中，「穿雲那邊如何？」

「迎接青王的一切禮儀他也已準備妥當。」任穿雨跟在他身後答道。

「嗯。」豐蘭息目光搜尋著蘭花，漫不經心地道，「這些千雪蘭花期一月，時間剛剛好。」

聞言，任穿雨再次恭敬地躬身道：「公子大婚之時，定是普國蘭開，香飄九霄！」說著，他抬首看著他的主人，目中有著恭敬，也有著一絲彷彿是某種計畫達成的笑意，「因為公子是蘭之國獨一無二的主人！」

「是嗎？」豐蘭息淡淡一笑，腳步忽然停住，他的身前是絲縵密密圍著的，約一米高，形似寶塔的東西，他看了片刻，然後道，「穿雨，你定未見過這株蘭花吧？」言語間依稀有幾分得意，幾分歡喜。

「這……也是一株蘭花？」任穿雨不由有些好奇，想這猗蘭院他可是常客，公子每培養出新品，他幾乎可說是第一個見到，對於蘭花，他這個本是一竅不通的人現在也能如數家珍般一氣道出上百個品種，還能有什麼是他沒見過的？

豐蘭息輕輕揭開那一層層絲縵，絲縵之下是一座水晶塔，可更叫任穿雨驚奇的卻是塔下之花。

「果然……快要開花了。」豐蘭息語氣輕柔，似怕驚動了塔中的花兒，「你看我這株蘭因璧月如何？」

任穿雨驚異地看著水晶塔，塔中長著的一株花，確切地說是一株含苞待放的並蒂花，可最最叫人驚奇的卻是——並蒂長著的兩個花苞一黑一白！並蒂雙花雖是少有，但雙花異色，更是舉世罕見！那花雖還未放，但那花瓣已依稀可辨，竟似一彎彎新月，陽光之下，發著一種晶玉似的光澤。

「這蘭因璧月我種了八年，總算給我種出一株來。」豐蘭息揭開塔頂，指尖輕輕碰觸著白玉似的花朵兒，回首一笑道，「她可說是看遍了天下的奇景異事，但我這株蘭因璧月定能讓她驚異不已。」

豐蘭息那一笑卻比這並蒂異色蘭花更讓任穿雨心驚！

蘭因？璧月？他目光掃過那株蘭花，然後落向豐蘭息額間那一彎墨月，心頭忽生警戒，「這蘭因璧月確實世所罕見。」他的聲音恭謹而清晰，「只不過聽說蒼茫山頂長有一種蒼碧蘭，想來定是妙絕天下！」

「蒼碧蘭？」豐蘭息唇角勾起一絲微笑，眸光落回蘭花上，「光聽其名已是不俗，總有一天，我們會見到的。」說著，他抬步往回走，風吹花伏，仿如歡送，回首看一眼那雪舞似的花海，眸光變得幽冷，「那一天讓蘭暗使者助你一臂之力，不要讓那些人……弄髒了我的花。」

「是！」任穿雨垂首，心頭一鬆，公子還是那個公子。

同樣的時刻，青州含辰殿裡，風惜雲端坐於玉座上，靜靜地看著面前站立的兩名老臣，國相馮渡、禁衛統領謝素。

「馮大人、謝將軍。」

「老臣在。」馮渡、謝素齊齊應道。

「孤不日即要啟程前往雍州，所以國中大小事務便要拜託二位了。」風惜雲站起身道。

「臣等必然竭盡所能，不敢懈怠！」馮渡、謝素齊齊跪地示忠。

「兩位大人請起。」風惜雲走近扶起地上的兩名老臣。

「多謝主上。」兩名老臣起身。

「馮大人。」風惜雲目光凝視著馮渡，眼中盡是誠懇與和煦，「你乃三朝元老，國中臣民無不對你敬仰萬分，所以國中政事孤便盡托與你，你可要多多費神了。」

「請主上放心，有老臣在一日，青州必安。」馮渡恭聲道。

「有大人此言，孤就放心了。」風惜雲溫和地笑道，「孤不在時，大人可不要太過操勞，得注意自己的身體，孤還希望老大人能輔佐孤一生呢。」

「謝主上關心，臣必定健健康康地等著主上回來！」馮渡心頭一熱。

「謝將軍。」風惜雲轉頭看向一直側立一旁的禁衛統領謝素，「風雲五將雖有名聲，但畢竟年輕，不及你的經驗與老成。」她抬手拍拍老將軍的肩膀，「所以孤走後，這青州的安危便託付你了。」

「臣亦如馮大人所言，臣在一日，青州必安！」謝素垂首恭聲道。

「好。」風惜雲微笑頷首，同時雙臂微抬，左右掌心各現一物，「孤此去，歸期不定，但不論孤在與否，卿等見此二物，便如見孤！」

「是！」

「兩位大人退下吧。」

「臣等告退。」

兩名老臣退去，殿中又安安靜靜的，風惜雲垂首看著掌心兩物，輕輕嘆息。

她的左掌上是一塊墨色的玄令，正面雕著斂翅臥於雲霄的鳳凰，背面刻著玄樞至忠，這便是青州之王的象徵玄樞；右掌上是一塊赤紅的雞血石，雕成鳳翼九天的模樣，是能調動青州兵馬的兵符。

「依我看，齊恕的才能遠在謝將軍之上，你為何不讓齊恕統領禁衛軍？」久微自殿後走出。

「這兩名老臣，在朝在野素有威望，又忠心耿耿，我名義上留他們監國，既能壓住一些人，也能安撫一些人。」風惜雲淡淡道。

「所以妳還要留下齊恕？」久微眉頭動了動。

風惜雲垂目看著掌心兩物，然後合起手掌，「因為我要後顧無憂。」

久微忽然一笑，「夕兒，妳若不當王，實是浪費妳的才幹。怪不得風雲騎的幾位將軍對妳忠心不二。」

「風雲騎的幾位和其他人自是不一樣，十多年走下來，他們幾乎是與我一起長大的，除卻君臣之外，我們還是朋友和親人。」風惜雲抬首淡淡一笑，笑得十分溫暖，「久微，他們和你一樣，是這世上我僅存的親人。」

久微看著她臉上的笑容，心中也一片溫暖，走過去握住她的雙手，「這一邊是玄樞，一邊是鳳符，合起來便是整個青州。夕兒，整整一個王國在妳掌中，妳握著的其實很多。」

「是很多。所以，我不能負他們。」風惜雲握緊雙掌，「久微，你是信天命，還是信人定勝天？」

「我嘛……」久微瞇起了眼睛，凝眸看著某一點，似看著遙遠的某個虛空。

「主上，齊將軍求見。」殿外響起內侍的聲音。

「讓他進來。」

「是。」

不一會，齊恕大步而入。

「臣拜見主上！」齊恕恭恭敬敬地跪地行禮。

「起來吧，用不著這般大禮，又不是在紫英殿上。」風惜雲扶起他。

齊恕起身，「不知主上召臣前來有何事？」

風惜雲走回玉座前坐下，「這幾月的時間，事情進行得如何了？」

「回稟主上，這幾月臣一直在訓練新兵，如今十萬禁衛軍、五萬風雲騎已然齊整威武。」齊恕恭聲道，並抬首看著風惜雲，眼睛裡閃現一絲奇異光芒，「五萬風雲騎依然是主上心中的風雲騎。」

「那就好。」風惜雲微微一笑，「齊恕，此次我前往雍州，徐淵、林璣、程知、久容四人隨扈，你便留守王都。」

「臣……」齊恕才剛開口，便被風惜雲揮手打斷。

「此次你不能隨我同行。」風惜雲再次起身走至齊恕面前，「我此去雍州，自己也不知道何時能回，國中雖有馮渡、謝素等人在，但他們畢竟老了，你必須留下來協助他們，同樣也是要幫我守住這個青州。你的責任比之徐淵他們更為重要。」

「但是此次……」齊恕想說什麼，卻又顧忌著未說出來，只拿一雙眼睛望著風惜雲。

風惜雲自然是明白他擔憂的，「確如你所想，我此去，短則一、兩月便歸，長則幾年才歸，我也不能確切地回答你，所以我才帶他們四人同行，這枚鳳符你收好，必要時你知道要如何辦的。」她將赤色鳳符放入齊恕的掌心。

「是！」齊恕躬身接過。

「青州有你，我才能放心地走。」風惜雲看著他道，「你自己要好好保重。」

「臣知道，請主上放心，臣必會守護好青州，靜待主上歸來。」

「我四月初即動身，你準備去吧。」

「臣告退。」齊恕點頭，然後轉身對著靜立一旁的久微鄭重行禮，「請久微公子好好照顧主上！」語氣十分恭敬。

「請將軍放心。」久微也微微躬身還禮。

兩人目光相對，然後彼此頷首，齊恕便退下去。

看著那個挺拔的身影消失於門外，久微回首看向惜雲，「妳留他果有些道理。」

「齊恕性情沉穩，有他留下，我才能後顧無憂。」風惜雲目送齊恕的身影。

久微看著她片刻，忽然道：「我一直有個疑問，那位蘭息公子到底在等什麼？」

「他嗎？」風惜雲輕輕笑了，「大約在等待最佳的時機！」

第三十章　十里錦鋪雲華蓋

景炎二十七年四月初，青王風惜雲自青州王都啟程，前往雍州。

四月六日，青王抵達青州邊城良城。

四月七日，青王抵雍州邊城甸城，雍王派尋安君親自迎接王駕。

四月十二日，風惜雲一行已至雍州王都十里之外。

「這是什麼香味？」

「是呢，什麼東西這麼的香？」

「是蘭花的香氣吧？」

「雍州被稱為蘭之國，看來真是名不虛傳呢。」

「可不是，風中盡是蘭花香。」

長長的車隊裡，響起女子清脆的嬌語，那些都是此次隨侍青王的宮女，一個個皆年少活潑。

青王玉輦裡，久微啟開窗門，一縷清香便隨晨風而入，頓時心神一振，「這蘭香既清且遠，實是難得。」

風惜雲目光瞟一眼窗外，窗外的野地，碧草無垠，春風吹拂，陽光下如綠毛的絨毯般柔順，令人想伸手去撫摸，「我們風氏的先祖風獨影諡號是『肅』，但世人都不稱她肅王，都愛稱她為鳳王。而雍州第一代雍王豐極的諡號是『昭』，百姓卻送他另一個稱號『昭明蘭王』。」她一邊說著一邊伸出手，承接著從窗口照入的淡金色朝陽，「容儀恭美曰昭，照臨四方曰明。傳聞其雪膚墨髮，俊美異常，當年有著『大東第一美男』的稱號，女子見之傾心，而後封王國有方，政績最為出色，深受百姓愛戴。所以昭明二字他已當之無愧，至於蘭字——則是因為他獨愛蘭花，雍州百姓愛屋及烏，普國皆種蘭花，天長日久裡，雍州的蘭花甲天下，被稱為『蘭之國』。」

「怪不得這蘭花香這般奇特。」久微感慨，「雍州蘭花甲天下，那王都的蘭花定是甲雍州，這回倒要好好欣賞了。」

風惜雲坐正身姿，玉輦還在不緊不慢地前行，清雅的蘭香卻越來越近，越來越清，像極了那人身上的味道，不由喃喃道：「不知這蘭花是黑色還是白色？」

「聽說雍州蘭息公子出生時普國蘭開，且自他出生後，雍州蘭陵宮裡的蘭花可無分季節，花開不敗。」久微忽道，臉上浮起淺淺的，別有意味的淡笑，「荒野之地，蘭花未見，卻清香已聞，這蘭之國真是名不虛傳。」

「所以雍州才會有那樣的傳說，蘭息公子乃昭明蘭王轉世，是上天賜給雍州的主人。」風惜雲淡淡笑道，眼中卻無笑意，只有諷意，「這樣的傳說呀……」似想說句什麼，最後卻只吐出一句無關痛癢的話，「真是不錯。」

久微聞言拍拍風惜雲的手，不再說什麼。

正在這時，玉輦忽然停住了，門外響起內侍的聲音：「啟稟主上，雍州迎接主上的使臣到了。」

「這麼快就到了？」風惜雲一怔，然後站起身來，腳步剛動，卻又停住，目光盯住玉輦門口的方向，片刻後無聲地一嘆，「真的是到了。」

門從外輕輕拉開，然後四名宮女攜著清幽的蘭香走入，躬身齊道：「恭請主上下輦。」兩名宮女挽起珠簾，兩名宮女扶著風惜雲，緩緩走出玉輦，踏出那道門，清冷的蘭香便撲面而來，抬眸的剎那，不由全身一震！

玉輦前是通往雍州王都的大道，道的兩旁擺滿了一盆又一盆的白色蘭花，道的中間鋪上了有如朝霞般明豔的錦毯，錦毯上撒滿了雪白的蘭花，一眼望去，彷佛是雪淹紅梅，又似紅梅裹雪，既清且豔，既麗又雅。再抬首遙望，蘭花與錦道似長河般長長望不到盡頭，朝陽為這花河鍍上薄薄的金光，絢麗的光芒中，讓人幾乎以為自己正置身於通往瑤臺的花徑上。

「好特別的歡迎儀式！」久微的聲音如天外飛來。

那一刻，風惜雲辨不清自己心頭的感覺。是驚？是疑？是喜？還是悲？

「夕兒，你們或可開始另一段路程。」久微看著那夢幻似的花河錦道，也不由衷心感慨，「這不是無心便能做來的。」

風惜雲回首看一眼久微，微微綻顏一笑，笑容輕忽如風中蘭香，眼眸深處卻泛起一絲沉重，讓她的神情添上一抹極其無奈的輕愁。

「恭迎青王！」

玉輦前黑壓壓的跪倒大片的人，一道清朗的嗓音驀然響起，響亮得似能震飛這美得不真實的花河錦道。

風惜雲轉身，面向玉輦前的人群。

「恭請青王玉駕！」一名銀色錦衣的年輕男子跪於眾人之前。

風惜雲抬步，扶著身旁的宮女，一步一步走下玉輦，雙腳踏上霞色的錦毯，足前是連綿的雪白蘭花，目光所至黑壓壓的人群，清香如煙似霧縈繞一身，這便是他的誠意嗎？

「平身。」清亮的聲音和著風送得遠遠的。

銀衣男子及眾人起身。

風惜雲目光掃過，目光微頓，這銀衣男子原來是個熟人。

「請青王上轎！」銀衣男子側身引路。

風惜雲微微一笑，「多謝穿雲將軍。」

銀衣男子──任穿雲猛然抬首，雙眸晶亮，「青王還記得穿雲？」

「當然。」風惜雲頷首，抬步走向那一乘準備好的轎子，心頭又是一嘆。

那轎以紅色珊瑚為柱，以藍色水晶為窗，以玉為頂，卻一半為墨玉，一半為雪玉，各為半月形，交合又為一個圓月，玉頂上再鋪滿墨蘭、雪蘭，黑白相間，若雪中落了一地的墨玉蝴蝶，風過時猶自扇著香翅，煙霞似的輕紗從四壁垂下，隱約可見轎中仿若展翅鳳凰的玉椅。

見風惜雲怔立不動，眸光似落在轎上，又似穿越了轎子，臉上的神色竟無法辨清是歡喜還是平靜。良久後，才見她微微啟唇，似想說什麼，最後卻又是無聲地閉上，可那一刻，任穿雲卻彷彿聽見她心底的一聲深深的，長長的嘆息。

「穿雲曾說過，當青王駕臨雍州時，我家公子必以十里錦鋪相迎。」任穿雲忽然以只有兩人才能聽到的聲音，道出昔日兩人在北州初會之言，眼睛一眨也不眨地看著風惜雲的眼睛，似想從中窺得什麼，等了半晌，卻什麼也沒有，不由微微失望。

風惜雲的臉上慢慢綻開一朵淡而優雅的淺笑，目光落向長長的花河錦道：「十里錦鋪，十里花河……你家公子實在太客氣了。」聲音平緩無波，卻又其意難測。

她走向那乘玉轎，早有宮女挽起絲縵，她坐入轎中，雙手落下，掌心是展開的鳳翅，微垂雙眸，只聽得轎外有聲音響起，「青王起駕！」

玉轎穩穩地抬起，不快不慢地往王都而去，沿途是山呼相迎的雍州百姓，一路踏著豔如火、潔如雪的花河錦道，聞著那似能沁心融骨的蘭香，手心處一陣冷、一陣熱。

彷彿過了一世，又彷彿只是眨眼之間，心頭生出奇異的感覺，她睜開眼睛，透過薄薄輕紗，清晰可見，前方高高的城門之下立著一人，高冠華服，長身玉立，臨風靜然，那樣的高貴而……遙遠。

玉轎停了，風惜雲抬手，掌心微濕，她深吸一口氣，然後輕輕吐出，微微握拳，然後鬆開，平靜心緒，抬首踏步走出，輕紗在身後飄飄落下，帶起一絲涼風，背脊微冷。

「臣等恭迎青王！」

黑壓壓的跪倒了一片，山呼海嘯般的恭賀聲裡，唯有那道墨影依舊靜立著，墨底銀繡的華服襯得他越發的雍容而深不可測。

他們移步，前走，不短的距離，彼此卻覺得，似乎一輩子也走不近。

然後他們目光相視，淺笑相迎，彼此伸出手，交握一處，那一刻，忽然會心一笑，原來他的手心也滾燙裡微有濕意，原來他也和我一般緊張。

他們指尖相觸的剎那，歡呼聲直震九霄，「良姻天賜！百世攜手！萬載同步！」樂聲也在歡呼落下的那刻響起，那樣的喜慶吉祥，是一曲〈鸞鳳和鳴〉。

他們攜手同行，走過那撒滿各色蘭花、清香四溢的花河錦道，走過那些跪地歡呼的臣民。彼此的手一直牽著，手心一直都溫熱著，偶爾側首相視，偶爾目光相接，偶爾淺笑相遞，似乎可以一直這樣走下去，只是……路有起點便有終點。

「這是息風臺。」

腳下停步之時，耳邊響起豐蘭息輕輕的聲音。

風惜雲側首看向他，只見一張熟悉的雍雅笑臉，只那一雙眼睛依然幽深如夜。

息風？她淡淡一笑，心頭不自覺地又是一嘆，今天似乎是她這一生中嘆氣最多的一天。

她抬首看向息風臺，很顯然，這是新建的，是為著她的到來才築起的。

息風臺是圓形的，分三層，每層高約兩丈，如梯形上遞。第一層最廣，大可容納數百人，第二層略小，也可容上百人，最上層約有四丈方圓，上面已擺有一張雕龍刻鳳的玉椅，椅前兩丈距左右各置一案一椅。

整座息風臺全為漢白玉築成，潔白晶瑩，但此時紅綾彩帶纏繞，朱紅色的錦毯一路鋪上，顯得十分的鮮豔喜氣，陽光之下，樓頂的琉璃碧瓦閃耀著光芒，匾額上「息風臺」三個赤紅的隸書明豔入目。

「主上駕到！」一內侍尖細的嗓音遠遠傳來，然後息風臺前所有的臣民全都跪拜於地。

風惜雲轉過身，遙遙望去，只見儀仗華蓋如雲而來。

這位統治雍州近四十年的雍王到底是個什麼樣的人呢？按照國禮，她為一州之王，與他地位相等，他本應於城門前迎接，但於家禮，她即將成為他的兒媳，他此時到來，倒也不算失禮。

「妳總是罵我為狐狸，但妳肯定從未見過真正成精的狐狸吧？」豐蘭息的細微聲音驀然響在耳邊。

風惜雲愕然，飛快地側眸瞟了一眼豐蘭息，卻見他一臉端正嚴肅的表情目視前方。

過得片刻，雍王王駕已至近前，隔著一丈之距停步，卻不先問禮，而是打量著，似乎在掂量著他這位貴為青州女王的兒媳。

風惜雲靜靜站著，神色淡定地任雍王打量著，同時也打量著她這位未來公公。

一眼看去，只覺他很高很瘦也很老，繁複華貴的王袍穿在他身上越發顯得他瘦骨伶仃，清瘦的面容，皺紋層層，如同敗落的殘菊，唯有一雙眼睛，雖已凹陷，但瞳仁依舊明亮。

只看雍王的面貌，風惜雲便可斷定他與豐蘭息確實是嫡親的父子，從他端正的五官依稀可辨他昔日的俊容，墨黑的瞳仁，優雅的儀態，與身邊之人極像，便是眼眸深處偶爾閃現的那抹算計的光芒也是一模一樣的。

雍王身後一步，站著一位中年美婦，雖已不再年輕，卻猶有七分華貴，三分美豔，抬著下巴，神情中帶著高傲，想來便是他的繼后百里氏。

在雍王的身後，那長長的隊伍便是雍州的諸公子、公主以及王室中頗有地位的嬪嬙們，服色各異，神態各具，只是那些目光……這一刻，風惜雲忽然真正體會到豐蘭息那一日所說的「孤獨的青州風氏又何嘗不是最幸福的王族」。

雍王靜靜地打量著他這位名傳天下的未來兒媳，關於她，他聽到過很多或褒或貶的評價，而此時親眼看到本人，他忽然明白了，為什麼他那個從不求人的兒子會為了她而踏進他最不願進的極天宮。

「孤年老體邁，以至未能親自迎接貴客，還望青王海涵。」雍王終於開口，聲音是蒼老的卻又是極為清晰的，一字一字慢慢道出，帶著一種特有的韻味，末了微微一揖，竟是風度翩翩，一下子竟似年輕了三十歲。

風惜雲見之不由暗暗一笑，有其子必有其父，豐蘭息是極講究風儀之人，想不到他這年老的父王竟是一樣，再老也不肯在人前，或者說在女子面前失之翩翩儀態。她這麼想著時，早已同時一揖回禮，「孤乃是晚輩，豈能勞雍王迎接。」

雍王臉上扯出一抹可稱之為笑的表情，只不過很快又掩於那層層菊紋中，「能與青州之王成為一家人，實乃雍州豐氏之福氣！」

「能得雍州豐氏為親，孤亦萬分榮幸。」風惜雲也客客氣氣地回了一句。

「青王天姿鳳儀，又文韜武略，令天下男兒傾心。」雍王的目光在風惜雲臉上微微停頓，然後掃過她身旁靜立的豐蘭息，最後落向身後諸公子，「而今日之後，天下必有諸多男兒失落不已。」

風惜雲淺淺一笑，目光輕輕地，似無限情深地看一眼豐蘭息，道：「孤才質精陋，能與蘭息公子相伴此生，夫復何求。」

「哦？」雍王目光深深地看著惜雲，半晌後臉上浮起一絲笑意，似是欣賞似是嘲諷，但瞬間卻轉為親切和煦，「孤只願青王能與吾兒夫妻恩愛，白首不離。」

「多謝雍王吉言。」風惜雲依舊是客氣而優雅。

「主上，吉時已至。」一名老臣走近雍王身旁道，看其服飾，應是雍州的太音大人。

「那麼……」雍王眸光掃過眼前的一對璧人，「儀式開始吧。」

「是！」太音垂下，然後走至息風臺前，揚聲道，「和約儀式開始，奏樂！」

太音的聲音剛落下，樂聲也在同一刻響起，極其輕緩，極其喜慶，極其歡樂，是古樂〈龍鳳呈祥〉。

樂聲中，雍王頷頭而行，走向高高的息風臺，身後是執手而行的豐蘭息與風惜雲，再後分成左右兩列，左邊是王后百里氏、尋安君、諸位公子、公主及朝臣，右邊是青州的太音、太律、風雲四將、及隨侍的內侍宮人。

按照禮制，第一層容朝臣，第二層容王族，第三層只有行禮的新人及雙親可以登上。

因此，踏上第一層時，所有的朝臣及內侍宮人止步，但青州王室僅留風惜雲一人。按當日提親時的約定，風雲四將及久微作為青王的親友踏上第二層，而在雍王抬步踏向第三層時，百里氏腳下剛動，豐蘭息的目光輕輕掃了她一眼，百里氏面色漲紅，目光冷毒地看了一眼豐蘭息，然後停步，她身後四、五道目光憤恨地射向豐蘭息。

豐蘭息如若不見，側首看向風惜雲，伸手攜她一起踏第三層高臺。

這微妙的一幕，風惜雲盡收於眼，不動聲色地與豐蘭息踏向高臺，眼角的餘光掃一眼那些豐氏王族的成員，心頭有些好笑，又有些悲憐，雍州豐氏果然比青州風氏要複雜多了。

其實按照禮制，在這樣的儀式上，作為王后且作為世子的長輩，百里氏是可以與雍王同進同退。只是……此時的息風臺最高處，只有雍王、豐蘭息和風惜雲，而樓臺之下，禁衛軍嚴嚴守護，萬千臣民翹首以待。

第三層高臺上，雍王高居當中的龍鳳雕椅，豐蘭息、風惜雲分別立於左、右案前，右邊的青玉案上置著一張琴，左邊的青玉案則置一張瑟，兩人靜靜地看著案上的樂器，不約而同地抬首看向對方，只要合奏那一曲後，他們便是定下了白首之盟，那是在萬千臣民眼中完成了至死也不能悔的婚盟。

「我總是對這個蘭息公子不能放心。」林璣仰首看著高臺上的兩人，以低得不能再低的聲音輕輕說道。

徐淵回頭看他一眼，以眼神告誡他不要多話。

「可是……也只有他的那種雍容高華才配得上主上。」修久容的目光落在高臺之上，那兩人的風華使得他們不立高處也自讓人仰望。

站在後面的久微聞得此言，不由看了一眼修久容。那張臉上的神情有些茫然，有些落寞，還有一些由衷歡喜，而那張臉從眉心至鼻樑，一道褐紅色的傷疤將整張臉龐完完整整地分割成兩半。你無法說這張臉是醜陋的，那被分成兩半的臉，兩邊卻都是極為秀氣漂亮的，可你也無法說這張臉是美麗的，那是一種破碎的美，那種破碎彷彿裂在你的心口，不時扯痛著你。

久微不由自主地伸出手拍拍修久容的肩膀，他自己也不知道為何會有此舉。

修久容轉頭向他笑笑，那一笑竟如孩童般純真，略帶羞澀，彷彿是心底某個祕密被人看穿了般的不好意思。

「喂，你們看對面那些公子，我怎麼就是看不順眼呢？」粗神經的程知卻將眼光瞄在對面的諸位公子身上，比之他們這邊寥寥可數的五人，那邊一眼看去人數十分壯觀，反正是數不清的。

「雖然都人模人樣的，不過比起……」林璣瞄了一眼，然後抬首看向高臺，「還是主上選的那個好些。」

「閉嘴！」徐淵壓低聲音喝道，回頭各瞪兩人一眼，以免這兩人再不知輕重地出言丟他們青州的臉面。

林璣、程知被他一瞪倒還真的閉上了嘴，只有修久容認認真真地將對面那些公子看了一遍，然後輕輕開口道：「長得都挺好看，個個都儀表出眾。」

「噗哧。」久微不由輕笑。

徐淵冷冷的目光掃向修久容，雖未出聲呵斥，可修久容也明白了他的意思，頓時噤聲。

只有久微依然自在地笑著，而對面那些豐氏王族的人卻沒有關注他們，只把目光盯緊了高臺，而那尋安君卻面有隱憂，眉頭時不時地皺一皺。

終於，高臺之上飄下了琴瑟之音，時而悠揚清澈，如青巒間嬉戲奔流的山泉，時而飄逸溫柔，如楊柳梢頭悄然而過的微風，時而綺麗明媚，如百花叢中翩然起舞的彩蝶，時而靜寒冷豔，如雪中綻放的火紅梅花。驀然琴音高昂入雲，瑟音低沉如呢語；轉而琴音縹緲如風中絲絮，瑟音沉穩如松立風崖；一時瑟音激揚，一時琴音空濛，琴音、瑟音時分時合，合時流暢如江河匯入大海，分時靈動如清流分道潺潺……

一時間，所有的人都沉浸於這如天籟般優美和諧的琴曲瑟音中，便是高臺上的雍王也閉上雙眸，靜靜聆聽，而彈奏的兩人，十指還在飛舞，目光卻不由相纏，似也有些意外，又有些理所當然的歡喜。

當刀光綻現時，所有的人，一半還沉迷於樂曲中，一半卻為刀光的寒厲炫目而驚住！刀光仿如雪降大地，漫天鋪下，似可遮天蔽日，掩住所有人的視線，熾陽之下，息風臺最高一層已完全為雪芒所掩，已看不到雍王、豐蘭息、風惜雲三人。

回過神的禁衛軍急忙往臺上衝去，此時已不能顧忌禮制，若是臺上那三人任何一人受到損傷，他們都是九條命都不夠抵的！只是他們才一靠近最高的樓臺，那雪芒便將他們一個個掃下，有的摔落地上斷手斷腳，有的當場斃命，幸運的雖未有損傷，卻已魂失魄散，再無勇氣、再無力氣踏上樓臺。

「主上！」

風雲四將齊齊喚道，飛身便往高臺衝去，可半途中，雪芒中飛出數道冷光，如銀蛇般纏向他們的頸脖，四將齊齊拔劍擋於頸前。

「叮」的一聲脆響，那是刀與劍互擊的痛呼，銀蛇退去，四柄雪亮大刀架在四將的劍上，握刀的是四名從頭至腳都被一層如雪似的白衣包裹著的人，唯一露在外面的眼睛，如冰般冷厲無情。

「你們……」

四將才開口，大刀已凌空砍下，那是雪的肅殺，可以斬斷天地萬物生機的絕情狠毒！

「先解決他們！」徐淵大喝道。

「是！」其餘三人齊齊答道。

霎時四將長劍揮掃，帶著驕陽的絢麗熾熱，如同四道金色的長虹貫向那四柄雪刀，而久微早已退至一旁，沉思地看著眼前的混戰。

另一邊，百里氏、尋安君與諸位公子等身前已有趕來的禁衛軍護住，第一層的朝臣與宮人早已亂作一團，恐懼尖叫的，嘶聲呼救的，狼狽不堪，禁衛軍忙上前將他們救下臺去，還有著不少禁衛軍依然試圖衝上第三層高臺，但第二層上的刀芒劍氣便讓他們止了步。

第三層高臺上，雪芒如蓋，將那高臺密密封鎖，裡面的人無法出來，外面的人無法進去……忽然，一聲鳳鳴直沖九霄，所有的人皆不由自主地往高臺看去，那雪芒中隱隱似有一道白影攜著金芒繞臺而飛，那濃密的雪芒竟怎麼也不能困住並掩蓋住她絢麗的光芒！

「破！」

一聲清叱從天而降，然後一道白影沖天而起，若鳳沖九霄般穿破那濃密的雪芒，然後凌空張臂，如鳳展雙翅，潔白的衣袖揮下，頓時狂風吹拂，將高臺上的雪芒掃得乾乾淨淨，露出了高臺上的雍王、豐蘭息以及十三名團團圍住他們的雪衣人，然後空中的白影輕盈得不帶一絲重量地落在高臺之上，臨風而立，白綾飛揚，正是風惜雲。

靜。

這一刻整個息風臺都是安靜的，風雲四將與那四名雪衣人也不約而同地停手，便是臺下那些嚇趴了的臣民也一個個大氣都不敢出，睜大眼睛看著高臺之上。

高臺上，十三名雪衣人執刀而立，目光一瞬也不瞬地盯緊風惜雲與豐蘭息，手中雪刀皆刀尖抵地，十三人站立的位置看似雜亂，但若是在武林中走動的人必然知道，那十三人擺出的是雪山派絕命奪魂的刀陣。

「雪山十七刀不是眼中只有雪，心中只有刀嗎？何時竟也沾了這紅塵？」風惜雲清冷的聲音響起，那十三人同時瞳孔一縮。

「竟是你們？」為首的一名雪衣人似不相信，手中的刀不由握得更緊。

白風黑息他們雖未見過，但那白衣女子手中的白綾卻決不會認錯，這世間沒有第二根白綾可以如此厲害，如此可怕！而這墨衣男子，雖未出手，但面對他們的刀陣神色優雅從容，彷彿面對的不過是三歲小孩玩的把戲，不見絲毫驚慌，定就是與她齊名的黑風息。原來白風黑息是青州風惜雲、雍州豐蘭息的傳言是真的！

「修為不易，何不歸去。」風惜雲淡淡地道。她眼光掃一眼豐蘭息，見他立於雍王身前，而雍王自始至終端坐於椅上，神色鎮定，依然是一派王者風儀。

「雪降下後還能回天上去嗎？」為首的雪衣人搖頭，同時手中雪刀一抬，「殺！」

霎時，十三名雪衣人便有七名襲向豐蘭息，六名襲向風惜雲，刀光化雪為水，極其纏綿、極其柔暢地流向他們，那柔綿的水在近身的前一刻，忽如山洪暴發般洶湧澎湃，排山倒海般捲向他們。

「主上小心！」

「公子小心！」

高臺下的眾人看得膽戰心驚，不約而同地脫口高呼。

卻見豐蘭息、風惜雲齊齊後退，彷若與洪流比賽一般，任那洪流如何急奔席捲，離他們二人總隔著一尺之距。

雙方追逐著，兩人即要退至高臺邊緣時，那追著風惜雲的洪流忽然退去，四人急急轉身，揚刀，齊齊揮向還坐於椅上的雍王，另兩人則揮刀左、右夾攻向風惜雲。而同時，那追著豐蘭息的洪流忽然化為雪潮，高高揚起，雪亮的刀芒剎那間耀比九天的熾日，揮下的那刻，凌厲冰寒的刀氣讓息風臺上下所有人皆肌骨刺痛！

「主上！」

「公子！」

所有人都不由驚叫起來。

「撒手！」

但聞一聲清叱，風惜雲手中的白綾挾著十成功力凌空抹過，叮叮聲響，那夾擊她的兩人只覺得手腕劇痛，手中雪刀脫手墜落，餘勁猶存，直直嵌入那漢白玉石的地面足有三寸，那兩人還未從劇痛中回過神來，便見風惜雲身形一展，雙足飛踢，閃電間便踢中那兩人的肩膀，只聽得喀嚓骨裂的聲音，那兩名雪衣人便倒地不起。而同時，她身形疾速前去，白綾遠遠飛出，直追那揮向雍王的四柄雪刀。

那一刻，人如去箭，綾如閃電，眨眼之間，白綾已繞過雪刀，叮叮聲響，已有三柄雪刀墜地，只有那最前的一刀還在繼續前揮，而高臺上空空如也，雍王無處可避，也無力可逃，眼見那雪刀如雪風臨空劃向雍王。

「還是我快！」

只聽一聲輕喝，那即要刺入雍王胸口的雪刀忽然頓住，雪衣人回首，風惜雲正立於一丈之外，手中白綾卻緊緊縛住了他手中的刀。

「可是我比妳近！」雪衣人話音未落，忽然雙掌拍出，竟棄刀用掌，拍向離他不過三尺之距的雍王，這一下變化極快，剛從刀下逃命還未返魂的雍王根本不及躲閃。

「你太小看我了。」風惜雲輕輕一笑，手一揮，白綾仿若有生命一般帶起雪刀砍向那雙肉掌。

可也在此時，一聲驚呼響起。

「公子！」

聲音是那樣的急切而惶恐！

風惜雲的手不由一抖，白綾便一緩，雪衣人的雙掌便狠狠拍在雍王胸口，下一瞬間，白綾飛近，如刀割下，「啊」的一聲慘呼，血花濺出，雪衣人一雙血掌掉落地上，而同時，雍王一聲悶哼，一口鮮血噴出。

雍王被擊，雪刀切掌，都不過眨眼間的事，那斷掌之人昏死於地時，身後那失刀的三人卻同時揮掌擊來，風惜雲已無暇顧及雍王傷勢如何，足下一點，人凌空飛起，一聲長嘯，清如鳳鳴，那一瞬間，地上三人只覺得眼前白光刺目，目眩神搖中，彷彿有白鳳揮翅掃來，還未來得及反應，鳳翅已自頸邊劃過，疼痛還未傳至，一切感覺卻已遙遠，神魂遁去間，模模糊糊地想，這便是白風夕的絕技鳳嘯九天嗎？

風惜雲落地，白綾已從三人頸前收回，她急忙轉身找尋豐蘭息的身影，一見之下，也不由心神一凜。

只見那七柄雪刀已幻成千萬柄，從四面八方罩向豐蘭息，那刀芒越轉越熾，越轉越密，帶起陣陣冷厲的勁風，隱約已成一個鋒利的旋渦，轉過之處，那堅硬的漢白玉石地被削起層層石屑，而置身於旋渦之中的豐蘭息呢？

她不由自主地便走了過去，明知道他武功不在自己之下，可還是忍不住擔憂，正欲出手，忽聽得豐蘭息一聲低低的冷哼，然後一股蘭香幽幽飄散開來，在眾人還未弄清怎麼回事時，那雪色的旋渦中忽然綻現出細小的墨蘭，一朵、兩朵、三朵……越來越多，越展越開，眨眼之間，那雪色的旋渦便全為墨蘭所掩。

「散！」

豐蘭息的聲音還是那樣的優雅如樂，然後忽然間所有的墨蘭聚為碩大的一朵，當墨蘭的花瓣陸續展開時，那幽香霎時籠罩住整個息風臺，而同時叮叮之聲不絕於耳。

當所有的刀芒散盡，墨蘭消失時，人們才得以看清，高臺之上，豐蘭息靜然而立，地上是七名已無生機的雪衣人，雪刀已斷為無數的碎片散落一地，隔著這些人與刀片，佇立著青王風惜雲，在她的身後，是受傷的雍王。

「父王，您沒事吧？」豐蘭息繞過風惜雲走向雍王，扶他慢慢起身。

「公子小心！」才鬆一口氣的眾人再次驚叫。

雪光乍現，狠絕無回地掃向椅前的雍王與豐蘭息，那是曾與四將交手的四名雪衣人，高臺上的兄弟或傷或死於這二人之手，似都只是眨眼之間的事，回神的那一刻，已無法挽回。所有的恨與怒便全部爆發了，便是死也要取這兩人的性命！

「父王！」

所有的臣民那一刻都親眼見到他們衷心愛戴的世子挺身擋在主上身前，揮手揚袖擊落刺客的刀，可偏偏還有一刀刺向了世子，而青王竟似傻了一般呆立不動，眼睜睜地看著那柄雪刀沒入世子的身體。

「公子！」所有的人都不忍地閉上眼睛。

這一聲驚呼似喚醒了風惜雲，白綾揮起的剎那，煞氣如從地獄湧來，凌空掃下，息風臺前所有人都不由從心底發出顫抖，那感覺彷佛是末日降臨，再睜眸時，天地萬物便不復存在。

一切又都恢復平靜了，息風臺上不再有刀光也不再有殺氣，不再有慘叫，也不再有驚呼，只有那暖暖的，刺目的陽光，以及那挾著腥味的微風。

風惜雲垂首看著地上，白玉似的地，紅綢似的血，交織成一幅濃豔的畫，雪色的衣，無息的人，冰冷的刀片，如畫中的點綴，讓那畫盡顯它的殘冷。

所有的緊張激動忽都褪去了，她抬首看看受了傷卻冷靜如昔的豐蘭息，再看向撫著胸、蒼白著臉，似乎還處於震驚中的雍王，最後看向那蜂擁而來的禁衛軍，忽然間清醒了，這一切的一切都明白了，那一刻，竟是那樣的疲倦。

第三十一章　且悲且喜問蘭香

蘭若宮前，久微看著階下的一盆蘭花怔怔出神，腦海中總是浮起前日息風臺上風惜雲的神情。

猶記得雍王及世子豐蘭息被擁護著送回王宮，所有的人也都跟隨而去，獨有風惜雲立於息風臺前，抬首仰望那潔白如玉的樓臺許久，最後回首看著他，淡淡笑道：『久微，新的路哪有那樣平坦，也不是你想如何走便能如何走的。』

她的笑容淡如雲煙，可眼眸深處卻是那樣的悲哀、失望。

「唉。」久微本只是心裡嘆氣，誰知不知不覺中便嘆出了聲音，他低頭看著手中精心炮製的香茶，猶豫著到底是送進去還是不送進去。

「樓主？」一個極其清脆的聲音試探著喚道。

久微轉頭，便看到一個比階前蘭花還要美的佳人。

「原來是鳳姑娘。」他微有些驚異，但很快便又了然笑笑，「來找青王？」

鳳棲梧點點頭，清冷的麗容上也有著驚訝之色，「樓主為何會在此？」

「青王請我當她的廚師，我自然是隨侍她左右。」久微淡淡笑道，眼眸一轉，「既然鳳姑娘要去找青王，那順便請將這香茶帶進去。」說完他也不管鳳棲梧是否答應，將手中茶盤直接往她手中一擱，「姑娘先去，我再去做幾樣好吃的點心來。」說罷轉身快步離去。

目送久微離去，鳳棲梧看看手中的茶盤，暗自驚奇，有如閒雲野鶴般的落日樓主人竟然做了青王的廚師，思索間，她拾級而上，至蘭若宮前，請內侍代為通傳，片刻後，即回報說青王有請。

她隨著領路的宮人踏入宮門，蘭若宮裡也如蘭陵宮般開滿了蘭花，清雅的蘭香撲鼻繞身。走了片刻，遠遠地便見一人立於玉帶橋上，微風吹拂，雪蘭搖曳，衣袂翩然，仿如天人。

「主上，鳳姑娘到了。」一名宮女走至橋前輕聲稟報。

玉帶橋上的人回過頭望來，鳳棲梧不由全身一震，手中的茶盤也抖了抖。

眼前高貴清華的女子是誰？風夕？還是青州之王風惜雲？

「鳳姑娘，好久不見了。」風惜雲微笑地看著鳳棲梧，依然清冷如昔，亦美豔如昔。不是風夕，風夕不是這樣的神態，也不是這樣的語氣。

「棲梧拜見青王。」鳳棲梧盈盈下拜。

風惜雲移步走下玉帶橋，微微抬手，一旁自有兩名宮女上前，一個接過鳳棲梧手中的茶，一個扶起她。

「怎麼能讓客人送茶呢，久微又偷懶了。」

鳳棲梧起身，抬眼看著眼前的人，彼此已今非昔比，心中頓有些悵然，一時之間倒是不知要說什麼。

風惜雲看了她一眼，然後吩咐隨侍在旁的內侍、宮女，「你們退下，孤要與鳳姑娘說說話。」

「是。」眾人退下。

「這蘭若宮極大，我來了兩天，卻還沒來得及欣賞這宮殿，鳳姑娘陪我走走如何？」風惜雲道。

鳳棲梧垂首，「青王相邀，棲梧自然樂意。」

兩人便順著玉帶橋走下去，繞過花徑，便是一道長廊，一路看得最多的便是蘭花，各形各色，清香縈繞。

「真不愧是蘭之國，蘭花之多，此生罕見。」走至一處臨水的亭子前，風惜雲停步，然後便在亭前的石桌上坐下，回頭示意鳳棲梧也坐。

鳳棲梧並沒有坐，只道：「蘭陵宮的蘭花更多，青王應去那裡看看才是。」

風惜雲聞言，目光掠過鳳棲梧的面孔，眸中微帶一點笑意。

被那樣的目光一看，鳳棲梧不由臉微燙。

「這一年來，鳳姑娘在雍州住得可還習慣？」風惜雲細細地打量著她，容顏依舊冷豔，只是眼眸裡已褪去淒苦，清波流轉間多了一份安寧。

「比之從前，如置雲霄。」鳳棲梧想起這一年，不由扯出一絲淺笑，「青王如何？」

「比之從前，如墜深淵。」風惜雲學著她的語氣答道，末了還誇張地露出一臉幽怨的神情，頓時破壞了她一直維持著的高雅儀態。

「噗哧！」鳳棲梧頓時輕笑，笑出聲後才是醒悟，不由抬袖掩唇，可也在這一笑間，從前相處時的感覺又回來了。

「何必遮著。」風惜雲卻伸手拉下鳳棲梧的手，指尖輕劃那欺霜賽雪的玉容，不似以往白風夕的輕佻，反帶著一種憐惜之色，「當笑便笑，當哭便哭，自由自在的多好。」末了終是忍不住輕輕捏了捏那細嫩的肌膚，「棲梧這樣的佳人，我若是個男子，定要盡一生之力，讓妳一世無憂。」

這樣的話語，頓叫鳳棲梧想起了那個瀟灑無忌的白風夕，一時放鬆了，不由也笑道：「青王若是個男子，棲梧也願一生跟隨。」

「真的？」風惜雲眼珠一轉，帶著一絲狡黠，「這麼說來，我比他還要好？」

「他」指的自然是豐蘭息，這回鳳棲梧卻不羞澀了，只是凝眸看著風惜雲，道：「公子受傷，青王為何不去看望？」

「那點小傷要不了他的命。」風惜雲放開手淡淡道，「況且受了傷，需要好好靜養，我不便打擾。」

「公子他……盼著青王去。」鳳棲梧不解為何風惜雲會如此的冷淡。他們已經訂親，作為豐蘭息未來的妻子，她本應是最為關心他的人，何以此刻冷淡得如同陌生人。即算撇開未婚夫妻這層關係，他們也有十餘年的深厚情誼啊。

「我既不是大夫，亦不會煎藥熬湯，去了對他一點益處也沒有。」風惜雲微帶嘲諷地笑了笑，「況且他也不缺看望照顧的人。」

看著風惜雲面上的笑容，鳳棲梧心頭一澀，默然片刻，道：「青王不同於其他的人。」

聞言，風惜雲不由回頭看著鳳棲梧，她自然知道這位鳳姑娘是鍾情於豐蘭息的，想至此，輕輕嘆了口氣，心頭一時亦理不清是何滋味，只凝眸看著鳳棲梧，問：「棲梧既知我是青王，那麼日後我與他成婚之時，棲梧當在何處？」

這樣的話問得直接且突兀，可鳳棲梧心中卻似早有了答案，目光清澈澄靜地望著風惜雲道，「棲梧只是想著能給公子和青王唱一輩子的曲，如此便心滿意足。」

風惜雲眉頭一挑。

鳳棲梧臉上卻有著一種早已看透的神情，「當日在幽州，棲梧便知公子心中沒有第二個人。」

風惜雲一愣，然後看著鳳棲梧，既憐惜亦無奈，「棲梧真是個冰雪般的人兒，他不知哪世修來的福氣，此生能得妳這樣的紅顏知己。只是……棲梧，妳並不瞭解他的。」

「公子他……」

「妳不知道他是個什麼樣的人！」風惜雲猛然站起來，轉身望向湖面，讓鳳棲梧看不到她的面色神情，「妳看到的，不過是他最好的一面，妳看不到的才是最可怕的。」

鳳棲梧一震，呆呆看著風惜雲。

風惜雲卻沒有再說話，只是望著乾淨得不見一絲浮萍的湖面。

鳳棲梧呆了片刻，才喃喃如自語般道：「或許棲梧真的不瞭解他，可是這數月來，棲梧親眼目睹，公子為迎接青王到來所做的一切。為青王鋪道的千雪蘭是他親手種的，給青王乘坐的轎子是他親手畫的式樣，要與青王舉行和約儀式的息風臺是他親自監督築好的，青王住的蘭若宮是公子親自來布置的……宗宗件件，公子無不上心，足見他對青王的心意。」

風惜雲聽了，怔怔看著鳳棲梧，驀地，她放聲大笑起來，「哈哈哈哈，哈哈哈哈……」鳳棲梧傻傻地看著風惜雲，不解為何自己一番話會惹來一場笑，只是這笑聲卻無一絲歡愉，反令人悲傷。

過了片刻，風惜雲止笑，眼睛因為大笑顯得格外的亮，如月下清湖般，波光冷澈，鳳棲梧看著，卻有瞬間以為那雙眼睛閃爍著的是淚光。

「棲梧，妳的人與心，都像這千雪蘭一般，清傲高華。」風惜雲走至一盆千雪蘭前，微微彎腰，伸手摘下一朵，走回鳳棲梧身前，將蘭花簪在她的雲髻上，「人花相襯，相得益彰。」她說完了這話，便退後一步，一瞬間，鳳棲梧感覺到了她的變化。

端麗雍容，高貴凜然，她再次做回了青州的女王，不再是可與她一起嬉鬧的白風夕。

那一刻，鳳棲梧知道她們的談話結束了。

那一天，鳳棲梧帶著滿腹的疑惑與憂心離開了蘭若宮。

在她走遠了時，風惜雲回首，目送她的背影，輕輕嘆息。

鳳棲梧離去後，風惜雲獨立湖邊，怔怔出神。

也不知過了多久，耳邊聽得有腳步聲，她回首，便見一名內侍匆匆走來，「主上，雍州世子派人送來了禮物，說一定要主上親自接收。」

風惜雲眉頭微皺，「送了什麼？何人送來的？」

「有紗帳罩著，奴婢不知是何物。送來的人自稱姓任。」內侍答道。

姓任？難道是任穿雲？這麼一樣，她倒生了興趣，「帶路，孤去看看。」

「是。」

洗顏閣的階前，任穿雨仰首看著匾額上的「洗顏閣」三字，當初公子是怎麼想到要取這麼個名的？洗顏……洗顏……

「蘭息公子讓你送來什麼？」

任穿雨正思索時，驀然一道聲音響起，清亮如澗間躥出的冰泉，他忙轉身，一眼看去不由一呆。

和約之儀那天，他也曾遠遠看得一眼，只是此時此刻，近在咫尺之間，卻有一種驚心動魄之感。忽然間明白了，為什麼會有那些千雪蘭鋪成的花河，為什麼公子要耗世資築息風臺，為什麼會有那株蘭因璧月……似乎公子的一切反常，此刻都有了因由。

一切，都是為著眼前這個人。

「穿雨拜見青王。」任穿雨恭恭敬敬地行了跪禮，在他低頭的剎那，他能感覺到一道目光掃來，如冰似刀。

「免禮。」風惜雲打量他一眼，年齡三十上下，比之弟弟任穿雲的俊朗英氣，他的面貌要平凡許多，看著頗為斯文，唯一特別的大約是一雙眼睛，細長而異常明亮。

任穿雨起身。

風惜雲立在洗顏閣前，並沒有絲毫移駕入閣的意思，「孤在青州聽說過你，說你是雍州最聰明的人。」

任穿雨忙道：「小人鄙陋，有汙青王耳目。」

「穿雨先生太謙虛了。」風惜雲似笑非笑地看著他，「那日息風臺上，孤已親耳確認了先生的聰明與忠心。」

任穿雨心頭一凜，然後垂首道：「穿雨草芥之人，深受公子大恩，自當竭盡全力，以報公子。」

「蘭息公子能有你這樣的臣子，孤也為他開心。」風惜雲淺淺扯一抹笑，目光清冷。

任穿雨抬頭，目光毫不避忌地直視風惜雲，「穿雨做任何事都是為了公子，而為公子做任何事穿雨都認為是值得的。」

「嗯。」風惜雲不置可否地點點頭，然後目光望向他的身後，「不知蘭息公子讓你送來的是什麼？」

「公子吩咐，除青王外，任何人不得私自開啟，所以還請青王親自過目才能得知。」任穿雨招手，四名內侍便抬著一樣罩著紗幔的東西上來。

風惜雲看了一眼那罩得嚴實的禮物，「東西孤收下了，煩穿雨先生回去轉告蘭息公子，孤感謝他的一番美意，待公子傷好了，孤再親自登門道謝。」

「是。」任穿雨躬身，「穿雨告退。」

說罷他轉身離去，走出幾丈遠後，忽然心中一動，回首看去，卻見青王正自身後目視著他，那樣的目光令他心神一凜，立時回頭快步離去。跨過幾步，驀然醒悟，暗罵自己方才的失態。

眼見任穿雨已走得不見影兒，風惜雲收回目光，看著那份禮物，「你們都退下吧。」

「是。」所有內侍、宮女悄悄退下。

這時，洗顏閣的門吱嘎一聲輕響，然後久微從門裡探出頭來。

「就知道你躲在裡面。」風惜雲無奈地看著他。

「我做了點心沒找著妳，便想著妳反正要來這裡看書，便將點心端來這裡等妳，誰知等久了竟然睡著了。」久微伸伸懶腰，「聽剛才的話，妳似乎對這個任穿雨很有戒心？」

「因為他對我有戒心。」風惜雲淡淡道，「這人不可小覷，那日正是因他那一聲莫名其妙的驚呼才阻了我，以致雍王重傷，可說是在我手下完美地完成了他們的計畫。」

「妳……對此耿耿於懷？」久微目帶深思地看著她。

「哈。」風惜雲冷笑一聲，「只不過是再一次證實，無論他做什麼事，無論這件事看起來有多麼的風光，在那背後必有著他的目的。這世間所有的人、事、物，在他的眼中無不可利用。」

久微看著她眼中的憤懣與失落，微微一嘆。似乎自她成為青王之後，白風夕所有的瀟灑與快活便都消失了，代之而起的，是沉重的負擔。

「久微，答應我，你一定要好好保護你自己。」風惜雲忽然伸手拉住久微的手道，聲音裡透著一種憂心與疲倦，「他那樣的人，若要算計……你在我身邊便會有危險。」

「夕兒，妳放心，這天下無人能傷得了我。」久微淡淡一笑，反手握住風惜雲的手，安慰地捏了捏她的掌心，「況且我不過是妳的廚師，對他沒有任何妨礙，哪會來算計我。」

「但願如此。」風惜雲長嘆一聲，「論到心機手段，這世上無人能出其右，你以後小心點總是好的。」

「他這般厲害？」久微眉尖微挑。

「久微，你不涉王權之爭，不知這其間的血腥與殘忍，自然也就不知他的可怕。」風惜雲微微閉目。

久微看她面上的神情，想起和約之儀那日的隆重與其後她的嘆息，心中也頗為感慨，「夕兒，難道這所有的……真的都是他的計畫？」

風惜雲微微握拳，「當然。」

久微心中卻有些疑惑，「他為何要安排這一出？既然全是他的安排，那他為何又殺了那些刺客，最後又傷在刺客之下？」

「刺客不是他安排的，只不過會有刺客則早在他的預料之中，他不過是將計就計罷了，否則以他之能耐，和約之儀上又豈會有那番事。」風惜雲轉身，目光穿越閣前庭院，遙遙落向遠方，「當日你也在場，自也看到，護衛息風臺的不過是些禁衛軍，他的親信並沒有安排在場，那是因為他要那些刺客出手，他要的就是那樣一個局面。」說著，她轉過身，看向久微，「至於他受傷……久微，你看雍州現在是個什麼情況？」

久微想了想，道：「雍王重傷，世子重傷，一夕間支撐雍州的支柱似乎都倒了，臣民皆惶惶不安。」

「可不是。」風惜雲譏誚地笑笑，「現在雍州是誰在主持大局？」

「雍王的弟弟尋安君。」久微答道。

「刺客一案也是他在追查對嗎？」風惜雲繼續問。

久微點頭，「受傷當日，雍王即命尋安君主持朝政並全力查辦此事。」他說著這些大家都知道的事，腦中隱約地似已能抓住個大概了。

「若世子不受傷，那麼這所有的事便應該由世子接掌。」風惜雲長吁一口氣，「表面上看來，現在雍州管事的似乎是尋安君，但實際上這雍州啊，早就在他的掌中了。」

「既然這雍州早就在他的掌中，而且以他世子的身分，雍王之位遲早也是他的，那他為何還要安排這樣一出？他完全可以阻止刺客的出現，那樣你們的和約之儀便能完美完成，那樣妳與他……」久微看著風惜雲，看著她眼中掠過的那抹蒼涼，語氣一頓，微微嘆息，「他何苦要這般？」

「所以說你們都不瞭解他。」風惜雲苦笑，「之所以有和約之儀當日的事，那都是因為他要乾乾淨淨地登上王位，而且他是一個不喜歡親自動手的人。」

「乾乾淨淨？」久微不解。

「快了，你很快就會看到了，到時你便明白什麼才叫乾乾淨淨。」風惜雲垂首看著那送來的禮物，移步走過去，「我們還是先看看他到底送了什麼來。」

說話間，她伸手揭開了包裹著的紗幔，露出紗下的水晶塔，她頓時怔住，呆呆看著。那一刻，她不知是感動還是悲哀，是要歡笑還是要哭泣。

久微見她神色有異，上前一看，頓也驚住，「這是……世上竟有這樣的花！」

紗幔之下是一座六角的水晶塔，透明的水晶塔里有一株黑白並蒂的花，此時花瓣已經全部展開，花朵大如碗，花瓣如一彎彎的月牙，黑的如墨，白的似雪，白花墨蕊，黑花雪蕊，黑白雙花緊緊相依，散發著一種如玉般的晶瑩光澤，仿如幻夢般美得惑人！

「他竟然種出了這樣的蘭花？可是何苦又何必？」風惜雲喃喃著。

輕輕伸出手，隔著水晶塔，去撫摸塔中的花朵，指尖不受控地微微顫抖，眸光如煙霧迷濛的秋湖。

冀州的天璧山，乃是冀州境內最高的山，山勢險峻，平日甚少有人。

夕陽西墜時，卻有琴音自山頂飄下，顯得空靈縹緲，彷彿是蒼茫天地裡，山中精靈孤獨的吟唱，寂寥而惆悵。

那空渺的琴音反反復復地彈著，天地似也為琴音所惑，漸趨晦暗，當最後一絲緋霞也隱遁了，濃郁的暮色便輕快地掩下。

琴音稍歇，天璧山頓時寂靜一片，偶爾才會響起歸巢雀鳥的啼鳴。

一鉤冷月淡淡掛上天幕，慢慢地從暗至明，稀疏的幾顆星子在月旁閃著微弱的光芒。

琴音忽又響起，卻是平緩柔和、清涼淡逸如這初夏的夜風，飄飄然然地拂過樹梢，吹開夜色裡悄悄綻放的一朵野花；又清清冷冷如幽谷深澗滲出的清溪，自在無拘地流過，或滋潤了山花，或澆灌了翠木，平平淡淡卻透著靜謐的安詳。

「你怎麼老喜歡爬這天璧山？」皇朝躍上山頂，便見一株老松下，玉無緣盤膝而坐，正悠然撫琴。

「無事時便上來看看。」玉無緣淡淡道。

皇朝走過去，與他並坐於老松下的大石上，看著他膝上的古琴，「我在山腳下便聽到你的琴音了，彈的什麼曲子？」

「隨手而彈罷了。」玉無緣回首看他一眼。

「隨手而彈？」皇朝挑眉，目光打量著玉無緣，片刻後才微嘆道，「前一曲可說是百轉千迴，看來你也並非全無感覺。」

玉無緣沒有說話，微仰首，遙望天幕，面色平靜。

「她已和豐蘭息訂下婚盟。」皇朝也仰首看著夜空，點點疏星淡月，黯淡地掛在天幕上，「她為何一定選他？我不信她想要的，那個豐蘭息能給她！」

玉無緣收回遙望天際的目光，轉頭看一眼皇朝，看清了他臉上那絲懷疑與不甘，微微一笑道：「皇朝，這世上大約也只有她才讓你如此記掛。只是，你卻不夠瞭解她。」

「哦？」皇朝轉頭看向玉無緣。

「她那樣的人……」玉無緣抬首望向天幕，此時一彎冷月破雲而出，灑下清冷的銀光，「她想要的，自然是自己去創造，而非別人給予。」

皇朝微怔，半晌才長嘆一聲，「這或許就是我落敗的原因。」片刻後又道，「白風夕當可自由地追尋自己想要的，但今時今日的風惜雲還能嗎？」

「一個人身分、地位、言行都可改變，但骨子裡的稟性卻是變不了的。」玉無緣淡淡道，彎月清冷的淺輝落在他的眼中，讓那雙無波的眼眸亮如鏡湖。

「看來你是真的放開了，這世上還有什麼能束縛你？」皇朝凝眸看著玉無緣。

「既未曾握住，又何所謂放開。」玉無緣垂首，攤開手掌，看著掌心，淡不可察地一笑，「玉家的人一無所有，又談什麼束縛。」

「玉家的人……」皇朝喃喃。

「你來找我有何事？」玉無緣驀然開口，打斷了皇朝的話，又或許是他不想皇朝說出後面的話。

皇朝搖搖頭，但也沒有再繼續方才的話，「這一年來，已是準備得差不多了，北州白氏、商州南氏雖稍有收斂，但最近又有些蠢蠢欲動，雍州豐氏與青州風氏已締結盟約……」

說著他站起身來，仰首望著浩瀚的天宇，「時局若此，也該是時候了。」

玉無緣靜靜坐著，目光望著山下，夜色裡只望見朦朧幽暗的一片，微涼的山風吹過，拂起兩人衣袂，嘩嘩作響。

良久後，他才開口，「既要動，那便在他們之前動，只是……」他抬首看著立於身旁的皇朝，「興兵不能無因，你要以何為由？」

皇朝低首看他一眼，輕輕一笑，然後朗然道：「這個大東朝已千瘡百孔，無藥可救，發兵的因由何其之多，但我……我不要任何藉口，我要堂堂正正地昭告天下，我皇朝要開創清清朗朗的新乾坤！」

一語道盡他所有的驕傲與狂妄，那一刻，天璧山的山頂上，他仿如頂天立地的巨人，黯淡的星月似也為他之氣魄所懾，一剎那爭先灑下清輝，照亮那雙執著堅定且灼亮如日的金眸。

玉無緣看了他片刻，最後淡淡一笑道：「這確是你皇朝才會說的話，也唯有你皇朝才會有此霸氣之舉。」

第三十二章　白首不棄生死許

自世子豐蘭息受傷後，蘭陵宮緊閉宮門，對外只稱是遵太醫吩咐，世子之傷極為嚴重，必須靜養。

有了太醫這話，想來探病的人，不論是假心假意還是不安好心，又或是那些想趁此拍馬屁的，便都只得打道回府，所以蘭陵宮這幾日十分安靜。

「公子，臣要稟報的就這些。」蘭陵宮的正殿裡，任穿雨對斜倚在軟榻上的豐蘭息道。

「嗯。」豐蘭息淡淡點頭。他的臂彎裡臥著一隻通體雪白、小絨球般的白貓，掌心輕柔地撫著他，無論是從他愉悅的神情還是那紅潤的氣色，都看不出他是一個「重傷」的病人。「想要？想要得自己拿，只要你的爪子夠長夠快，這東西便是你的。」他手中拿著一支黃絹做的牡丹花，逗弄著白貓。

看著眼前的一幕，任穿雨微有些恍神，一時想起了當年雙親亡故、家產被奪，他與弟弟流落街頭，混跡於流民乞丐，嘗盡萬般苦難的往事。

就在他們餓得將死之際，遇見了豐蘭息，七、八歲的小世子卻有著一雙比成年人還要冷漠的眼睛，他拋下一堆食物，無動於衷地看著紛湧而上的乞丐們爭食。他與弟弟年小體弱，根本搶不過那些乞丐，餓得頭暈眼花，他總覺得那雙漆黑無底的眼睛在望著自己……後來，他再回想起那刻，都覺得是被鬼神附體了，所以那天他才不顧一切地衝了過去，體內也不知從哪兒湧來的力氣，他只知道一定要搶到吃的，否則他就會死，弟弟也會死，死在那個有著暗夜似的黑眼睛的孩童面前。

他手中抓著一隻雞腿時，人已幾近昏迷，耳邊響起一句話，『這就對了，天地間沒有伸出手便能得到的東西，一切都要你自己去爭去搶。想要得到，必是要付出一些，力氣、良心或是性命。』聲音童稚，可那句話卻蒼涼無比。

只是，他卻自心底認同了那句話。既然天不憐人，那麼人便只能自救，不論是以何種方式，只要能活下去，天地也不容苛責！

「既然已經差不多了，暫且就休養段時間吧。」

豐蘭息的聲音驀然響起，將任穿雨的思緒從往事中拉回。

「是。」他垂首應道。

「啟稟公子。」殿外忽然響起內侍的聲音，「青王來探望公子，玉駕已至宮前，請問公子是要照以往推了，還是……」

豐蘭息逗弄著白貓的手一頓，漆黑如夜的眸子裡瞬間閃過亮光，「速迎！」聲音急切，卻偏偏輕柔如風，隱隱還帶著一絲激動。

一旁的任穿雨看得分明也聽得清楚，眉頭幾不可察地一皺，道：「那臣便先行告退了。」

「嗯。」豐蘭息隨意揮揮手，目光雖是看著懷中的白貓，可心思卻已飄遠了。

出了正殿，任穿雨剛邁出宮門，遠遠便瞅見了青王的身影，忙垂首退避到一旁。

一陣輕盈的腳步聲接近，隨後頭頂響起清亮的聲音，「穿雨先生，又見面了。」

任穿雨低著頭，目光所及是及地的繡著金色鳳羽的裙裾，裙下露出白色的絲履，上面各嵌有一顆綠豆大小的黑珍珠。

「穿雨拜見青王。」他恭恭敬敬地行禮。

本以為風惜雲會說些什麼，但眼見著裙裾微動，卻是走了。

任穿雨直待人已走遠，才抬起頭來，望著正殿方向，目中光芒晦暗難測。

風惜雲跨入正殿，只覺得安靜而清涼，一縷若有似無的清香傳來，她拂開珠簾，便見窗前軟榻上閉目臥著的豐蘭息。

「在我面前你用不著裝。」她隨意在軟榻坐下。

豐蘭息睜開眼眸，看著榻前的風惜雲，長長久久地看著，深深幽幽地看著，良久後，唇邊綻出一絲微笑，淺淺柔柔的，彷佛怕驚動了什麼，「我以為妳不會來。」微微一頓，緊接著輕聲道，「我真的擔心妳不會來，妳若不來……」話音收住，黑眸緊緊地看著風惜雲，似將未盡之語盡訴於眼中。

「我這不是來了嗎。」風惜雲淡淡一笑。

「妳知道我的意思。」豐蘭息坐起身，伸手拉起風惜雲的手，輕輕握著。

「這世間還有什麼不在你的掌握中？」風惜雲看著他道，手微微一動，想抽出來，「我也不例外的。」

豐蘭息握緊她的手，「這世間唯有妳是我無法掌握住的。」他凝視著她，幽深難測的眼眸此時如雪湖般明澈澄靜，「唯有妳。」

一言入耳，風惜雲心中微震。

他們相識十餘年，彼此嬉鬧無忌，也相扶相持，可是……彼此間從未說過這樣的話。他們的關係，就連他們自己也說不清。朋友不會如他們這般相互猜忌，可朋友有時也未必能如他們這般近，但就算他們是彼此最靠近的人，卻也從未往男女之情這一層靠近過，一直是這樣曖昧著，本以為或許就這樣曖昧一輩子了，可是回到各自真正位置上的他們，因著這個風雲變幻的天下，因著各種利益而定下婚盟，從此福禍相依。

只是他們之間，能有那種生死相許、白首不棄的真情嗎？如今的他們，還能彼此信任、彼此心相許嗎？

風惜雲看著豐蘭息的眼睛。那雙漆黑如夜的眼眸裡，似乎有著與以往不同的東西，一時有些茫然，已走至今時今日的他們，還能如何？

看著風惜雲平靜難測的神情，豐蘭息驀然覺得驚慌，握著風惜雲的手不由得一顫。

「你放心，我既答應過你，在江山還未到你手中之前，我們總是走在一起的。」良久，風惜雲平靜地開口。

豐蘭息聞言，心頭一涼，放開風惜雲的手，靜靜地凝眸看著她，半晌後才有些無奈又有些惆悵地道：「我們便只能如此嗎？十餘年的相知，竟只能讓我們走至如此境地？」

是的。

風惜雲欲這樣答，可出口卻變了，「我不知道，我們……我不知道會如何。」

聽了她這句話，豐蘭息幽深的黑眸裡閃過一絲光亮，抬眸看著風惜雲，也看進她那眼中的迷茫與無奈，他不禁輕輕地鬆了一口氣，至少，她還是在他的身邊。

「我送妳的花喜歡嗎？」

風惜雲一頓，隨即揚聲喚道：「將東西抬進來。」

不一會兒，便有兩名內侍抬著那罩著紗幔的水晶塔走了進來，在榻前放下後，便又靜靜退下。

「你將花封在這塔中，這也算送我？」風惜雲起身拉開水晶塔上的紗幔。

豐蘭息一笑，起身下榻，走到她的身邊，伸手在水晶塔的六角各自輕輕一按，那水晶塔便展開六角，如同花開般舒開花瓣，一株黑白並蒂蘭花亭亭玉立於眼前，一股清雅芬芳的蘭香瞬間溢滿殿中。

「這株蘭因璧月，只有我們兩人可賞可聞。」豐蘭息側首看著風惜雲，黑眸裡漾著脈脈柔光。

「蘭因璧月？」風惜雲心念一動，轉頭看著蘭息，「蘭因……難道你不怕成絮果嗎？」

「它是蘭因璧月，絕非蘭因絮果。」豐蘭息平淡地道，卻是堅定不移的。

風惜雲的目光看向他額間那枚墨玉月飾，不自覺抬手輕輕撫上自己額間的雪玉月飾，「蘭因？璧月？蘭因璧月……唉。」她長長一嘆，他的意願是美好的，可這一對玉月能璧合生輝嗎？能在六百年後重合一處嗎？

嘆息未落，「喵」的一聲，軟榻的薄被裡鑽出一隻雪白的小貓，滴溜溜地轉著一雙碧玉似的眼睛，好奇地看著花前並立的兩人。

看著榻上的白貓，風惜雲眉頭不易察覺地跳了下，隨後不動聲色地退離豐蘭息幾步，「怎麼你床上鑽出的不是美女？」

「美女？」豐蘭息長眉一挑，黑眸鎖在風惜雲身上。

兩人說話時，白貓喵喵地叫著，跳下軟榻，向花前的兩人走來。

豐蘭息彎腰，伸出左手，白貓輕輕一跳，便落在他的手掌，喵喵地在他掌心輕輕一舔，然後縮成一個雪球棲在他掌中。

在白貓跳上豐蘭息手掌的瞬間，風惜雲便轉頭移開了目光，腳下微動，瞬間便退開了丈遠。

「妳不覺得牠也是個美人嗎？」豐蘭息伸指逗弄著掌心雪絨花似的白貓，「琅華、琅華，妳也是個美人的。」

「琅華？」風惜雲一驚，「你怎麼給牠取這麼個名字？」

「難道不好？我倒覺得很貼切。」豐蘭息到她身邊，將掌上的貓兒遞到她面前，想讓她瞧瞧。這隻小貓確實可以取名「琅華」，牠的漂亮可不輸那琅玕之花。但他才一伸手，眼前便一花，風惜雲瞬間便已在丈外，那速度比之當年她搶他的琅玕果還要快！

「這貓若叫琅華，那以後我再也不要吃琅玕果了！」風惜雲手探入袖中，搓著胳膊上的疙瘩。

「嗯？」豐蘭息一愣。

這個天下間最好吃的人竟然因為一隻貓叫琅華，而要放棄人間仙果琅玕果？

他凝眸仔細看著她，然後輕輕笑起來，「這十年來我一直想找妳的弱點，可是卻從未想過，妳竟然……哈哈哈哈，妳竟然怕貓！」

「什、什麼，我……我怎麼會怕貓，我只是討厭貓！」心思被戳破，風惜雲臉上閃過一絲狼狽，略有些口吃，只是說到最後又理直氣壯起來，彷彿她真的只是討厭貓而已。

「妳竟然怕貓？妳怎麼會怕貓呢？」豐蘭息喃喃道，看著風惜雲的目光滿是驚異，可驚異之餘還有著一絲歡喜，原來強悍如她也是有弱點的，也有害怕的東西。

「你、你這隻黑狐狸，果然是物以類聚！狐狸跟貓同臥一榻……哼！倒也正常！」風惜雲再後退兩步，目光緊張地盯著白貓，似怕牠突然跳向她，心裡卻也是鬱悶至極。想她在武林中是天不怕、地不怕的白風夕，在戰場在朝堂她是叱吒風雲的青州女王，可是……她卻害怕許多人都會喜歡的小東西——貓。

豐蘭息微笑地看著她，眸光雪亮，然後他移步走近窗邊，伸手一拋，那白貓便被拋到了窗外，回轉身道：「妳與牠，我當然棄牠取妳。」

風惜雲一直等到那毛茸茸的、讓她心裡頭發毛的東西消失在窗戶後才放鬆下來，待聽到他的話，不禁抿唇一笑，可笑到一半驀地醒悟他言後之意，當即心頭一跳，面上湧起霞色。

豐蘭息看著不由得一癡。認識她十餘年，何曾見過她有此小女兒情態，每每總是她逗弄得別人面紅耳赤，訥訥無言，可是此刻……這玉頰暈紅，如霞鍍雪雲，盡顯嬌豔之美的佳人，她就站在自己的面前，因他一語而羞。

豐蘭息頓時心神一蕩，移步走近，伸手攬住佳人，溫柔地喚著「惜雲」，便想將佳人擁入懷中。

風惜雲卻一伸手，極其「溫柔」地拍在豐蘭息左肩，「公子重傷未越，還是好好休息，孤就此告辭。」

這一拍，頓時讓豐蘭息倒吸一口冷氣，鬆開了手。

於是，滿室的柔情蜜意便被破壞殆盡。

「我怎麼會選妳這種女人？」豐蘭息撫著肩，恨恨地看著風惜雲。

「我不是你選的，是你死皮賴臉求來的。」風惜雲斜睨他一眼，轉身離去。

「這女人，唉……」豐蘭息撫額長嘆，可心頭卻滲著絲絲甜甜的喜悅。

雍王豐氏，到了豐宇這一輩，一共有八個兄弟，他排行第七，而且是庶出，但最後他卻在弱冠之年登上王位，至今已在位三十九年，兄弟中也僅剩與他一母同胞的八弟尋安君豐寧。他有兩位王后，三十二名姬妾，共生有二十四名子女——十位公主，十四位公子。

第一位王后是從帝都皇室嫁來的倚歌公主東凝珠，但其早逝，僅生有一子，即在她薨逝後被立為世子的豐蘭息。

豐蘭息在雍王所有的兒子中排行第三，雖不是長子，卻是嫡子，且母親貴為皇室公主，是以出身最為尊貴，立為世子是理所當然的事，再加上他儀容出眾，才智不凡，且為人溫雅謙和，禮賢下士，處事沉穩果斷，賢明公正，深得臣民擁戴，在雍州百姓眼中，他早已是繼承王位的不二人選。

第二位王后百里氏，是雍王昔年討伐齊桑時，齊桑王敬獻的美人，甚得雍王寵愛，在倚歌公主薨逝後被立為王后，共生有六個子女。

息風臺上，雍王與世子豐蘭息遇刺，雍王雖命尋安君主政，朝局看似平靜，但其實卻是暗流洶湧。尋安君也秉著一貫「不多行一步、不多言一語、不多做一事」的行事風格，只每日例行前往昭明殿一次，聽朝臣稟報政事，卻總是不置一詞，朝臣問得急了，便吐出一句，「以前怎麼辦的，現今照辦就是了。」

當日行刺的刺客，還留有三名活口被羈押在大獄裡，這些日子，頗有些朝臣上奏，要求將其凌遲處死，以儆效尤。但雍王下旨，讓尋安君務必要嚴辦此案，其意自是要將刺客背後的主謀揪出，以絕後患。

尋安君卻每日在府中發愁，這主謀豈是那麼容易找的，而且就算找到了，能揪嗎？

他雖然發愁，但事情還是要辦，只是沒想到此次辦案十分順利，本以為要刺客開口很難，誰知一提審，刺客口中是沒套出什麼話，卻從刺客身上「掉」出了讓刺客自己都驚詫不已的線索！循著那線索，一步一步地，所有的情況、所有的證據也就一一清晰、一一到手了。就好似有人早就安排好了一樣，他只需踩著腳印前去，便可到達那個藏有答案的地方。

想要懷疑那些證據與答案卻是不能的，朝中的局勢他自是一清二楚，會有今日這個結果也算在他的意料之中，只是到了最後他卻依然是膽戰心驚。為那些人的所作所為心驚，為那個人的謀劃手段而膽戰！

可是真要揭開那一層遮羞布嗎？要讓那個答案現於世人眼前嗎？

尋安君扯著鬍鬚嘆著氣。

「爹爹為何事發愁？」一個眉清目秀的錦衣少年走了進來，關切地看著他，「近日回府，爹爹總是愁眉不展，到底有什麼讓您煩惱的？」

「葦兒，」尋安君看到兒子，微微展開眉頭，「你不在書房讀書，跑這兒來幹嘛？」

「我功課做完了。」少年是尋安君的幼子豐葦，「爹爹，有什麼事難以解決嗎？這幾天大公子、四公子他們來拜訪您，您總是避而不見。若有什麼為難之處，不如說出來，讓兒子替您分憂。」

聽到這樣的豪言壯語，看著愛子躍躍欲試的神情，尋安君不禁有些好笑，「葦兒，你還太小了，朝中之事……」

「朝中之事太深奧、太複雜了嘛！」豐葦不待父親說完便接口道，一臉的不服氣，「爹爹，我今年已經十六歲了，不是小孩子了！」

比起兒子的豪情，尋安君卻是一臉平靜，伸手拍拍愛子的肩膀，目光柔和而慈愛，「十六歲是真的不小了，那兩個人，十六歲時，已經可以一手掌控……」他猛然覺察自己的話不妥，趕忙打住，隨即憐愛地撫著兒子的頭，「葦兒，爹爹現在說的話你可能不愛聽，但再過些年，你就會明白了，朝中的事啊……唉，哪個位置都是沾不得的，爹爹但願你庸碌一生，至少能平安一世。」

「爹爹說的話老是奇奇怪怪的，我聽不大明白。」豐葦皺著眉道。

尋安君卻笑了，「不明白也好，這個雍州啊，無你插手之地！」

「爹爹，那可不行，我跟世子哥哥約好了，等他繼位後，我要給他做大將軍！領千軍萬馬替他開創太平盛世！」豐葦邊說邊做出拉弓射敵、揮刀砍人的動作，一臉興奮。

「世子他跟你說的？他對你……」尋安君攏著眉看著愛子，「他……」

「世子哥哥對我可好了，他教我劍術、教我騎射，還教我兵法，而且他比……」豐葦說著小心翼翼地瞄一眼父親，見他正認真地聽著，便受到了鼓勵，興致勃勃地繼續道，「他比家裡所有的哥哥都聰明能幹，他什麼都懂、都會！這世上沒有什麼事能難倒他，而且他雖貴為世子，但對所有人都是那麼溫和有禮，他還稱讚我聰明有潛質，將來定是棟樑之才！而且他還說，我才應該是他的兄弟！」

「他說你才應該是他的兄弟？」尋安君看著兒子，一臉的崇拜自豪，一雙眼睛因為興奮而格外的明亮，眼中只有純然的嚮往，乾淨得沒有一絲陰霾與雜質。那個人，那個心計比天還要高的人肯這般對他，是因為這顆乾淨的心與這雙純澈的眼吧？

「是啊。」豐葦點點頭，「爹爹，我才不要庸碌一生，我要跟著世子哥哥做大事，我要英名傳千古！」

「哈哈哈哈……」對於兒子的狂語，尋安君只是放聲大笑，卻非譏笑，而是一種有些高興又有些傷感的笑，「罷了、罷了，你要如何便如何，我也看不到那一天的。」

「爹爹不高興？」豐葦疑惑地看著父親。

「豈會，你有如此大志，爹爹豈會不高興。」尋安君拍拍兒子，眼中卻帶著憂思，「只是他之心計謀算比起那個人更勝一籌，你啊……」

「爹爹在說誰？世子哥哥嗎？」豐葦歪著腦袋想想，「怎麼可能啊，世子哥哥待人那麼好，他怎麼可能算計人，倒是那個四公子……」

「葦兒！」尋安君猛然喝止住兒子，待看到兒子略有些委屈的神情，嘆了一口氣，道：「罷了，爹爹還有事要做，你去……去看看你的世子哥哥也行。」

「真的？」豐葦眼睛一亮，「這幾日我去蘭陵宮，他們總不讓我見世子哥哥，說他傷勢極重，不能見客，害我擔心得不得了！」

「今天去應該可以見了，聽說一大早青王便去看望過他。」尋安君沖兒子揮揮手。

「那我去了！」豐葦頓時轉身跑了出去。

看著兒子歡快離去的背影，尋安君微微皺起眉頭，在兒子眼中，那人竟如此之好？唉，那個人實在可怕，可也實在厲害！罷了，這暗流洶湧的雍州啊，也只有那人才能掌控得了。

雍王宮的織桑宮前，一乘華麗的軟輦抬了過來，所有的宮人都知道，這是四公子豐芏到

了，整個雍州也只他能得此殊榮，可乘軟輦入宮。只是待看到他的兩條腿時，那豔羨之情便也退去了，倒寧願自己花上半天時間費點腿力從宮外走到宮內，至少……這雙腿是可以自由奔跑的。

四名內侍小心翼翼地扶著豐芏下了軟輦，然後有兩名宮女攙扶著他走進了織桑宮。

「給母后請安。」

「芏兒，快起來！」百里氏趕忙親自扶起愛子，「都說過了，不要這些虛禮。」

豐芏費力地從地上站起身來。

百里氏拉著愛子在身旁坐下，憐惜地摩娑著他的膝處，「芏兒，近來腿可好些？還疼嗎？」

「兒子很好，不敢勞母后掛念。」豐芏垂首答道，也掩去了眼中的陰霾。

「唉，你腿不方便，便不必每日都進宮請安。」百里氏看著愛子那雙變了形的腿，心中一痛，「你這樣，母后……母后看著難過。」說著用帕子擦拭著眼角。

「母后，您不要傷心，雖然腿不方便，可我也不比那些人差。」豐芏安撫著母親，並拍拍自己的腿以示無事。

百里氏努力綻出一絲微笑，卻極為勉強，「你……唉，母后總覺得對不起你。」

「母后，不說這些了。」豐芏轉開話題，「父王的傷勢如何？」

「唉，母后也不知。」百里氏皺著眉，「自那日後，極天宮便不許人靠近，你父王……唉，母后到現在都沒見著呢。」

「哦？」豐芏眸光一閃，「那些太醫怎麼說？」

「問誰誰也不肯說！」百里氏臉上有些惱怒，「竟連本宮也隱瞞！」

「連母后都不知道？」豐芏心中一驚，「那……那個人呢？母后可有聽到什麼消息？」

「他？」百里氏想起那雙漆黑得像地獄的眼睛，頓時全身一抖，不由自主地抓緊手中帕子，「母后也不知道，只是聽說今天一大早，青王去探望他了，其餘的，也是封得死死的。」

「是嗎？」豐芏低頭盯著自己的雙腿。

「芏兒，你……如何這般關心？」百里氏看著兒子的表情，不禁心頭一沉，「你……」

「母后。」豐芏喚道，眼睛看向四周。

「你們都下去吧。」百里氏吩咐著侍候在旁的內侍、宮女。

「是，娘娘。」眾人退下。

「芏兒，沒人了，你有什麼話就跟母后說吧。」百里氏撫著兒子。

「母后，我想請您去一趟尋安君府上。」豐芏猛然抬首，目光亮得可怕。

「去尋安君府上？為什麼？」百里氏不禁奇怪道。

「我需要母后您以王后的身分去向他說幾句話。」豐芏的聲音彷彿從齒縫裡滲出。

「去向他說幾句話？」百里氏一愣，然後一個念頭跳進腦中，頓讓她打了個冷戰，「難道……難道你，那天……你……」

「母后，」豐芏握住母親的手，壓低著聲音，「是的，我就是那樣做了！這一切都怨不得我！他憑什麼就可以做世子？我也是嫡子，況且母后妳就是當今的王后，由我繼承王位才是理所當然的！當年……當年若不是他，我又怎麼會變成現在這樣！」豐芏看著自己這一雙彎曲變形的腿，聲音帶著一種刻骨的怨恨，「我恨死了他！只要有我一日，就決不許他登上那個位置，我只要有一口氣在，就定要報此仇！」語氣是那樣的怨毒，眼神如蛇般陰冷，彷彿眼前盯著的便是自己的仇人，恨不得生吞活剝了才解恨！

「芏兒，你……」百里氏又驚又懼，「你難道不知道他是什麼樣的人？你怎麼這麼糊塗！」

「母后！」豐芏這一聲叫得又急又響，「此時已不是責難我的時候，妳必得救我這一次！」他一把跪在地上，腿腳的不便令他痛得齜牙咧嘴，「此事若暴露，不但我性命難保，便是大哥、二哥、五弟、六弟、七弟他們也全脫不了干係，到時……」

「什麼？連你三個弟弟，他們也……」百里氏這一下不只是驚懼了，而是心顫魂抖，「你怎麼、怎麼……這些年來，母后豈不知他不能留！但多少次，何曾成功過？那個人，簡直像魔鬼一樣可怕……」

「母后，此事遲早都會發生，多少人覬覦著那個位置！」豐芏抬首，眼中光芒如鬼火，「那日的十七名刺客全都是大哥請來的，我另請的一些殺手卻不知何故未能趕到，後來得知消息，竟然全都暴死在半路上。我猜，定是他已識破了我們的計畫，所以先派人幹掉了那些殺手，我……沒想到竟會落入他的圈套！那十七名刺客當日被他與青王聯手制伏，還留著三名活口，現在我已打探到，尋安君已從刺客身上找到了線索，我與大哥幾次拜訪都被拒之門外，想來他肯定是查到了些什麼，那些刺客雖與我沒有關係，但跟大哥卻有關係的，大哥若……到時他定會拖我下水！那時……母后，您一定要救我！」

「芏兒，你先起來！」百里氏扶起豐芏，帶著責難，「你殺他情有可原，可你……你怎麼連你父王……連你父王也不放過！」

「母后，若父王以後知曉實情，妳以為他會向著我們嗎？」豐芏爬起來，眼神如針般盯著母親，「既然已經做了，便做個乾淨，這個雍州是屬於我們母子的！」

「若你父王知曉……」百里氏打個冷戰，思緒不禁回到很久以前，那時候他是絕對會向著她的，可是，現在自己人老珠黃，已不是昔日那個豔冠群芳的美人了，「可是……尋安君他會聽母后的話嗎？」她有些擔憂，那個尋安君可是出了名的圓滑。

「本來我想找人動手腳，可是數次失敗！他肯定暗中派人保護尋安君，他就是要借尋安君的手扳倒我們！所以，母后，不管是硬是軟，您一定不能讓尋安君將實情奏稟父王！」豐芏握緊拳頭，「我們這些子侄是他的晚輩，他可以不理，但您是王后，您登門，他不能不見！」

「好，母后去找他！」百里氏立即冷靜下來，「為著我的兒子，我怎麼也得讓尋安君閉嘴！」曾若春水的眼睛，此刻射出雪刀似的冷芒。

只是百里氏去晚了，當她趕至尋安君的府邸時，府中的人告訴她，尋安君進宮去了，待她再匆匆趕回王宮，宮中的人卻告訴她，尋安君進了極天宮。

進極天宮了？自雍王遇刺回宮後，極天宮除太醫外，任何人都不得進去，可現在卻讓尋安君進了，那麼一切都晚了……那一刻，百里氏絕望了。

景炎二十七年四月，最讓雍州轟動的不是世子與青王的婚約，而是諸位公子買凶刺殺主上與世子的逆天大案！

五月初，雍王頒下詔書：

大公子豐艽、二公子豐蕘、四公子豐芏、五公子豐莒、六公子豐莛、七公子豐茳爲謀奪王位，合謀買凶弒父弒君，此等行徑，禽獸不如，天理不容，賜白綾自盡。

詔書下達的那天，久微正採了那如雪的千雪蘭，打算製成花茶給風惜雲嘗嘗。

「這就是他要的嗎？」久微看著半籃千雪蘭，忽然沒了興致，擔憂地看著坐在花前的風惜雲。那樣的人，適合夕兒嗎？

風惜雲摘下一朵蘭花，攤在掌心，低頭細聞清香，然後嘆一口氣，「這蘭花多潔、多香啊！」

「那麼多的兄弟聯手取他性命，他這樣做似乎也沒錯，只是……」久微看一眼千雪蘭前的風惜雲，白衣皎皎，人坐花中，幾與花融為一體，他不由得走過去坐在她的身旁，「夕兒，那樣的人，妳……唉……」那話終究沒有說出，不想說也不能說，畢竟要如何做，都由她自己決定。

「大公子與四公子，一個為長，一個為嫡，若雍王與雍世子死去，他們都幻想著必定是自己登上王位。」風惜雲吹落手心的蘭花，抬首看向天際，天空陰沉沉的，太陽躲在厚厚的雲層後不肯露臉，「只是他們，如何是他的對手？」

「一下就處死了六個兒子，這個雍王也夠狠心！」久微心驚。

「若不狠心，豈能執掌雍州近四十年，況且若不能狠心，那麼其他的兒子……以他一貫行事，必是一網打盡的，雍王其實已盡自己的力，畢竟還是保下了幾個！」風惜雲閉上雙目。

「原來他要的乾淨就是這麼一個乾淨法。」片刻後，久微開口，伸手撥弄著花籃裡的花，「以後誰還敢覬覦這個王位？他自可安安穩穩地坐上！」

風惜雲睜開眼，淡淡勾唇一笑，那笑卻只是一種笑的表情，不帶絲毫情緒，「久微，這只是其一，最重要的是他要他的手也是乾乾淨淨的。」

「他的手也要乾乾淨淨的？」久微眉心一皺，然後猛然心頭一跳，手幾乎抓不住花籃，「原來是這樣！借雍王之手除去所有的障礙，便是雍王此次的傷能好，卻也……這樣，整個雍州真是完完全全地掌握在他的手中！而放眼雍州，誰不為他的捨身救父之舉所感動，誰不為他被手足殘害而同情。他一手策劃了所有的事，卻還要賺盡天下人的擁護！」這一刻啊，他雖不能說欣賞那人，卻也不得不佩服那人，所有的事，所有的人，無一遺漏，盡在掌握。

這樣的人啊，幸好世上不多。

「夕兒，這世上能與他並駕齊驅的女子……大約真的只妳一個。」

風惜雲卻恍若未聞，只怔怔地看著眼前那一片蘭花，良久後才道：「久微，你定未見過這樣的人吧。他便是做盡所有的壞事，但天下卻依然信他是仁者，所以他這樣的人最適合當皇帝，因為他必是人心所向。」

「所以不論怎樣，妳都會助他握住這片江山是嗎？」久微認真地看著她。

「是的，不論怎樣，我都助他！」風惜雲抬手掩住眉心，手心觸著那彎冰涼的玉月，指尖輕輕攏住雙眸，遮住所有的一切。

「新的王朝，新的天下嗎？」久微抬首望天，眸中既有期待又有隱憂。

第三十三章 自有無情銷長恨

除太醫外不許閒人進入的極天宮，第一個踏入的是尋安君，第二個踏入的則是世子豐蘭息。

雍王靜靜地躺在床上，一雙與豐蘭息極為相似的黑眸此時卻已無往日的犀利精明，有些黯淡地盯著頭上青色的帳頂。

「主上，世子到了。」內侍輕聲道。

雍王轉過頭，便見豐蘭息已立於床前，神情平靜，臉上掛著似乎永不會褪去的淡雅笑容。

「你們都退下。」雍王吩咐。

「是。」

待所有的人都退下後，豐蘭息在床前坐下，「不知父王召見兒臣所為何事？」

雍王看著豐蘭息，靜靜地看著他所有子女中最聰明也最可怕的兒子，看了許久，「現在，你可滿意了？」

「嗯？」豐蘭息似有些疑惑，「不知父王指的是什麼？」

雍王費力地笑笑，蒼白的臉上盡是疲倦，「你用不著在孤面前裝，即算你可騙得天下人，但騙不過孤，不要忘了你是孤的兒子，知子莫若父。」

豐蘭息也笑笑，笑得雲淡風輕，「父王的兒子太多了，不一定每個都瞭解得那麼清楚的。」

這話說得有些不敬，但雍王卻很平靜，他看著那雙與自己極為相似的眼眸，那樣的黑，那樣的深，「你就如此恨孤？你這樣做是不是就能消了所有的怨恨？」

「怨？恨？」豐蘭息眉頭微動，似乎覺得有些好笑，「父王，兒臣孝順您都來不及，又哪兒來的什麼怨啊恨的。況且……您也知道，兒臣最會做的事就是讓自己的日子過得舒服，又怎會自尋煩惱。」

雍王定定地看著他，似想看透他的內心，良久才移開目光，看著帳頂上繡著的銀雲，似是嘆息地輕聲道：「這些年來，你不就是想為你母后報仇嗎？」

「為母后報仇？」豐蘭息聽著更是一臉奇怪的表情，黑眸看著父親，含著一絲極淺的，卻讓人看得分明的諷刺，「母后當年不是為著救您而在極天宮被刺客所殺嗎？而且那刺客早就被您『千刀萬剮』了，那仇早就報了。」

那冰冷刺骨的話語頓時讓雍王猛地閉上眼睛，似是回憶著什麼，又似迴避著他不能也不敢目睹的事。片刻後，他略有些嘶啞地開口，「本來孤以為你不知道，畢竟那時你也才四歲。可是……四歲的你卻敢將弟弟從百級臺階上推下去，那時孤就懷疑，難道你竟然知曉了真相？可你實在是個聰明的孩子，孤捨不得你，想著你還那麼小，日子久了，也就忘記了，況且你四弟被你弄得終生殘廢，你那恨也該消了。孤沒想到的是，二十多年了，你竟從沒忘記過，原來你一直……」

說至此，雍王頓住了，緊緊閉著雙目，垂在床邊的手也握緊了，蒼老的皮膚上青筋暴起，「你……當日息風臺上，任穿雨一聲驚叫阻了青王救孤，你竟是如此恨孤？要親見孤死於刺客手中？芏兒他們雖有異心，但以你的能力，繼位後完全可以壓制住他們，息風臺之事本不會發生，可你卻藉著他們這點異心將所有的兄弟……你竟是要將所有的親人全部除盡嗎？」

說到最後，雍王的聲音已然嘶啞，一雙眼睛猛然張開，目光灼灼地看著眼前這個人，這個他既引以為傲，同樣也讓他時刻防備著的兒子，「那些證據，孤知道你手中有一大堆，孤若不處置了他們，吩咐你叔父將此事壓下來，你是不是就要全部證據公之於眾？孤不動手，你便要讓天下人殺之？你真的就不肯留下一個親人？真的只能唯你獨尊？」

雍王抬起手，微微張開，似想去拉住他，卻又垂下，落在胸口，「當年，八弟說孤心毒手狠，但你……可謂有過之而無不及！孤至少未曾趕盡殺絕，至少還留有餘地，可你……你若執意如此，你便是得了天下，也不過是一個『孤家寡人』！」

一口氣說完這麼多話，雍王已是氣喘吁吁，眼睛緊緊地盯著蘭息，目光似悲似憤，似傷似痛。

然而任憑雍王言詞如何犀利、情緒如何激動，豐蘭息也只是神色淡然地聽著，垂眸看著自己的手，手心似是緊緊地攥著什麼。

殿內靜悄悄的，唯有雍王粗重的呼吸。

良久之後，豐蘭息的聲音不鹹不淡地響起，「父王今日叫兒臣來，就是為著教訓兒臣的嗎？」他抬眸看著雍王蒼老黯淡的面色，完全無動於衷，對於自己的父親，竟是提不起絲毫感覺，哪怕是一絲憎恨也好。可是，此時此刻，形同陌路之人，這算不算世間又一樁可悲之事？

「孤已時日無多，這個雍州很快便會交到你手中，希望你到此為止。」雍王平復了情緒，疲倦地閉上眼睛，蒼白的臉上無一絲血色，「他們畢竟是你血脈相連的親人。」

「哈哈……」豐蘭息驀然輕笑出聲，「血脈相連的親人？哈哈哈哈，兒臣從未覺得自己有過親人！」他微微抬頭，儀態優雅，可黑眸中沒有一絲笑意，如矗立萬年的雪峰那般冰寒徹骨，「兒臣只知道，自小起便有很多很多想要兒臣性命的人，周圍的人全都是的，全是那些所謂的親人！」

此言一出，雍王緩緩睜開眼睛，看著豐蘭息，嘆了口氣，卻是無言。

「不過父王您有一點倒是料錯了，兒臣不曾恨過任何人。」豐蘭息看著雍王微微搖頭，神情間竟有些惋惜，不知是惋惜父親這個錯誤的判定，還是惋惜著自己竟然不會恨任何人。「五歲的時候，兒臣就想通了這個問題，父親又如何？兄弟又如何？這世上，沒有規定誰一定要對你好的，對你壞那倒是理所當然的，畢竟人都是自私自利的，所以啊……那些人、那些事，兒臣早就看透了，習慣了。」

說這番話時，豐蘭息的語氣淡得沒有一絲感情，聲音如平緩的水波，無痕淌過，他低著頭攤開手掌，露出一支被攔腰折斷的碧玉釵，釵身碧綠如水，細細的釵尖上卻沾著一塊暗黑色的東西，那是乾涸了很久很久的血跡。

「父王還記得這支釵嗎？您也知道，兒臣自小記憶不錯，看過的東西都不會忘記，這支玉釵不是母后之物，可它卻藏在母后的頭髮中。」豐蘭息拈起那支碧玉釵湊近雍王，似要他看個清楚，又似要他聞一聞玉釵上乾涸的血腥味，「母后死後，兒臣竟多次夢到她，她手中總拿著一支染血的玉釵，一雙眼睛流著血淚看著兒臣，又痛苦又悲傷……兒臣日夜不得安寧。」說著豐蘭息盯著雍王的眼睛，勾唇一笑，笑容淡薄微涼，瞳眸如冰無溫，「您知道，那做過虧心事的人，只要稍稍試探一下便會惶恐地露出馬腳。」

說罷他收回玉釵，看著那細細的釵尖，指尖輕輕地撫著釵尖上黑褐色的血跡，「這些血是母后的吧？母后既不肯安息，身為人子的，當然要略盡孝心！所以，有血緣又如何？這些人不但是欲取兒臣性命的敵人，更是兒臣的仇人，那麼，我做這些事又有什麼不對？兒臣所做的一切，不過是對母后，對兒臣這世上唯一的親人所盡的一點孝道，以及拿到兒臣想要的東西。」

豐蘭息的語氣依舊淡淡的，沒有激動，亦無憤恨，「所以父王不要認為兒臣是為了什麼仇啊恨啊，那些在兒臣看來實在可笑，這世上沒有什麼能左右兒臣的，兒臣想做便做，想要便要。」

雍王凝目靜靜地看著床前坐著的兒子，這樣的儀容氣度，這樣平靜的神情，這樣無情的話語，真像啊……真像昔日的自己。

「至於父王認為兒臣做得過分，那麼這些年來，您那位尊貴的百里王后，您那些聰明孝順的兒子，他們對兒臣所做的又算什麼？那些便不過分、不算心狠手毒嗎？」豐蘭息垂眸看著手中玉釵，指尖輕輕地彈彈釵尖，卻似彈在雍王的心口，「父王，這些年，兒臣若稍稍笨一點，便是有百條命也不夠丟的。」

豐蘭息抬首看著面無表情又似無言以對的雍王，微微一笑，起身俯近雍王，漆黑的眸子冰涼如水，輕聲道：「若要說兒臣心狠無情，那父王您呢？不提您當年，便是這些年，您何曾不知您那位百里王后的所作所為，可您又何曾伸出手拉幫一下兒臣？」

他說完，身體後退，坐回椅上，笑容越來越淡，神情卻依然無恨無憎，指尖不斷地撫著釵尖上的血跡，似是想要擦去那血跡，又似是無限珍惜地輕輕撫觸，「這世間無情的人何其多，兒臣，哈哈，兒臣也不過是其中之一，兒臣只是要好好地活著罷了，又何錯之有？」

聽豐蘭息說完，雍王默然許久，才道：「孤是沒有資格對你說教，但是……」他微微一頓，眼中湧出一抹溫情，有些遺憾又有些無奈地看著兒子，「孤這一生，很多人稱讚，但孤總記得昔年登上王位之時，八弟曾說過的話，『虛情偽善、自私冷酷、殘忍狠厲』。雖然這些年來，八弟再也未曾說過這樣的話，但孤知道，孤算不得好人，一生只為自己活著，得權得利，看似風光無限，可是……也要到這一刻，孤才知道，這一生有多失敗！所有的子女之中，你最聰明，但也最像孤，孤不希望你最後也如孤一般，活到最後，卻不知自己一生得到些什麼，又抓住了些什麼。」

雍王抬起自己的雙手，張開十指，只是一層蒼老又蒼白的皮包裹著嶙嶙瘦骨，這樣的一雙手，是什麼也抓不住的。「別走孤的老路，對人做絕便是對己做絕，留一點餘地吧，這是孤身為父親，這一生唯一能留給你的忠告。」

「哈哈哈哈！」豐蘭息大笑，平靜地看著父親，看著那雙凝視著自己的黑眸，也是在這一刻，他真切地覺得這是他們父子唯一相像的地方，於是他終於伸出手，輕輕握上父親那瘦得知剩骨頭的手，「父王放心，自此以後，您那些聰明的兒子應該也知道收斂，那便可平安到老。您也知道的，兒臣愛乾淨，不喜歡弄髒自己的手。」

雍王看著他，看了半晌，忽然道：「真的不恨孤？」

豐蘭息眉頭微微一挑，然後搖頭，「兒臣真的從未恨過您，也未恨過雍州的任何人。」

雍王忽然笑了，笑得荒涼而寥落，「無愛便無恨嗎？罷了、罷了，你去吧。」

豐蘭息起身，恭恭敬敬地行禮，「兒臣告退。」這或許是此生最後一次見面，最後一次行禮。

雍王有些眷戀地看著兒子轉身離去。

豐蘭息走至門邊，忽又停步，回頭看著雍王，「父王，兒臣不會如您一樣，您一生也不知到底要什麼，最後也未能抓住什麼，但兒臣知道自己要什麼。」無波的黑眸瞬間綻現雪亮的光芒，「兒臣要將這萬里江山踏於足下，還要那個伴我百世滄桑，攜手同涉刀山劍海的人，這兩樣兒臣都會抓到手的。」

說完他拉開殿門，一道陽光射入，灑落他一身，如金色的冕服。

「你就這麼肯定她會伴你百世滄桑、伴你刀山劍海？」身後忽然傳來雍王極輕極淡的聲音，「雙王可以同步嗎？」

豐蘭息抬起的腳步一頓，片刻後，他轉身回頭，面上淡笑依然，「父王，兒臣不是您！」然後他拂開珠簾，跨出門去。

悶熱的空氣迎面撲來，他拂拂衣袖，似要拂去殿中沾染的藥味，抬首，豔陽高掛，金芒刺目。

「這極天宮真該埋葬了。」

他呢喃低語，彷彿是要說與風中的某人聽，攤開手，看一眼掌心那半截碧玉釵，然後一揮手，玉釵便射入極天宮高高的屋樑裡沒入樑中，只露一個綠點，「母后，兒臣已經盡孝了。」

景炎二十七年，五月八日，雍王重傷不治，於極天宮薨逝。

五月九日，世子豐蘭息在昭明殿繼位，為第三十五代雍王。

五月十二日，冀州冀王禪位，世子皇朝繼位，為第三十二代冀王。

在雍、冀兩州忙於王位交替時，北州白氏、商州南氏則趁機併吞祈雲王域，不過一個月的時間，又各得數城。

六月初，皇朝以玄極號召天下英雄——結亂世，清天下，建功勳！

此言一出，那些對大東王朝早已澈底失望，想要創一番功業、名留青史的人莫不回應，皆投奔其營。

六月七日，皇朝發出詔天下書，洋洋灑灑上千字，字字錦繡，簡而言之是告訴天下百姓，他皇朝本來是資質平庸的，但今日能繼位為王，都是因為有玉無緣玉公子的教導，所以他很感激玉公子，本想拜玉公子為國相以輔佐自己，奈何玉公子無青雲之志，意在山林煙霞，所以他就尊玉公子為「玉師」，天下百姓也都要尊敬玉公子。

此詔一出，那些還在猶疑徘徊的人頓時都下定了決心——既然慈悲為懷、天人風骨的玉公子都願意襄助冀王，那我等還有何疑慮？而那些昔日曾受玉公子之恩的，或是仰慕崇拜玉公子的，此時也無不投效冀王皇朝麾下，一時之間，天下有志之士，莫不奔往冀州。

皇朝發出詔天下書後，幽州的幽王也發出告天下書，與冀州締結盟約，共同進退，開創新乾坤。

在冀、幽兩州結盟之時，雍州新王豐蘭息與青州女王風惜雲繼婚盟之後，共同發出詔天下書，號召九州英豪——伐亂臣逆賊，撫普天蒼生，還清宇於天下！

這份詔書則得到了那些忠心於大東王朝，不恥冀王、幽王公然背叛之行，痛恨北王、商王屢發戰爭、屢犯帝顏的那些人的回應，尤以祈雲王域內深受戰亂之苦的百姓為甚，並那些想結束這個亂世、重歸太平，以及那些再三品味「還清宇於天下」而有所得的有識之人、有志之士的追隨。

青、雍兩王雖無天下第一公子的支持，但白風黑息即青王、雍王的傳言卻是越傳越廣，白風黑息名頭的響亮決不遜於玉無緣，且加上豐蘭息當年的有意為之，天下間受其恩惠的不知有多少人，所以那些要報恩的或者敬慕白風黑息的人，無不投往青王、雍王麾下。

至此，天下局勢已明，正是風起雲湧，我輩挺身而出之時。

六月十八日。

天朗氣清，豔陽高掛，熾輝灑遍九州。

冀州王都的夷武臺上，旌旗搖曳，長槍林立，靜然無聲，透著一股莊嚴肅穆之氣。從臺下至臺上，隔著長長高高的數百級臺階。此時，遠遠地便見兩道人影正快速奔來，有經歷過的，自然知道這是每年都會上演的一幕「爭位」之戲。

「妳這臭女人，給我站住，這次說什麼也不能讓妳奪了我的位置！」男子大聲叫囂道。

「哼，你這頭蠢驢，有本事就贏過我再說！」一名女子毫不客氣地反駁。

「死女人，我就不信我這次贏不了妳！」男子加快腳步。

「你哪次不是這麼說的，可沒一次贏過，沒用的笨牛！」女子口中嘲諷道，腳下也毫不放鬆，總是領先男子兩個臺階。

「妳這臭婆娘，竟敢罵我！妳這叫以下犯上，我要讓王兄砍了妳！」男子威脅道，竭盡全力追趕女子，奈何總不能超越。

「誰為上？誰為下？你那腦子真是比牛還笨啊！咱們風霜雪雨四將，你『雷雨將軍』排名最末啊，姑奶奶領先你兩位！」女子得意之餘還不忘回頭，齜牙咧嘴地取笑身後的男子。

「妳給我停下！」男子趁著女子回頭的剎那，伸手抓向她的左臂。

「哼，你抓得住嗎？」女子手腕一轉，如靈蛇般脫出他的手掌。

「這不就抓著了嗎？」男子右手雖未能抓住女子，可左手卻一伸，揪住了女子的長髮。

「你這小人，快給我放手！」女子頭皮一痛，抬起左足踢向男子。

「今天本公子就要站在第一位！好不容易抓住妳這女人，豈能這麼輕易饒了妳！」男子左手一縮，躲開女子一踢，右手卻緊緊抓住了女子的右臂。

「你想站在第一位？別做夢了，主上說過，冀州永遠只有一位烈風將軍，你還是乖乖做你最末的雷雨將軍吧！」女子雖右臂被抓，但身子一轉，左手一伸，抓住了男子的領口讓他也不能前進半步，兩人一時扭在了一塊，既不能進，也不能退。

而後面，一道淡藍色人影不緊不慢地從容走來。

「妳快放手，臭女人！再不放手，那雪人就要趕上來了！」

「放心吧，人家可不像你一樣沒用又小氣，只記著區區虛名。」

「臭女人，什麼虛名，這叫實名，本公子無論哪方面都在妳之上，怎麼可以叫妳這小女人壓在我頭頂上，今天本公子要麼排第一位，要麼便要將名號重排為『雨雪霜』！」男子一邊抬步往前踏去，一邊不忘壓制住女子讓她不得動彈。

可女子顯然也不是省油的燈，左足一勾，便將男子跨出的腳步勾回，同時右足迅速前跨一步，「你這笨牛，怎麼樣，敢看不起女人？你現在又輸了一步了！」

「女人本就應該待在家裡生孩子、做飯、侍候老公，而且應該嬌柔秀美、溫良賢淑，哪有像妳這樣的，不但長得像個男人，還跑來跟男人爭！」男子眼見又被她跨前一步，當下一扯，仗著力大，又將女子扯退一步。

「哼！張口女人、閉口女人，女人怎麼啦？我這個女人就比你這個臭男人強！」女子左掌一抬，化為一記左勾拳直擊男子下巴。

「哼！妳那點伎倆算得什麼，妳以為排第二位是妳有本事呀？還不是王兄看妳一介女子可憐，才讓妳做了這霜羽將軍！」男子一轉身，右手放開女子右臂，反手一握，便擋住了女子的拳擊。

「嘻嘻……我這點伎倆是不算什麼。」女子聞言反倒笑了，被男子握在掌中的拳頭忽然伸出露在掌外的小指，手腕微一動，一個巧勁便脫出男子的掌控，尖尖的指甲看似極其輕巧地一劃，「可是青王呢？你敢說那女人算不得什麼？你到了人家面前還得下跪行禮呢！」

話音落時，便聽到男子一聲慘叫：「妳這個陰險的女人，竟敢暗用指甲劃傷我的手掌？我就知道妳這臭女人妒忌本公子的手長得比妳好看！」

「少噁心了！」女子一聲冷叱，「你不是瞧不起女人嗎，我就用女人獨有的武器讓你知道厲害！」

「妳這個歹毒的女人……」男子捧著右掌，看著掌心那道血痕，雖不很深，卻十分痛，不禁連連呼氣吹著掌心，一邊仍大聲地斥責女子，「每次都用這些陰狠的招數，就算贏也贏得不光彩！妳已是如此，哼，那個什麼風惜雲肯定更加陰毒，否則哪兒來那麼大的名聲！」

「青王陰毒？哈哈哈……」女子如同聽到全天下最好笑的笑話般放聲大笑，指著男子，道：「你果然是井底之蛙，青王可是連主上都傾心讚嘆的絕世女子，你竟說她陰毒？果然是有眼無珠、鼠目寸光之輩，你這輩子也就只能當個最末的『雷雨將軍』了！」

「確實有眼無珠。」一道冷冰冰的聲音插入女子的笑聲中。

「雪人，你竟然幫這個女人？身為男人你竟然站到她那一邊？」男子聞言頓時跳腳。

「活該！誰叫你說人家的心上人陰毒！」女子在一旁涼涼地笑道。

「心上人？」男子一聲怪叫，目光從上至下地將眼前這個冰冷如雪的人打量了一遍，猶是有些懷疑地道，「這個雪人也會喜歡人？」

「人家可比你有眼光多了，一眼相中的就是天下第一的女子。」女子嘲諷著男子，抬首望天，無限幽怨地低嘆著，「雪空、雪空……唉，結果終是一場空，人家可是要嫁給雍州的雍王了！」說罷以手拭淚，似是無限落寞傷懷，與她英姿颯爽的模樣相對，實是有些滑稽。

蕭雪空冷冷地瞅著眼前一副傷心模樣的秋九霜，卻不說話，眼中雪芒如刺，眼珠泛起微藍。

「哈哈，雪人竟然生氣了！」一旁的男子看著誇張地拍手大笑。

他年紀二十三、四，一身紫金鎧甲，髮束玉冠，劍眉挺鼻，古銅色的肌膚，身材高大，是個十分英挺的男兒，唯有一雙眼睛格外的大，眼珠轉動之時，竟是波光流溢，動人心魂，這樣的眼睛，俗稱「桃花眼」，而此人正是冀王皇朝的四弟——雷雨將軍皇雨。

蕭雪空眼睛一轉，盯在皇雨身上，眼光如同實質的劍鋒般，望一眼就讓人覺得被刺了一劍。

「咳咳、咳咳……」皇雨冷不防被他雪眸一瞪，嚇得一口氣卡住，頓時難受地咳了起來，「雪人，你不要嚇我好不好？本公子嬌貴體弱……咳、咳……若是嚇出病來，你擔當不起！」

「兩個瘋子！」蕭雪空冷冷丟下一句，抬步向夷武臺走去。

「什麼？你竟敢罵我瘋子！」

秋九霜與皇雨同時叫起來，緊接著齊齊抬步追向蕭雪空，一左一右伸臂抓向他，只是手還未觸及那淡藍色的衣裳，一股寒意凌空籠下，雪芒如雨，四面襲來！

「呀！」兩人同時驚叫，然後使盡全力往後一躍，半空中一個翻身再後躍一丈，總算避開了那一片雪芒。

雪芒散去時，聽到「叮」的一聲微響，那是掃雪劍回鞘的聲音。

「雪人，你竟敢突襲我！」秋九霜與皇雨又齊聲叫起來，一左一右指著蕭雪空，「你竟敢以下犯上！」

兩人說完同樣的話，不由得瞅了對方一眼，然後又齊叫道：「你幹嘛學我說話！」

蕭雪空冷冷地看了兩人一眼，然後冷冷地丟下一句，「倒是天生一對。」

「什麼！誰和這個有眼無珠、自大無知、愚昧無能的男人是一對了！」

「什麼！誰和這個粗魯低俗、無才無貌、狂妄無能的女人是一對了！」

兩人又同時叫起來，再度將矛頭對準了對方。

「妳……妳這臭女人！竟然說本公子有眼無珠、自大無知、愚昧無能？妳、妳這臭女人，長著這麼一張惡毒的嘴巴，妳一輩子都嫁不出去！」皇雨指著秋九霜叫道，一雙桃花眼此時射出的怒焰足以燒盡所有的桃花。

「誰讓你罵本姑娘粗魯低俗、無才無貌、狂妄無能。」秋九霜一張臉此時倒真罩了九層寒霜，目光也如冰霜寒光凜凜，恨不能化指為劍刺向對面那個臭男人，「你這斤斤計較、小氣透頂的臭男人才會一輩子都娶不到老婆！」

「哼！本公子就算娶不老婆也不要娶妳這凶婆娘！」

「這天下就算只剩你和這個雪人，我寧願嫁這雪人凍死也不要嫁你這臭鼠輩！」

兩人不依不饒地吵了起來，而蕭雪空卻如若未聞般，抬首看著天空，萬里無雲，碧空如洗。

『蕭將軍，你有沒有其他名字？你的眼睛就像雪原上的藍空，澄澈而純淨，很漂亮啊，應該取名叫雪空才是。』

恍惚間，那碧藍的天空如鏡般倒映出那女子的影子，長長飄散著的黑髮，額間一輪如雪似月的玉飾，一臉趣意無忌的淺笑，一雙清光流溢的星眸……那樣真實，卻是那樣的遙遠。

雪原藍空，澄澈純淨，那些都會消逝了。以後，戰火會燒透這片藍空，鮮血會汙盡那片雪原，再也不會有了，便是昔日那一點點情誼也會消逝無跡了。

「你說這雪人在發什麼呆啊？」

原本吵著的兩人不知何時竟停止了爭吵，皇雨看著呆呆望著天空的蕭雪空問道。

「肯定又是在想那什麼雪原藍空的。」秋九霜撇撇嘴不以為然。

皇雨悄悄地走至蕭雪空身邊，悄悄趴在他的肩上低低喚道：「雪人，你在想什麼？是不是在想英俊無敵、英雄蓋世的本公子？」

「嗯。」冷不防蕭雪空卻應了，然後回頭望著皇雨，「我要是想了你，你是不是就要和我結親了？」

「什麼？」皇雨聞言驚悚，馬上跳開一丈。

蕭雪空只是冷冷地看著他。

「那個⋯⋯雪人，當年我雖然說過要娶你，可那時我以為你是女人啊，所以、所以⋯⋯既然你是男人，我當然不能娶你了！」皇雨結結巴巴地說道，伸出雙手擋在身前，似乎怕蕭雪空突然靠近，「雪人，雖然你長得比冀州所有女人都漂亮，差不多跟那個號稱大東第一美人的嫂子一樣美，但我⋯⋯就算這天下只剩你和那個臭女人，那我也寧願娶那個臭女人。」

「哈哈，你這自大愚昧的傢伙，也有被嚇著的時候！」秋九霜在一旁看著直笑，這世上還有什麼能比整到眼前這個臭男人還要讓她高興的事呢，只不過轉念一想，馬上又叫道，「這天下就算只剩你一個男人，本姑娘也不要嫁你！」

「妳以為我願意娶妳呀。」皇雨馬上轉頭瞪著秋九霜，「我這不是沒辦法才出如此下策嗎？」

「下策？」秋九霜雙眼一瞪，抬步走向皇雨，「你能娶到本姑娘是你修了十輩子才修到的福氣，你竟敢說娶我是下策？」

「妳看看，妳也拿面鏡子照照妳自己。」皇雨指著秋九霜，「要身材沒身材，要美貌沒美貌，要修養沒修養，要氣質沒氣質……總之，妳一無是處！而妳竟還好意思說十世福氣？妳這女人不但狂妄，而且還臉皮超厚！」

「看看到底是誰臉皮厚！」秋九霜手一伸，一掌抓向皇雨的臉。

「果然粗魯，每次都是說不過時就動手！」皇雨躲開，同時還一掌。

秋九霜身子一縱，躲過那一擊，然後半空中雙足踢向皇雨的肩膀，皇雨雙掌揚起，半途中化掌為爪直取秋九霜雙足。

忽然，秋九霜收足落地，低呼一聲，「主上！」

「王兄來了？」皇雨慌忙轉頭看向長階下。

誰知他才一轉頭，頸後一麻，緊接著身子騰空而起，那長階竟離他越來越遠，耳邊響起秋九霜得意的笑，「你就以五體投地的大禮去迎接主上吧！」

皇雨覺得頸後一鬆，身子便往後墜去，頓時明白是怎麼回事，大叫道：「秋九霜，妳這臭女人，竟然詭計暗算我！」

皇雨閉上雙目，不敢看向那青石板的臺階，他的穴道被點，這下可要摔個結實了。

「唉，你們又在鬧了。」一道和煦如微風的嗓音響起，與此同時，皇雨只覺得腰上被什麼輕輕一托，然後身子轉了個圈，雙足一抵便踩在了地上，睜開眼睛，身前正站著個白衣如雪的人。

「無緣、無緣，我就知道你是世上最最好的人！你肯定知道我怕痛，所以才從九天之上飛下來救我的，對不對？無緣、無緣，你為何不生為女子？」皇雨長臂一伸，一把抱住玉無緣，臉上又是感動又是憾恨，一雙大大的桃花眼更是誇張地擠出兩滴水珠，「無緣若是女子，我就可以娶你為妻了，那樣我們便是一對更勝王兄與嫂子的神仙眷侶！」

「皇雨。」玉無緣只是輕輕喚一聲，也不知他如何動的，身體已脫離皇雨的鐵臂。

「嗯，」皇雨重重地點頭，一雙桃花眼一眨也不眨地看著玉無緣，「無緣，你要和我說什麼？」

玉無緣抬手指向他身後。

皇雨回頭一看，頓時臉色一白，「王、王……王兄！」

下方長長的臺階上，儀仗華蓋、內侍宮女迤邐而來。

「他、他怎麼這麼快就來了？我、我……」皇雨看著那越來越近的紫色身影，一時竟呆立著動彈不得。

「你還不快去？」玉無緣有些好笑又有些無奈地拍拍皇雨的肩膀，拍醒這個在人前驕傲無比、可只要一到兄長皇朝面前就口拙手笨、毫無自信的四公子。

「是……是！」皇雨趕快轉身，只見前方的臺階上早已無秋九霜、蕭雪空兩人的身影，「這兩個傢伙，太沒義氣了！」嘴中說著，腳下卻疾奔而去。

第三十四章　雙王共心存同步

夏日的天氣總是反復無常，一大早還是豔陽高掛，可中午卻下起了雨，淅淅瀝瀝地打在屋頂，滴在荷池，空中雨霧彌漫，朦朧著遠山近水，那宛溪湖畔的宛溪宮便如蓬萊山上的蕊珠宮，迷濛而又縹緲。

竹塢無塵水檻清，
相思迢遞隔重城。
秋陰不散霜飛晚，
留得枯荷聽雨聲。

宛溪宮中傳來極淺的吟哦聲，臨水的窗前，風惜雲一身素服，望著雨中不勝羸弱的青蓮紫荷，微有感慨，「秋霜晚來，枯荷聽雨，不知那種境界比之眼前這雨中風荷又是如何？」

「何必枯荷聽雨，這青葉承珠，紫荷沐霖豈不更美。」豐蘭息走近，與她同立窗前看雨中滿池蓮花，「正所謂『水面清圓，一一風荷舉』，各有各的境界。」

「這枯荷聽雨也好，青葉承珠也好，我覺得都不及久微用那汙泥裡的蓮藕做出的『月露冷』來得美！」

良人相伴，雨中賞花，吟詩誦詞，本是極其浪漫，極富詩情的事兒，卻偏偏冒出這麼一句大煞風景的話來。

「唉，看來無論是白風夕還是風惜雲，妳都改不了這好吃的毛病。」豐蘭息搖頭。

「民以食為天。」風惜雲倒無一絲羞愧，「我一直覺得這世間最美的享受，不是看美景、住華屋，而是能天天吃到最美味的食物！現在我天天能吃到久微做的美食，人生至此，甚為滿足。」

「落日樓的主人竟也心甘情願淪為妳的廚師？」豐蘭息淡淡一笑。想著當日烏雲江畔讓他與玉無緣齊齊讚嘆的落日樓，沒有想到它的主人竟是個看起來平凡至極的久微，可是那人真的那麼平凡簡單嗎？

「久微……」風惜雲側頭看一眼豐蘭息，目光忽變得犀利。

「怎麼？」豐蘭息唇角似笑非笑地勾起，黑眸裡波光閃爍。

「黑狐狸。」風惜雲忽然嫣然一笑，靠近他，纖手伸出，十指溫柔地撫上豐蘭息的臉，吐氣如蘭，神情嬌柔，說出的話卻略帶寒意，「不管你有多少手段計謀，不管你有什麼樣的理由，你都不得動他！便是我死了，他也必得安然活至一百歲！明白嗎？」末了，十指忽地收力，一把揪住指下那張如美玉雕成的俊臉。

「他到底是什麼人？竟能讓妳對我說出此話？便是當年的燕瀛洲……」豐蘭息話音猛然頓住，不知是因為臉皮上的疼痛所致還是其他原因，抬手抓住臉上那兩隻爪子，將爪下已變形的俊臉解救出來。

「他是誰不重要，你只要記住，決不能動他！你若……」風惜雲不再說話，唯有一雙眼睛冷幽如潭，一雙手靜靜地擱在豐蘭息的肩上，指尖如冰。

「他……等於玉無緣嗎？」豐蘭息依舊笑意盈盈，漆黑的瞳眸卻如無垠的夜空般深沉。

風惜雲一怔，轉首看向窗外，目光似穿透那迷濛的雨線，穿透那茫茫天空，落在很遠很遠的地方。半晌後她回轉頭，臉上有著一絲淺淺的笑，笑意如窗外飄搖的雨絲，風拂便斷，「這天下只有一個玉無緣，而久微……他便是久微。」

「是嗎？」豐蘭息淡淡地笑著，垂首看著近在咫尺間的清麗容顏，沒有脂粉的汙染，長長的眉，清清的眸，玉似的膚，櫻紅的唇，似笑非笑，漫不經心的神情……他驀然雙手一使力便將眼前的人攬在懷中，長臂一收，便整個圈住，「他既不是玉無緣，那我便答應妳。」

風惜雲只覺得耳邊低語如琴，溫熱的鼻息呼在臉頰邊，熱熱癢癢的，心頭似被什麼輕輕地抓了一下，一股異樣的感覺升起，四肢不知怎的竟軟軟的提不起力，臉上燙燙的，極想掙脫開，卻又有些不捨，被他抱在懷中，很是舒服，卻又有些不自在。

她看不見他的臉，也看不見他那雙黑眸，可是她知道，那張俊臉就在鬢旁，那雙黑眸眨動間，長長的睫毛似帶起鬢邊的髮絲，一縷縷淡淡的蘭香若有似無地繞在鼻尖，彷彿一根無形的繩索將兩人纏在一起……

豐蘭息感覺到懷中的嬌軀從微微僵硬慢慢變得柔軟放鬆，她的手也不知何時繞在他的腰間，她的頭微微垂著，然後漸漸靠近他的肩膀……他不禁勾唇一笑，可那笑還未來得及展開，一個困頓不堪的哈欠響起。

「黑狐狸，我要睡了，你這樣抱，我是不反對這樣睡的，只是若讓外面的人看到，你一世英名就毀了，到時看你還怎麼爭天下……」話還沒說完，風惜雲腦袋一垂，完全地倚入豐蘭息懷中安然睡去。

「妳！」豐蘭息看著懷中睡去的佳人，一時之間哭笑不得，她竟然在這種時候……她竟然睡著了？「唉，妳這女人……」他搖頭嘆息，一手攬著她，一手撫額，「我前生定是做了什麼錯事，今生才得和妳綁在一起。」

說著，他抱起她，走近軟榻，將她輕輕地放在榻上，取下她頭上的冕冠，解散髮髻，將她的頭枕在玉枕上，然後退開，坐在塌邊，看著榻上之人酣睡的模樣。

雨忽變小了，細雨如珠簾垂在窗口，微微的涼風輕輕吹進，送來一縷淡淡蓮香。

忽然，他覺得周圍特別靜謐。

這天地是靜的，這宛溪宮是靜的，這聽雨閣是靜的，這心也是靜的，這樣的靜是從未有過的，這靜謐之中還有著一種他一生從未享有的東西，這種感覺，似乎就這般走至人生盡頭，也沒什麼遺憾的。

榻上的風惜雲忽然動了，抬手摸索著，摸到冰涼的玉枕時，毫不猶豫地推開，繼續伸手摸索……終於，摸到了一個溫熱、軟硬適中的東西，當下拖過枕在頭下，再次安心睡去。

看著被風惜雲枕在頭下的手臂，再看著榻中睡得香甜的人，豐蘭息忽然神思恍惚起來，伸手輕觸雪白的玉顏，輕撫長長柔軟的青絲，任由心頭的感覺氾濫著、沉澱著。

他忍不住緩緩俯身，唇下就是那櫻紅的嘴唇，那一點點紅在誘惑著他……

忽然，一個巴掌拍在腦袋上，緊接著腦袋便被一雙手抓住了，耳邊聽得風惜雲喃喃道：「什麼東西這麼圓圓的？」她的手左摸右搓，最後似乎失去了興趣，又一把推開了。

半晌後，豐蘭息才起身，抬手撫著已被風惜雲抓亂的髮髻，無聲又無奈地笑笑，取下頭上的冕冠，一頭黑髮便披散下來，將兩頂冕冠並排放於一處，看著……腦中忽然響起了一個聲音。

『雙王可以同步嗎？』

心頭猛然一驚，仿如冷風拂面，神思頓時清醒了。他看著榻上的人，眸光時亮時淡，時冷時熱，隱晦難測……終於，完全歸於平靜，漆黑的眸，淡然的容，如風浪過後的大海，平靜而幽深。

豐蘭息手一抬，指尖在風惜雲腰間輕輕一點，十餘年的相識，還是讓他知道一些的。

果然，榻中人猛然一跳，一手撫在腰間，一雙眼睛朦朦朧朧，帶著睡意向他看來，長髮披了一身，身似無骨般半倚榻中，那樣慵懶茫然的神態，竟是嫵媚至極。

「你這隻黑狐狸，幹嘛弄醒我？」清清脆脆的聲音響起，打碎了這一室的寧靜，可碎得歡歡快快，如孩童玩耍時扯落的珠串。

「妳說我們什麼時候舉行婚禮好？」豐蘭息卻是隨意地笑笑。

「啊？」風惜雲似有些反應不過來，睜大眼睛看著他。

「妳說我們什麼時候舉行婚禮好？」豐蘭息依舊不緊不慢地道。

風惜雲這下終於清醒了，朦朧的雙眸忽然變得幽深，定定地看著眼前的人。金線刺繡在蒼蘭的玄色王袍上，披散著的漆黑長髮，俊雅至極的容顏……窗外的風吹進，拂起那長長的髮絲，掩住了那雙如夜空的瞳眸，絲絲黑髮之下，那眸光竟是迷離如幻。

風惜雲起身下榻，移步走至窗前，涼涼的雨絲被風吹拂著打在臉上，冰冰的、濕濕的，這夏日的雨天，讓人感到寒冷。

「等你登基為帝時，迎娶我為后如何？」風惜雲的聲音清晰地響起，雖是問話，但語意卻是堅定的。

「好。」片刻後，豐蘭息的聲音響起，沒有猶疑，平淡如水。

那一聲「好」道出時，兩人忽然都想起了當日厲城城樓上兩人曾說過的話。

『怎麼，你們風氏的女子都不喜這個母儀天下的位置？』

『我們風氏女子要做的是九天之上的鳳凰，豈會卑縮於男人身後！』

可兩人都沒有再說話。

雍州下著雨，冀州卻是朗日晴空。

「你何時出兵？」夷武臺上，玉無緣問皇朝。

「幽州的金衣騎近日即可抵達，兩軍會合後，即可出兵。」皇朝道。望著夷武臺下衣甲耀目，氣勢昂揚的爭天騎，他金眸裡的光芒比九天上的熾日還要灼熱炫目，俊美尊貴的臉上是意氣風發的傲然。

「聽說金衣騎領兵的是三位公子。」玉無緣的目光落在那因著皇朝在此而不敢妄動，站得略有些僵硬的皇雨身上。

皇雨依舊是站在秋九霜、蕭雪空之後，顯然他很不服氣，目光總是帶著怒焰地瞪視著前方的兩人，嘴唇時不時地嚅動著，似在喃喃自語著什麼。

看著那張顯露著各種情緒的年輕的臉，玉無緣無聲地笑了。

「他們……我自有辦法，倒是雍州，將來必是棘手的勁敵。」皇朝想到那兩人，眉頭也不禁皺起。

「此時的雍州，有豐蘭息與風惜雲。」玉無緣收回目光，抬首仰望天際，眩目的日光讓他微微眯上眼睛，「九天之上朗日一輪，雙王又豈能同步。」

皇朝聞言猛然轉頭看著，卻見玉無緣微抬手遮住雙眸，似不能承受朗日的熾芒。

「他們……」

然而不待他說完，玉無緣的目光又移向皇雨，「皇雨不論文武，皆是十分出色，你有這樣一個幫手，便如虎添翼。」

「這小子也不知怎的，好好的人一到我面前就變得呆笨。」皇朝看著弟弟頗是無奈。

「因為你這位兄長的光芒讓他望塵莫及，他衷心地崇拜你、敬仰你，並臣服於你。」玉無緣的眼睛如鏡湖倒映著世間萬物。

皇朝忽然明白了他言下之意，看著那個有時似個呆子，有時又聰明無比，可又從未違背過自己的弟弟，不禁微嘆，「只是可惜了她。」

「她嘛，豐蘭息那樣的人，是不同於你的，這世間也只有她可以站在他身邊。可是，兩個那樣耀眼的人……」玉無緣移目看著夷武臺，看著那空中招展的旗幟，「這個天下，皇朝，盡你所能去爭取吧！」

皇朝傲然一笑，「這天下我當然要握在手中，而蒼茫山頂，我必勝那一局！」

玉無緣聞言，淡淡一笑，如此時的碧空，晴朗得沒有一絲陰霾。

而他們身後，一直注視著他們的三將，則各有反應。

蕭雪空雙眸平視前方，雪似的容顏，雪似的長髮，靜靜地佇立，若非一雙眼眸會眨動，人人皆要以為那是一座漂亮的雕像。

秋九霜臉帶微笑，抬首看著萬里晴空，眸光落回前方那道仿若頂天踏地的紫色身影，眉間湧起一抹豪情，手不由自主地按住腰間懸掛的箭囊。

皇雨那雙與皇朝略有些相似的褐色瞳眸無限崇拜地看著兄長，看著朗日之下淵渟岳峙的兄長，暗自敬服。

「別看了，口水都流了一地了。」耳邊響起一個細細的聲音，「你就是看上一千年、流上一萬年的口水，也不及主上的萬分之一。」

「妳！妳這臭女人！妳……妳便是追上一萬年也不及人家青王萬分之一的風華！」皇雨以牙還牙。雖不知那青王到底長什麼樣，但只要能打擊身邊這個囂張的臭女人，即算是醜八怪，他也要讚她是天仙！

六月二十日，青州五萬風雲騎抵達雍州。

六月二十二日，晴。

雍州陵武臺上，旌旗飄揚，長長的臺階上士兵林立，長槍耀目。臺下廣場上，萬軍列陣靜候，左邊是身著黑色鎧甲的墨羽騎，右邊是身著銀色鎧甲的風雲騎，雖千萬人佇立，卻是鴉雀無聲，一派威嚴肅靜之氣。

今日雍王、青王將於此舉行締約儀式！

兩州之王締結婚盟，這在大東朝六百多年來也是頭一宗，因此在廣場的周邊圍了無數百姓，想一睹兩王風采，也想親眼見證這段百年難得一見的王室婚儀。

嗚——嗚——嗚——

三聲長鳴，便見紫服絳袍的朝臣、鎧甲銀盔的將軍一個個步上陵武臺，然後按其官職地位站好，靜待雙王的駕臨。

「請問太音大人，此是何意？」

肅靜的陵武臺上，忽然響起一道沉著而嚴謹的聲音，眾人聞聲看去，便見風雲騎大將徐淵排眾而出，指著陵武臺最高一級上的兩張玉座問著雍州的太音大人。

「不知徐將軍何以有此一問？」雍州太音大人似有些不明所以地反問道。

「我只想請問大人，兩張玉座為何如此擺放？」徐淵依舊語氣平靜，唯有一雙眼睛裡閃著厲光，緊緊地盯視著雍州太音大人。

兩張玉座樣式大小皆一致，卻是一張玉座居正中，另一張玉座略偏右下。

「青王與主上已有婚約，即為我雍州之王后，如此擺放乃合禮制。」太音大人理所當然地答道。

「太音大人，即使主上與雍王有婚約，但她依舊是青州之王，與雍王平起平坐！」一直立於四將最後的修久容猛然踏前一步，聲音又急又快，一張臉漲得通紅，不知是因為害羞還是氣憤。

「男為天，女為地，陰陽有別，乃自古即有的禮制，青王即嫁與主上為妻，那自應遵從夫妻禮制。」雍州的太律大人上前道。

「我們主上與雍王的婚禮還未舉行，此行便為雍州貴客，難道尊主貶客便是你們雍州的待客之道？」林璣也踏前一步。

「青王既是女子，那麼……」

雍州的太律大人剛開口，程知便跨前一步打斷他，「我們主上是女子又怎樣？」他粗壯高大的身軀幾乎是那位太律大人的兩倍，頓時讓太律大人不由自主地後退一步，「她之文才武功，這世間有幾個男子可比？你就是個男人，你自問及她萬分之一嗎？」

「此時不是論文才武功……」太音大人見太律大人似乎被程知嚇到了，馬上站出來道，可也不待他說完，便又被打斷了。

「那請問太音大人，你要論什麼？地位？名聲？國勢？兵力？財富？還是論儀容風範？我們主上有哪一樣不夠資格與你們雍王平起平坐？」徐淵依然不緊不慢地問道，那種冷靜的語氣反比厲聲呵斥更讓人無法招架。

「這……」雍州太音大人目光瞟向身後，盼著有人來幫一把。

奈何墨羽騎四將只是靜立不動，眼角也不瞟一下，似沒看到也沒聽到；而尋安君更是閉目養神，一副置身事外的模樣；其他的大人則有些不明所以地看著太音大人，不知精通禮制的他今日何以會有此失儀之舉。

「幾位將軍，」正僵立中，任穿雨忽然站出來，彬彬有禮地向風雲四將施以一禮，語氣極為溫和，「太音大人此舉乃按夫妻之儀而行，唯願青王與主上夫妻一體，雍、青兩州也能因兩王的結合而融為一體，不分彼此，榮辱與共，是以……」說至此他微微一頓，目光掃過眼前的風雲四將，臉上浮起一絲極淺的笑意，「是以太音大人並未考慮到幾位將軍此等見外之舉。幾位將軍認定我們雍州對青王不恭不敬，這實是有傷我們兩州盟誼，也有傷雍州臣民對青王與主上白首之約的祝願之心。」

「你！」程知聞言大怒，卻不知要如何反駁，氣得直抬手指著眼前這個清瘦文臣模樣的人，恨不能一掌將這人打趴下。給他幾句話說來，無理的倒是自己這邊了！

「程知。」徐淵上前拉住程知，免得他火暴脾氣上來做出衝動之舉，眼睛打量著眼前這個看似平凡無害的文臣，心中暗生警惕。

「在下請教太音大人一個問題。」站在四將之後的久微忽然站出來向雍州太音大人微微躬身道。

「不敢，請講。」太音大人頗有得色。

「請問大人，大東帝國至高之位是誰？」久微彬彬有禮地問道。

「當然是皇帝陛下。」太音大人想也不想即答道，弄不明白眼前這人怎麼會問此等三歲小兒也知的問題。

「那請問皇帝之下是何人？」久微繼續問道。

「自然是皇后殿下！」太音大人答道。

「那皇后之下呢？」久微再問。

「皇子、公主及六州之王。」太音大人再答。

「那再請問，昔年嫁至雍州的倚歌公主與先雍王，二者地位如何排？」久微面帶微笑地看著太音大人道。

「倚歌公主乃皇室公主，自然是與先王平起平坐。」太音大人迅速答道，可一答完隱約覺得不妥。

「那我想再請問大人，青王與雍王分別是何身分，他們與當年倚歌公主之身分有何差別？」久微看著太音大人道。

「這……他們……」太音大人有些猶疑了。

「太音大人乃掌管儀制之人，自應是最熟禮儀，難道竟不知青王、雍王的身分地位？」

久微卻繼續追問道。

「青王……」太音大人抬手擦擦額上的汗珠，眼角偷瞄一眼任穿雨，卻得不到任何暗示，只得一咬牙道，「青王、雍王乃六州之王，帝、后之下，百官之上，與皇子、公主平起平坐。」

「噢——」久微恍然大悟般地點點頭，微微向太音大人躬身道，「多謝太音大人指點。」然後轉身看向青、雍兩州所有的大人、將軍，微微施禮道，「諸位大人，想來剛才太音大人之言也都聽清楚了吧？」

「聽清楚了！」不待他人答話，程知馬上高聲回應。

久微微微一笑，眸光落向任穿雨，十分溫文地開口道：「凡國之大典，皆由太音大人主持，而太音大人必也是熟知禮制，卻不知為何今日竟犯此等錯誤？這實在讓人不得不懷疑，是否有人故意為之，以阻礙兩王婚儀，離間兩州情誼。」聲音不大不小，不急不緩，卻保證在場每一人都能聽得清楚。

「說得對！」程知又是第一個出聲高讚。

「敢問太音大人，你很不希望兩王聯姻嗎？不希望青州、雍州結盟嗎？」徐淵目光逼視太音大人。

「不……這、當然不是！」這麼一頂大帽壓來，太音大人豈敢接，趕忙辯白。

正在此時，內侍尖細的聲音響起，「雍王、青王駕到！」

號聲長鳴，陵武臺上上下下所有人皆跪地恭迎，原本僵持著的諸人也慌忙垂首跪下。

長長高高的臺階上，迤邐的儀仗華蓋之下，豐蘭息與風惜雲並肩走來，攜手同步，走上陵武臺，卻發現原應分兩邊跪迎的臣將此刻全跪在中間，如要阻他們的路一般。

兩人相視一眼，站定，轉身面向臺下萬千臣民將士，道：「平身！」

兩人聲音清清朗朗傳出，同起同落。

「謝主上！」臺下臣民、將士叩首，呼聲震天。

回轉身，卻見臺上的臣將依舊跪在地上，又道：「眾卿也平身！」

雍州的大臣及將軍都起身，唯有青州的臣將依然跪於地上，不肯起來。

豐蘭息看一眼風惜雲，有些不明所以，風惜雲回以一個同樣不明的眼神。

「徐淵。」她淡淡喚一聲。

徐淵抬首看著風惜雲，神情嚴肅道，「主上，取婚以信，取盟以誠，何以雍州欺我青州？」

風惜雲聞言一怔，然後目光越過他們，落向高階之上的兩張玉座，頓時明白了，臉上浮起一絲難以琢磨的淺笑，回首看一眼豐蘭息，話卻是對徐淵說的：「徐淵，儀式即將開始，你還不起身嗎？」

淡淡的話語自帶著王者威儀，青州臣將不再多話，都起身歸位。

豐蘭息的目光掃過左排雍州的臣將，但見那些人皆垂首避開，「柳卿。」他的聲音溫和無比，臉上依然有著雍雅淺笑。

「臣在。」太音大人馬上出列，心頭有些忐忑不安，不知那人的話是否可信，主上真的不會責怪嗎？

「撤去一張玉座。」豐蘭息轉首看著風惜雲，「玉座那麼寬敞，孤與青王同坐即可！」

「是。」太音大人鬆了口氣，主上竟真未追究，那人所料果然不差！轉身即指揮著侍者撤椅。

臺下的士兵與百姓並不知臺上有何情景，他們只是翹首等待，等待著兩王的書約儀式。終於，太音大人的聲音高高響起，「儀式開始！」

頓時，樂聲響起，雍容典雅，莊重大氣，盡顯王室尊貴風範，樂聲中，但見宮女、內侍手捧金筆玉書，緩緩拾級而上。

玉座前，內侍跪地捧書，宮女奉筆於頂，兩王執筆，揮灑而下，白璧之上同時寫下兩行丹書。

鼓樂聲止，兩州的太音大人高昂的聲音同時響起：「國裂民痛，何以為家？掃清九州，重還清宇，便是孤大婚之日！」

太音大人的聲音落下，陵武臺上下靜然，良久後，爆出雷鳴般的歡呼。

震天的歡呼聲中，兩王攜手起身，並肩立於高臺上，遙望臺下萬千將士與臣民，揮手致意。

「雍王、青王萬歲！願兩王白首偕老！願兩州繁榮昌盛，千秋萬世！」

當那一黑一白兩道身影現身高臺上之時，臺下萬千將士、舉國子民皆跪地恭賀，聲音直達九霄之上！那一刻，群情激湧，熱血沸騰，兩州的百姓將士對兩王此等先國後家之舉衷心敬服，所有的人皆願為這樣的王而慷慨奔赴、刀山劍海！

所有的人都看不到，青王優雅矜持的微笑中含著的淡淡的冷誚，雍王深不見底的黑眸裡閃過的冷峻，兩人執手相視，那一刻，彼此的手心竟然都是冷的，冷如九陰之冰。

「青王萬歲！雍王萬歲！」

臺下是山呼海嘯般的呼喊聲，臺上兩州的臣將卻是神情各異。有的為兩王聯姻、兩州結盟而真心開懷；有的眉頭深鎖，似有隱憂；有的神色平靜，目中一派了然；有的淺笑盈盈，神思不露……

「你到底在搞什麼？」墨羽四將之首的喬謹目不斜視地注視著前方，低低的聲音只有身邊的四人可聞。

「是啊，哥哥，你這什麼意思？」任穿雲也問兄長。

「我？只不過是想讓主上認清一件事而已。」任穿雨微微地笑著，眸中閃著算計得逞的精芒。

喬謹聞言看他一眼，「你可不要搬起石頭砸了自己的腳。」話中含著淡淡的警告。

「認清什麼？」任穿雲卻問兄長。

「豈會，我所想要的早已達成。」任穿雨看一眼喬謹淡笑道，然後轉頭拍拍弟弟的頭，「你就不必知道了。」話落時，感覺到有人看著他，不禁轉頭看去，卻看到了一張平凡的臉，一雙看似平和卻又隱透靈氣的眼眸。

紙是玉帛，筆是紫毫，墨是端硯。

挽袖提筆，淡淡的幾描，輕輕的幾劃，淺淺的幾塗，微微的幾抹，行雲流水，揮灑自如，片刻間，一個著短服勁裝的男子便躍然紙上，腰懸長劍，身如勁竹，實是個英姿偉岸的好兒郎，卻少了一雙眼睛。

紫毫停頓片刻後，終於又落回紙上，細細地，一絲不苟地勾畫出一雙眼睛，那雙總在午夜夢回時讓她心痛如絞的眼睛。

「夕兒，不要畫這樣的眼睛。」一抹夾著嘆息的低語在她身後響起，然後瘦長略有薄繭的手伸過來，捉住了那管紫毫。

風惜雲沉默地伸出左手，撥開久微捉筆的手，右手緊緊地握住紫毫，然後略略放鬆，筆尖毅然點上那雙眼睛，點出那一點淺黑瞳仁。

收筆的剎那，那雙眼睛便似活了一般，脈脈欲語地看著畫前的人。

「夕兒，妳何苦呢？」久微無奈。

「他是我親手殺的。」風惜雲緊緊地握住手中的筆，聲音卻是極其輕淺，如風中絲絮，縹緲輕忽，卻又極其清晰，一字一字地慢慢道：「瀛洲是我親手射殺的，他……他的眼睛，他的眼神，我永遠記得！」

久微看著畫中的人，看著那雙眼睛。那雙眼睛似是無限的解脫，又似無限的遺憾，似是無限的欣慰，又似是無限的淒絕，那麼的矛盾苦楚卻又那麼的依戀歡欣地看著畫前的人。

「夕兒，忘記吧。」他無力嘆息，伸手輕輕環住風惜雲的肩膀，「背負著這雙眼睛，妳如何前行？」

「我不會忘記的。」風惜雲的眼睛一眨也不眨地盯著畫中那雙彷彿道盡千言萬語的眼睛，「只不過……有些東西是必須捨棄的。」話落之時，紫豪毫不猶豫地落回筆架，風惜雲回頭看著久微，也看進他眼中的那抹憂心。她微微一笑，抬手抹開他蹙在一起的長眉，「久微，這樣的表情真不適合你。」

久微聞言輕輕一笑，笑開的剎那，所有的輕愁憂緒便全都褪去，依舊是那張平凡而隱透靈氣的臉，依然是那不大卻似能窺透天地奧祕的雙眸。

風惜雲看著他的笑，也淺淺地回以一笑，然後轉身取過擱在畫旁的半塊青銅面具，輕輕撫過那道裂緣，撫過殘留在面具上至今未曾拭去的血跡……她的目光從畫上移至面具，從面具移至畫上，又從畫上移向窗外，然後散落得很遠，散得漫無邊際，遠得即算你就在她身邊也無法探知她的所思所想。

許久後，風惜雲放開手中的面具，然後捲起桌上墨已乾透的畫像，以一根白綾繫住，連同面具一起收入檀木盒中。

「久微，你說雙王可以同步嗎？」

落鎖的那一刻，風惜雲的聲音同時響起，輕淡得似乎只是隨口問話。

「不知道。」片刻後，久微才答道，聲音輕緩。

風惜雲輕輕一笑，回首看著久微，「我知道。」

這一刻，她的聲音清冷自律，神情淡定從容，眸光平緩無波，這樣冷靜得異常的風惜雲是久微從未見過的。心中一動，瞬間明白，那個檀木盒中鎖起的，不只是燕瀛洲的畫像與面具，一同鎖起的還有某些東西。

自這一刻起，世間再無白風夕，只有青州女王風惜雲。

「久微，你不用擔心。」風惜雲微笑著，笑得雲淡風輕，不帶煩憂，「不管前路如何，我風惜雲——鳳王的後代——又豈會畏縮！」

久微靜靜地看著她，久久看著，他那張平凡的臉上漸漸生出變化，以往的散漫消失了，代之而起的是一種執著，似是堅定了心中某種信念，那雙眼眸中是逼人的靈氣與智慧。

「夕兒，不論在哪裡，我都會陪妳。」

「嗯。」風惜雲微笑點頭，伸手將擱在案上一個長約三尺的木盒打開，裡面是一柄寶劍，她取劍於手，輕撫劍身，「這便是威烈帝當年賜予先祖鳳王的寶劍——鳳痕劍。」

「如畫江山，狼煙失色。金戈鐵馬，爭主沉浮。」風惜雲慢慢地吟著，緩緩地抽出寶劍，「倚天萬里需長劍，中宵舞，誓補天！」

「天」字吟出時，劍光閃爍，如冷虹飛出，劍氣森森，如冰泉浸膚，一瞬間，久微不由自主地打了個冷戰。

古樸的青色劍鞘上雕著一隻鳳凰，鳳凰的目中嵌著一顆鮮紅如血的寶石，形態栩栩如生，彷彿隨時便會展翅飛去，翱翔九天，睥睨萬物。劍身則靜若一泓秋水，中間隱透一絲細細的緋紅，揮動之間，清光凌凌中緋光若虹。

「本來我是不打算用鳳痕劍的，但是……」風惜雲手持寶劍，指尖一彈，劍身發出沉沉吟嘯，「金戈鐵馬中，鳳王的後代，當用鳳痕劍！」

——且試天下（中）完

5 引自李商隱〈宿駱氏亭寄懷崔雍崔袞〉。

高寶書版集團
gobooks.com.tw

YE 003
且試天下（中）

作　　者　傾泠月
責任編輯　高如玫
封面設計　林政嘉
內頁排版　賴姵均
企　　劃　鍾惠鈞

發 行 人　朱凱蕾
出　　版　英屬維京群島商高寶國際有限公司台灣分公司
Global Group Holdings, Ltd.
地　　址　台北市內湖區洲子街88號3樓
網　　址　gobooks.com.tw
電　　話　(02) 27992788
電　　郵　readers@gobooks.com.tw（讀者服務部）
傳　　真　出版部　(02) 27990909　行銷部 (02) 27993088
郵政劃撥　19394552
戶　　名　英屬維京群島商高寶國際有限公司台灣分公司
發　　行　英屬維京群島商高寶國際有限公司台灣分公司
初版日期　2022年01月

國家圖書館出版品預行編目(CIP)資料

且試天下（中）/傾泠月著. -- 初版. -- 臺北市：英屬維京群島商高寶國際有限公司臺灣分公司, 2022.01
面；　公分. --

ISBN 978-986-506-276-7（第2冊：平裝）
ISBN 978-986-506-279-8（全套：平裝）

857.7　　110017616